U0576893

孟繁华 主编

年百部 扁正典

入流 余一鸣

剔红 计文君

北京邻居 荆永鸣

北方联合出版传媒(集团)股份有限公司
春风文艺出版社
· 沈阳 ·

图书在版编目（CIP）数据

入流 / 余一鸣著. 剔红 / 计文君著. 北京邻居 /
荆永鸣著. —沈阳：春风文艺出版社，2018.7
（2022.1重印）
（百年百部中篇正典 / 孟繁华主编）
ISBN 978 - 7 - 5313 - 5495 - 6

Ⅰ. ①入… ②剔… ③北… Ⅱ. ①余… ②计… ③荆
… Ⅲ. ①中篇小说 — 小说集 — 中国 — 当代 Ⅳ.
①I247.5

中国版本图书馆CIP数据核字（2018）第143434号

北方联合出版传媒（集团）股份有限公司
春风文艺出版社出版发行
http://www.chunfengwenyi.com
沈阳市和平区十一纬路25号　邮编：110003
北京一鑫印务有限责任公司印刷

选题策划：单瑛琪	责任编辑：张玉虹
封面设计：琥珀视觉	责任校对：于文慧
印制统筹：刘　成	幅面尺寸：145mm × 210mm
字　　数：189千字	印　　张：7.75
版　　次：2018年7月第1版	印　　次：2022年1月第4次
书　　号：ISBN 978-7-5313-5495-6	
定　　价：35.00元	

百年中国文学的高端成就

——《百年百部中篇正典》序

孟繁华

从文体方面考察，百年来文学的高端成就是中篇小说。一方面这与百年文学传统有关。新文学的发轫，无论是1890年陈季同用法文创作的《黄衫客传奇》的发表，还是鲁迅1921年发表的《阿Q正传》，都是中篇小说，这是百年白话文学的一个传统。另一方面，进入新时期，在大型刊物推动下的中篇小说一直保持在一个相当高的水平上。因此，中篇小说是百年来中国文学最重要的文体。中篇小说创作积累了极为丰富的经验，它的容量和传达的社会与文学信息，使它具有极大的可读性；当社会转型、消费文化兴起之后，大型文学期刊顽强的文学坚持，使中篇小说生产与流播受到的冲击降低到最低限度。文体自身的优势和载体的相对稳定，以及作者、读者群体的相对稳定，都决定了中篇小说在消费主义时代能够获得绝处逢生的机缘。这也让中篇小说能够不追时尚、不赶风潮，以"守成"的文化姿态坚守最后的文学性成为可能。在这个意义上，中篇小说很像是一个当代文学的"活化石"。在这个前提下，中篇小说一直没有改变它文学性的基本性质。因此，百年来，中篇小说成为各种文学文体的中坚力量并塑造了自己纯粹的文学品质。中篇小说因此构成百年文学的奇特景观，使文学即便在惊慌失措的"文化乱世"中也取得了令人瞩目的艺术成就，这在百年中国的文化语境中不能不说是一个奇迹。作家在诚实地寻找文学性的同时，也没有影响他们对现实事务介入的诚恳和热情。无论如何，百年中篇小说代表了百年中国文学的高端水平，它所表达的不同阶段的理想、追求、焦虑、矛盾、彷徨和不确定性，都密切地联系着百年中国的社会生活和心理经验。于是，一个文体就这样和百年中国建立了如影随形的镜像关系。它的全部经验已经成为我们最重要的文学财富。

编选百年中篇小说选本，是我多年的一个愿望。我曾为此做了多年准备。这个选本2012年已经编好，其间辗转多家出版社，有的甚至申报了国家重点出版基金，但都未能实现。现在，春风文艺出版社接受并付诸出版，我的兴奋和感动可想而知。我要感谢单瑛琪社长和责任编辑姚宏越先生，与他们的合作是如此顺利和愉快。

入选的作品，在我看来无疑是百年中国最优秀的中篇小说。但"诗无达诂"，文学史家或选家一定有不同看法，这是非常正常的。感谢入选作家为中国文学付出的努力和带来的光荣。需要说明的是，由于版权和其他原因，部分重要或著名的中篇小说没有进入这个选本，这是非常遗憾的。可以弥补和自慰的是，这些作品在其他选本或该作家的文集中都可以读到。在做出说明的同时，我也理应向读者表达我的歉意。编选方面的各种问题和不足，也诚恳地希望听到批评指正。

是为序。

2017年10月20日于北京

目　录

入　流

余一鸣

8月26日　晴　东南风2～3级

一

船进入上江，就不断有小艇围上来，那种电影电视里海上枪战中常出现的雅玛哈快艇，塑钢船壳，漂亮得像炫翅的金蜂，嗡嗡叫着。它们在陈拴钱的大船前后游弋，犁出一道道白色浪花。拴钱的船尾也拴着一艘，追随着大船。拴钱尤其喜欢驾驶这条小艇撒野，如同开惯了大卡的司机稀罕玩一玩两轮摩托。但现在拴钱不睬它们，原速前进，一会儿那些小艇就散开了，像是一群没找着肉的苍蝇，根水把头探进驾驶舱，说，三叔跟他们谈价呢。拴钱朝后视镜瞄了一眼，老三的船头正越来越小，老三把速度放缓了，后面的船都跟着慢了。一会儿，对讲机嗡嗡的杂音里传来老三陈三宝的声音，哥，他们只要五块呢。拴钱说，走。三宝说，哥，你再想想，比白脸那边便宜一半呢，我省了五千，你就省了一万，固城船队就省了几十万。拴钱说，你再不跟上，耽误在白脸那儿排队了，你莫非真的放得下白脸那儿的乐子？对讲机里只剩了嗡嗡的杂音，老三没声音了，拴钱看后视镜，老三的船头从一点苍蝇屎膨胀成了火柴盒大小，老三还是跟上来了，整个船队也跟上来了。

那些小汽艇是打沙船派出的说客，过了和县，江面上就停泊了三三两两的打沙船，船不大，二三百的吨位，但声音巨大，马达轰鸣能让几里路内的江面震耳欲聋。你想一想，它有一根一人抱不过来的铁管子戳在江底，把江底的黄沙吸上高出江面几十米的船舱，那样的力气，吸沙泵需要多大的马力。拴钱对根水说，就像把一根钢管捅进了女人的深处，把粉嫩的血啊肉啊扯成碎片再源源不断地吐出来。根水说，那这长江的江底一定痛得厉害。拴钱说，你这伢子，你还真把这长江比女人了，就是女人，每个月也得把身子里没用的血淌出来，不淌出来就阻了血脉，像这长江，不吸掉江底的泥沙，就要抬高河床，阻塞河道，那也不舒畅。

其实，你把长江比作女人也真没错。拴钱一只手摸出一支烟，另一只手还是放在舵盘上，根水用打火机帮他点上了。拴钱吐出一口烟说，就是一个女人，也不能不停地让男人去干，那就把她当成了婊子，就把这女人害了。政府限制打沙船，就是规定了不是什么男人都可以干，江底的沙子也是一层保护层，挖深了挖多了，两边的河床就会坍塌，甚至江堤的根基也会凹陷，那洪水一到，两岸边的老百姓就遭殃了。根水说，你比我们大学里的老师讲课还讲得好哩。拴钱说，你伢子笑话你叔呢。

确实，长江这碗饭不是什么人都能吃的，你得有相关部门的营业执照，执照限额，这塑料皮本子就比黄金还贵，转一下手就是上百万。这世道有钱的人多，你买吸沙泵，置打沙船，出手就得二三百万，你再花了百万大洋买到了营业执照，但管事的部门未必会让你过户，你走通了红道，还有黑道，有钱不等于就能在长江里充大爷。长江里的大爷很多，一段江面就有一个大爷，有的还不止一个大爷，人家是时刻准备着豁出身家性命的。能让岸上江上的各路大爷都敬你让你，这样的人不多，白脸算是一个。拴钱认准了在白脸这里装沙，原因有很多，最简单的一条，白脸能一年四季不停吸沙泵，水警一封江，其他的打沙船都哑了，白脸的马达叫得更欢，装沙的船只排出几里路。白脸的手下拿着记录本，不是老客户都得响机器走船，你哭着喊着求都没用，白脸说这世上做什么事都有规矩，守规矩就是讲道义。你的船如果一连三个月都装不上沙，你就只能喝西北风，卸沙的沙场老板长时间见不着你的船，也会换了别的主儿。白脸的黄沙是比别人贵，但白脸能保障供给，沙子也永远比别人的好，饱满，金黄，堆在船舱像是金黄的稻谷堆在粮仓。白脸的手下开着小艇四处转悠，人家不是揽生意，人家不需要揽生意，他们发现了谁家的打沙船打出了好沙子，他们的打沙船就会径直开过去。长江不是你家的水缸，你能舀一瓢我也能舀一瓢，有本事你打个盖子把长江盖上。识相的赶紧移船别处，不识相的隔天就会机器出故障，甚至操作手失踪。白脸会亲自上船，扔上几捆百元大钞，叫你赶紧修机器，机器一响，黄金万两，停一天就是几十万呢；或者表示对失踪者的深切同情，人心都是肉长的，每个江上混生活的背后都有一家老小指望着。不是不讲道理，讲的不是岸上的道理，在水上只讲水上的道理。

　　三宝不是不明白拴钱的心思，可是三宝眼窝子浅，舍不下眼前能省下的五千块沙钱。拴钱担心的不是三宝的脑筋不够用，而是担心一个男人眼界不宽广，容易被绊得鼻青脸肿，老话说，行船眼观十里水哩。

　　白脸的打沙船在拴钱的望远镜里越来越清晰，船楼上挂着一面金黄的旗帜，旗帜的中间是一个大大的"4"字。这是白脸的第四条打沙船，边上泊着两条空船等着装沙，尽管吨位不大，但是因为货舱空着，船体浮在江面，像是两幢高大的楼房耸立着，相比之下，打沙船就显得像是高楼下的窝棚，只是那根输沙管直冲云天，居高临下地让人不敢小瞧。一阵喜庆的锣鼓声在嘈杂的马达声中跃然而出，接着欢呼声向拴钱的船头袭来，"欢迎欢迎，欢迎拴钱老大来装金沙"，拴钱和根水都开心地笑了，这是打沙船的大喇叭里播出的，这样的待遇只有几个在长江里名声响的船队老大才能享受，拴钱嘴上不说，心里受用，他按响一长一短两声汽笛致意，驾驶着气势雄浑的钢船缓缓靠过去。

　　下了锚，三宝的船也靠了过来，拴钱放了软梯，根水挤过来，拴钱说你去凑什么热闹，根水说我去替我爹娘为龙王爷上香，拴钱无语。三宝先下了软梯，说快走快走吧，衬衫的口袋里塞了鼓鼓的钞票，他让这点钱烧得慌。拴钱白了一眼三宝，让根水也下了软梯上小艇。

二

　　等到前面两条船装完沙，至少得五六个钟头，这在别处是一段难挨的漫长时间，在白脸这里不是。白脸的打沙船附近，总有一条装潢得华丽的游船泊着，为客户提供休闲服务。这并不是白脸的发明，据说是白脸从岸上的汽车4S店学来的，但白脸这样的天才，永远不可能全盘照搬别人的东西，男人长年在水上漂，首先得解决男人最需要解决的问题，游船上最大的房间就是一个放映厅，清一色毛片。让客户光看不练，这不人道，那么，尊贵的客户，请你上楼吧，楼上隔成了一个个小房间。白脸当然不是无偿招待，在商言商，那价格比岸上贵几倍，敢上楼的大多是船长、轮机长，上去的没一个人嫌贵，长江里闯的人性命都看得淡，几张钞票怎么会看得重？也有人不稀罕这个，他船上带着老婆，那也有喜欢的去处，赌，老虎机、轮盘桌，或者麻将、牌九、扑克，任君选择。与岸上不同，你得先把沙钱留着，你不能把口袋都输空了，你船上的沙钱谁付？这是为你着想，留得青山在，不怕没柴烧。白脸跟手下说，我们不是开赌场，这是附带服务，做人要厚道，不能把人家输得倾家荡产家破人亡，真那样就没人敢来我这里买沙了。

白脸的游船成了吸引船户的另一个法宝。白脸鄙视城市里那些娱乐场所，尽管富丽堂皇万千气象，可是得靠有权有势的人罩着，白脸的游船不占地，所以不用谁来"罩"，偶尔有陌生的水警船过来，你从上游来，我向下游去，出了你的辖区你还能怎么着？

上了游船三宝就和老大分了手，拴钱盯了一眼三宝，漆黑的一张脸硬得像船板。三宝懒得看他的脸色，三宝早已不是在老大船上做水手的三宝，三宝自己也是一个船老大，现在的船是小一些，只有拴钱一半的吨位，但三宝年轻，三宝怀揣一个伟大的理想，那就是超越拴钱，成为固城县船帮里的老大。

三宝是奔楼顶的春花去的，春花是露天酒吧的承包人，现在，三宝在游船上的时间基本是在春花的酒吧里打发。

半年前，也是来白脸这里装沙，排队的时间长，三宝在游船上花了半个钟头不到，就把身体里上蹿下跳的那包骚浆挤干净了，三宝不下楼，继续朝楼顶上走。那是冬末春初，北风卷着满江的水汽呼啸凛冽，那些用钢管支撑的遮阳篷左右摇摆，三宝抻长脖子，找不到一个喝酒的人，那风见了三宝裸露的脖子，伸了爪子就往领子里掏，三宝说，人呢，人呢？老子已经被掏空了，你不要脸的还想再掏老子一回。一个裹得严严实实的脑袋从吧台里冒出来，是个女子，说谁呢，谁还要再掏你一回？三宝说，说这江风呢，你这生意不做了？吧台里说，不做了，都到小房间销魂去了，谁肯来楼顶吹西北风。三宝说，老子喜欢，拿一瓶六十二度的白干。三宝咬掉酒瓶盖，灌了一口，热辣辣的酒把冻得僵硬的肠胃唤醒了一回，风紧，三宝又灌了一口。

那脑袋就露着两只眼睛，眼睛上耷拉着几绺乱发，说，老板，你拎了酒下去喝，楼下有空调，暖和。三宝说，我要的不是暖和，我心里憋闷，我就是要让这风提提神。女子说，你真不走，就来吧台里猫着吧，这里隔风。吧台里狭小，女人递过来一个矮凳，又递了几盘小菜，鸡翅鸭头花生米。女人说，也就中午阳光好，有人上来晒晒太阳，你这人真是个怪人。女人取下围巾，是老板春花，其实三宝刚才就听出了是她。三宝说，你是想说我傻，我才不傻，有酒有菜，还有一个美女陪着，上冰山下火海我都偷着乐。春花说，你贼胆大，敢拿我消遣，也不蹚个水深水浅。船帮里都传说春花是白脸的女人，有船老大喝多了酒撒野，从拎包里掏出几沓钱求春花让亲一个，春花凑上去，手一扬将那桌上的钱撸到了江中，自此谁也不敢在这楼顶上胡闹。三宝说，我管不了那么多，你唤我进吧台里来坐，你就是会心疼男人的女人。春花说，算你小子会说话，得，我就陪你喝两杯，不喝点白的还真的在这里撑不住。

三宝喝三杯，春花喝一杯，一会儿就拿了第二瓶。三宝喝高了，嘴里就婆婆妈妈啰唆了。春花默默听着，偶尔忍不住一笑。敢在这里开酒吧，这点酒自然只是热热身。三宝先是坐着喝，激动了立起来，脸不红，是越来越白，忽然脸颊上有几处红，是江风吹红的，一会儿就成了青紫。春花拽他坐下，只一杯酒工夫，他又站起，肚子里的酒把他倾诉的欲望一个劲往上顶。三宝说，春花，你知道吗？春花说我知道，你坐。三宝说你知道个屁，那些年我老婆放在家里，用她的却是别人，老子只能在长江里竖桅杆！春花说知道知道，坐下。三宝说你知道个卵，你知道我这船借了多少债，法院的执行庭大年三十都在我家里守着抓我吗？春花说知道知道，过年不回家的船老大都是让债主告了，才在这游船上过年。三宝就趴在桌子上呜呜哭起来。这个男人大概三十多岁，浓眉大眼，五官长得端正，只是挂着眼泪鼻涕，倒像个受了委屈伤心的孩子。身材高大魁梧，一个抽噎能将铁皮桌子震得一个跳跃。

三宝第二回来酒吧时，看见春花就有些难为情，春花好像没那回事，吩咐服务员给他拿酒端菜，春花坐在高凳上问，你那船保险了吗？将吧台上一个牌子朝前一推，上面写着"代办保险"。三宝说没有。那你得照顾一下我的生意。拴钱已催过他几次办保险，三宝说，大几万呢，花那冤枉钱干什么，要死卵朝天，不死卵就硬，赖着没办。根水爹娘的船出了事，倒是让三宝心中一惊，想过保险，可也只是脑中一念闪过而已，但这次抹不下面子，三宝说，行。喝完酒，就催春花去办手续，春花有一个办公室在一楼，船上楼梯窄，春花先下，三宝看着春花的背影就有些恍惚，那一次实在难为她，这单薄的身子硬是将他这一百八十斤背到了一楼。交费时，三宝就多添了一沓钞票，春花推开那钱，说，烧包了咋的？三宝说我是真心谢你那回。春花想了想说，也行，我替你多交几百个吨位的保费。三宝说，别，我那行船证上吨位白纸黑字写着呢。春花说，这事你就别操心了，长江里都是浑水，没有黑白。

夏天，楼顶的酒吧是个凉快处，风裹起江面上的水汽迎面扑来，像是给每一寸皮肤都洒了薄荷水。船上人都喜欢赤膊，只有爱漂亮的年轻人才套一件T恤，下身一律是肥大的短裤，时尚的说法叫"沙滩短裤"；没一个人穿鞋，即使这暑天的钢板踏上去冒烟，最多就是快走几步。春花坐在吧台内的高凳上，生意好，她一脸灿烂。三宝走进去坐到另一张高凳上，说，恭喜老板财源滚滚。春花捏了一下他的脸，说，几天不见，嘴巴甜得淌蜜了。

三宝说，正事呢，给我老婆上个保险，我老婆上船了。

春花说，怪不得现在不去小房间了，原来家里配备灭火器了。

三宝说，天地良心，我可是为你守身如玉。

春花说，你别把我大牙酸掉，男人那点德行还瞒得了我？

三宝说，我要不是惦着你，才不会上什么保险。你去查一查，我这船以前有过保险记录吗？想见你，才船保险人保险，老婆一上船就替她保险，我恨不得把船上的狗都保险。

这话不假，春花说，你就不怕白脸的人把你废了？

三宝说，我不是在你这里买了人身保险吗，买保险的人不就是等着危险来嘛。

春花不吭声了，春花坐在高凳上，两只胳膊放在吧台上，胸脯挺得高高的。那紧绷的屁股画出一条弧线，像电视里高昂的眼镜蛇头部的侧翼，三宝觉得这个比喻不妥，美丽中藏着毒辣，换个比喻，应该像沙锨背面的弧度，是金属般铮亮的流线型。如果说屁股是沙锨的背面，那么她的腹部应该像什么呢？她肚腹的侧影瘦削而挺拔，三宝想，那就应该像沙锨的正面，不是平坦，而是稍微的凹陷，撒一把沙子上去，会慢慢滑落，像是荷叶上洒落的水珠缓缓滚落。

春花说，你看什么看，没正经。

走的时候春花说，你真的相信我是白脸的女人？猪脑子，我要是他的女人，还用得着风里浪里挣这口饭吃。

三

拴钱带根水去了一楼的主舱。主舱供着三位大神，分别是龙王爷、财神爷和观世音菩萨。你无法想象，这样的游船上还有这等神圣的去处。白脸不认为这是对神佛的亵渎，众生平等，妓女和赌徒更需要神灵保护和拯救。话说回来，这里的香客主要是客户，白脸不但要满足客户的身体需求，还要满足客户的精神寄托。拴钱从服务员那里请了香，一一叩拜，然后给每个神灵面前的捐箱捐了二百元，服务员立即拿来一个本子，翻到拴钱名下做了登记。船户们从来不担心这些钱的去处，他白脸再牛，终究是在神灵眼皮底下过日子。每年年底白脸都贴出一张告示，公示各人捐钱的去处，或是寺庙，或是红十字会，他本人也掏出一个大数目，列入其中。船老大们说，看来白脸也不是天不怕地不怕，敬畏之心，人皆有之。倒是岸上有些和尚无法无天，一炷香能报出天价，设了圈套恨不得把香客的钱袋掏空。

根水也请了香，却只跪拜龙王爷一神，口中念念有词。拴钱知道他是求龙王爷保佑他爹娘。他爹罗金宝做过村支书，曾经是固城船帮里的船队老大，去年农历七月，突然间两口子活不见人，死不见尸，只留下一条空船漂泊多天才被人发现，船上还留着回家准备鬼节祭祀的香烛纸钱。都说是撞了鬼，根水当然不信，怀疑是遭了抢，被丢了长江。根水磕头，请龙王爷让江中的鱼鳖别啃咬他爹娘，拴钱的眼窝就有些泅湿，船帮里哪个老大都有一根痛筋，只在神灵面前才触动它。

根水立起身，泪流满面。根水难受，拴钱看着也难受，说，走吧，去茶室坐一坐。

茶室里人不多，来茶室的只有两种人，一种是拴钱这样的人，不凑这游船上的热闹，真的是来休息养神，一会儿装沙还得去开船，打沙船一边吸沙，一边向前推进，装沙船得跟着它移动。这不是个简单活计，除了快慢，你还得考虑与喷沙管的远近，有新手不懂，听任喷沙管对着一侧喷，结果就发生了侧翻，船沉人亡。即使你留心了喷沙的均匀，离开打沙船后你还得再用沙锨去铲凸填凹，篮球场大小的沙舱，平整一遍，劳动强度不比打一场篮球轻松。还有一种是上年纪的水手，他们家里有负担，每张钞票都为儿孙盘算好了用途，就来茶室喝一壶茶，老哥们儿凑一起谈天说地。拴钱进去，坐着的几个人都起身招呼，长江的船帮里没有几个人不认识拴钱这张面孔。拴钱在服务台先替他们付了茶钱，又要了烟给每人发了一包，才坐下喝茶抽烟。

根水立在身后，拴钱不想这孩子心里闷得太苦，抽出一沓钞票说，想做什么做什么，寻个开心去。根水说，叔，我哪里也不想去，我就喜欢听你们说说话，比书上长见识。拴钱把钱收了，根水已帮他拆了烟，发了一圈，又按亮打火机，给在座的一一点上。有人问，谁家的孩子，知书识礼，细皮嫩肉的，是上船玩的吧？根水说，我是罗金宝的儿子，在拴钱叔船上做水手。几人都不知道说什么好。沉默了一会儿，一个蓄大胡子的说，我跟你爹相熟十几年了，出事之前在南通港一块喝酒，你爹说有个水手要走，问我肯不肯去他船上，我说等这边合同满了再说，可我再找他就联系不上了。另一个水手问，找到凶手了吗？根水摇头。按说你爹的船是空船，两千吨的船船帮有几十米高，江匪的小艇也够不着，我估摸着，是不是船上有人起了黑心。大胡子说，也难讲，现在的搭钩用射枪了，射几十米高一点没问题，我们在乌龟洲歇夜时就遇上过，我们发现得早，船多，几十号人都操了家伙守在船舷边，那帮人见势不妙，搭钩顾不上收，就溜了。有人说，江匪也精明，知道空船返航时船上肯定有钱，至少得留着去上江买沙的钱，他们掐准了的。这江上的日子越来越不太平了，从前，上船也就要钱，现在连命也要了。大胡子说，那是，现在的江匪见识大了，好多人都是去南方闯荡闯不下去才回来做江匪的，在他们眼里，杀个人等于杀个鸡鸭。根水问大胡子，叔，你有没有听我爹说，那个要走的水手叫什么名字？大胡子眯着眼，想了想说，没说什么名字，说了个外号，好像叫爬虾，对，就是叫爬虾。

　　船队分成四组，分别在白脸的四条打沙船处排队。拴钱这一组老三的船排前，先装，拴钱是船队老大，他得等船队都装完才装。等老三装好沙和后面的船换位时，拴钱吃了一惊，老三要钱不要命了，他船上的沙在舱口堆了尖，船边已经上水，水手走过去溅起一个个水花。拴钱抓过对讲机，说三宝你以为是装草垛呢，还敢堆尖！你那船用的什么钢板你自己清楚。拴钱不能说得太重，船上说话讲究吉利，拴钱说，你下了锚赶紧给我把沙尖铲进江里。老三在对讲机里发出一串笑声，说，哥，你是越活越胆小了，我查了天气预报，这几天没大风，不装白不装，不赚白不赚。

忙完，已经后半夜了，拴钱蹲到船尾解大便，船上有卫生间，装修得像宾馆里一样高档，但拴钱坐在上面拉不出屎，拴钱蹲在这里身体舒畅心里舒畅，两条船并排泊着，船体深深地埋在江水中，远远看去只看得见船尾两座驾驶楼，大船的高，有三层，小船的矮，是两层，肩比肩挨着，像是他们兄弟。拴钱掏出一支烟点着，美滋滋吸了一口，这一船沙到上海龙华码头卸下，也就四天时间，除去买沙钱、油费等开支，净赚就是二三万。这还是"宏观调控"了，沙价降下来了。拴钱不缺钱，这条两千吨的大船没有一分钱外债，拴钱喜欢看存折上的数字不停地往上蹿。

四

夏天拴钱不习惯在船楼的卧室过夜，倒不是热，船楼上每个房间都装了空调，晚上柴油机停了，还有发电机吼叫着供电；是闷，毕竟是在船上，房间都不大，窗也跟着小。拴钱总是夹一张凉席去前甲板上睡，船上上下下都是钢板，说热就热得像烧红的烙铁，说冷就冷得像三九天的冰块。夏天的晚上，江风一吹，拂去了船板上白天留下的暑气，江水深处的凉意也顺着船板攀升，爬墙藤一样四处蔓延，一直将凉气送到你的汗毛孔里。睡在前甲板，既凉快，又可以眼观四面，耳听八方，不过在白脸的打沙船附近，你完全可以呼呼大睡，白脸的小艇一直在周边巡逻，说防匪是防匪，说防警是防警。

拴钱在安逸的时候，总会想念大大。

认识大大是在十多年前，十多年前的拴钱没钱，是固城渔业大队的渔民，固城湖被围湖造田只剩了一半，剩下的一半滥捕不养，捕到的鱼也越来越少，越来越小。固城湖不是固城县一家的湖，湖的对面是另一个县，谁都怕放养鱼苗便宜了别人。渔民无路可走，纷纷改行，拴钱坐在湖堤上发愁，拴钱的七亲八戚中没一个有权有势的人，固城湖水浪打浪，前浪没有死在沙滩上，而是通到了长江，拴钱就想到长江里闯一闯，拴钱决定造船，去长江搞运输。拴钱的木质渔船不能进长江，进了长江不是船，是一片树叶，一个浪头就被打翻。拴钱决定造一条钢板船。拴钱掏了所有的积蓄，买了两条红塔山香烟，顺便抓了家里一只生蛋的老母鸡，去了大队长家里，大队长借给他一千元。他用这一千元买了两条中华烟，送给了信用社的信贷员沈宏伟，沈宏伟贷给他一万元。他用这一万元买了两辆重庆产的摩托车，一辆送给了信用社主任，一辆骑在自己胯下，信用社主任贷给他十万元。他用化肥袋裹了这十万元，身体颤抖得无法握住摩托的车把，他把车停在一棵树下，扯开一张香烟盒，在上面做好了造船的预算，钢板、角钢、电焊条，凡是镇上有卖的都可以赊一半，铁锚、螺旋桨等可以找铁匠铺定做，船用柴油机要用大马力的，镇上没有，要买得去南京，而且必须买山东潍坊柴油机厂的，牌子响，最好是直接去厂里买，便宜。别人用十万元只能造一条一百吨的钢船，拴钱能造出两百吨的钢船。拴钱从没有想过去造船厂，贵不说，而且那个小厂只造过渔船，现在没什么鱼可捕，船厂也快散伙了。拴钱去请船厂的工程师和电焊工喝酒，酒喝完，电焊工爽快地答应了，可工程师不肯，不是不肯，是不敢。这个戴了眼镜读书读傻了的知识分子说，两百多吨的船，有多少数据要计算，哪一处算错了都要出大事。

拴钱不信邪，拎了烟酒去找陶师傅。陶师傅是船匠，实际上就是造船的木匠，当然比一般木匠要强，他得会放样，也就是说会设计船的结构。女人们做鞋，拿捏不准鞋的肥瘦比例，往往去鞋店里讨个鞋样，照葫芦画瓢心里踏实，造船的师傅也一样，得有个船样先摆着。陶师傅听见隆隆的摩托闯进院子，小伙子左右手都拎了重礼，摸不清来路。陶师傅有一对双胞胎女儿，大大歇在家里，已定了亲，小小在渔网厂上班，尚没许配人家。小小是个疯丫头，莫非在外面谈了男朋友，小伙子来提亲？可这小子也该带个媒人来，没有媒人，至少父母得来。

一听是要造船，陶师傅说没有金刚钻揽不了瓷器活，就是有金刚钻也不敢揽这钢铁活，他不答应。拴钱好说歹说都没用，拴钱说，哪怕这船今天下水明天废了我也不怨您，我先跟您老签下保证书。陶师傅喜欢这小伙子天不怕地不怕的闯劲，可扯东扯西，就是不应承帮他造船。拴钱垂头丧气告辞，到院子里发动了摩托车，陶师傅的女儿追上来，说我爹说无功不受禄，将烟酒吊上他的车把。拴钱要推辞，却发现这姑娘眼睛里有话，刚才在屋里，这姑娘其实给他递过茶，还续过几回水，只是拴钱心里焦急，没顾上打量她。

姑娘说，你是铁了心要造这钢板船？

拴钱说，开弓没有回头箭，我是钱也借了，话也放出去了，上得了虎背下不了虎背了，你要是肯发发慈悲，让你爹答应下来，你就是我拴钱的观世音菩萨。

姑娘笑了，姑娘一笑，拴钱才看出这姑娘是个美人。姑娘说，我才不要做菩萨，做菩萨你还得给我造座庙哩。可是，我凭什么要帮你？

拴钱答不出来，人家凭什么要帮你？

姑娘说，我把我爹说动了，你得答应带我骑着摩托车沿着固城湖兜一圈。

也不知道他女儿用的什么办法，反正陶师傅捎来了动工的口信。土法上马，船台就设在了湖堤的斜坡上，陶师傅说，船厂造船，首先得造滑槽，完工后下水走滑槽，既费功夫，又花时间，还得找地皮。我寻思，就在堤底处砌一排砖礅子，船底的龙骨一边搭在圩堤，一边搭在礅子上，船完工后只要从侧面用钢缆拉断砖礅，船体凭借自己的重量就能滑进水面。至于船样，陶师傅要了几担石灰，他从箩里一边抓一边撒，像是在庄稼地里撒化肥，一会儿，湖堤的斜坡上就出现了一艘大船的轮廓。陶师傅站在船头的位置，顺风朝拴钱得意地喊叫，知道为什么把船头改成方头吗，渔船船小湖里浪也小，尖头能破浪能提速，这大船在长江，风大浪大，舱里载的是重物，求稳不求快，所以我把尖头改成了方头。

动工的爆竹炸响时，陶师傅拍着拴钱的肩膀说，拴钱，你放心，一定给你造出一条货真价实的钢铁大船。可老头子没想到他一门心思为拴钱造船的时候，拴钱却把他的宝贝女儿勾引了。这也怨不得拴钱，造船工地上十几口人得吃饭，拴钱娘死得早，家里只剩下三个男人。陶师傅说，就叫大大来工地烧饭吧。拴钱才知道，他的观世音菩萨叫大大。大大提了个条件，早晨买菜离镇上太远，拴钱得一早骑摩托载着她去。问题就出在这里，镇上的菜市早，天麻麻亮，拴钱就去大大家院门口等着，然后两人一人一顶鲜红的头盔，摩托一溜烟奔菜市场。菜市场的菜贩把他们看成了一对开小饭店的夫妻，吃准了是女的做主，追着大大一口一个老板娘。开始时大大被喊得脸通红，急着辩解，喊多了也懒得去理会，装作没听见。有一天晚饭后，工人们都吃过饭回家了，陶师傅也走了，大大洗锅刷碗，拴钱不走，拴钱晚上得看工地。等大大忙完了，拴钱递上头盔说，老板娘，走，老板送你回娘家。大大急了，说，谁是你的老板娘？拴钱说，谁急谁就是。大大就捏了拳头去打拴钱，拴钱笑着任她打，打着打着那拳头就软了，人也软了，拴钱先是身上的肌肉硬着，接着软的地方也硬了，两人就滚在了湖堤的草丛里。

事后，大大哭着说，我是有婆家的人，你船一下水，一走了之。我怎么办？我爹知道了会剥了我的皮。拴钱刚刚做了男人，胸腔也被这条钢铁大船撑得豪情满怀，搂着怀里的女人说，多大事，大不了退婚，跟我闯长江去。大大说你说得轻巧，我爹这样要脸面的人，怎么会准我退婚。大大说，你爹不答应，你就跟我私奔，等我船进了长江，回头就来接你。

商议的结果，只有这一条破釜沉舟的路。关键是船下水之前，千万不能让陶师傅知道，陶师傅一生气，钢铁大船就会成为"烂尾船"。

拴钱从山东买柴油机回来那一次，正是黄昏时刻，工地上已没了人影，只得叫驾驶员明天再来卸货。发现临时搭建的厨房里还亮着灯，拴钱心中窃喜，大大还没忙完。大大站在灶台前，拴钱冲上去从背后抱住了她，大大双手被勒得紧紧的，身体却在他怀里左冲右突，像一条入网的鱼儿恨不得把那缠身的网线撕开。拴钱咬住她的耳垂，哼哼着说，大大，我已经五天零八个钟头没见到你了，我已经二十四天零十二个钟头没亲过你了。大大一愣，就听凭他转过了她的身子。拴钱的嘴巴咬住了她的嘴巴，渐渐地，身子就把持不住。拴钱睁开眼，大大的眼睛居然一直睁着，看着拴钱像看着一个陌生人，大大以前没这样看过他，亲热的时候大大都是闭着眼，柔顺得像任他宰杀的羔羊。拴钱松了嘴，说，大大，才几天你就不认识我了？大大说，几天没见面了，就不能让我多看几眼？拴钱接着要行动，大大说，不，我要你骑摩托带我到湖堤上兜风。

拴钱想起来，第一次见面他答应过大大这个要求的，可是开工以来他忙得一直没有兑现。拴钱说，行，发动摩托车让大大上了后座。摩托车在湖堤上疾驰，湖堤不是公路，高低起伏，拴钱的后背不时感觉到大大胸脯柔软的撞击，拴钱的心就像被拨动的琴弦。

拴钱熄火时，连摩托车的撑脚都顾不上撑，就转身抱住了大大。摩托车在湖堤上倒下去，浓烈的汽油味在夜空中弥漫，大大说汽油漏了，拴钱说，漏光了咱推回去，抱着大大往草坡走。世上有些事是能刹得住车的，有些事却是你想踩刹车踩下的却是油门。拴钱踩下的就是油门，他一下子冲进了大大，一次又一次进入大大。大大双手把拴钱勒得紧紧的，脸也扭曲了，拴钱望着大大说，是不是痛？大大点点头又摇摇头，用力箍住他的腰，说，告诉我，你爱我。

拴钱说，我爱你。

大大说，不行，把名字说全了。

拴钱对着夜空大声说，拴钱爱大大。

大大捉住拴钱的一只手缓缓拖到自己的胸口，大大的左乳有一颗黑痣，可是今天没有。大大双手拽住了他的两只耳朵，说，你看清楚，我是小小！你要真的喜欢大大，你赶紧出来，起身走人。拴钱哪里出得来，小小的脑袋昂着，胸脯贴住了拴钱，重心全落在了下面，这是一个要命的姿势，拴钱不仅出不来，还把油门一脚踩到了底，轮子像翅膀一样慢慢离开了地面。

油箱里没油了，翅膀无力地垂下，还原成两只轮子在地面滑行，最终停了下来。拴钱闻不到汽油味，却闻到一股血腥味。小小两只手摊在草地上，两条腿也松开了，草地上写着一个"大"字。她分明还是大大，拴钱脑中闪过这个念头。小小突然笑了，说，拴钱哥，你分明爱的是我小小，下次可别嘴硬了——你可把我的什么都拿走了。

哪里还敢有下次？无论拴钱油箱里装满多少油，他也不敢踩油门了。后来，拴钱驾着大船从湖口闯入浩浩江流没有害怕，却对进入女人那条神秘的细流没了信心。现在情况复杂了，现在问题麻烦了，人活在世上，就像固城湖里的一条鱼，你躲得了渔民撒下的网，却又防不了钓鱼人下的饵，防不胜防。拴钱每次见到大大，都反复问她，你是不是大大，弄得大大都有些生气了。可是拴钱不能实话实说，拴钱不能说大大，有一回我把小小当成了你，我一不小心把你妹妹也弄了。要真那样的话，大大饶不了他，小小饶不了他，陶师傅更饶不了他，拴钱所有的梦想就成了泡影。关键在于小小肯不肯饶他。一把剑高悬在拴钱头顶，握剑的是小小。船下水了，那把剑没有劈下来，大大死了，那把剑没有劈下来。可是没劈下来，不等于那把剑不存在了，不等于说那把剑锈了，钝了，相反，拴钱觉得那把剑越来越锋利，越来越寒气森森，不杀他，只是时辰没到，而一旦捅下来，他就生不如死。

一阵快艇的马达声扑过来，打断了他的思绪。有人喊，陈老大，陈老大。拴钱想，这么晚，谁会来这里找我呢？

来的是镇财政所所长沈宏伟。尽管装了沙，拴钱的船船帮子离水面还有一截子，沈宏伟手脚并用爬上来，刚要招呼拴钱，艇上的人用一根长篙拦住他，钱！沈宏伟从包里摸出一个信封，讨好地说，二十张，每一张都用验钞机验过两遍。艇上的人伸手接了，捏一捏厚度，长篙就让了沈宏伟的路。沈宏伟说，陈老大，可找到你们了！像失散多年的地下人员找到了组织。

8月27日　晴　东南风2～3级

五

三宝躺在床上，听到一台台柴油机吼叫着发动了，一骨碌爬起来，这是昨夜装沙后泊在附近的船只起航了。他拎了毛巾牙刷到船尾洗漱，发现一个人已在那里刷牙，见了他，抬起满是牙膏泡沫的下巴跟他打招呼，早。居然是沈宏伟。

这条骚公狗怎么会在他的船上？三宝想起来，是昨天夜里，不，应该是今天凌晨他让这狗日的上的船。

昨夜过了十二点，他从游船上回来，酒还没喝得尽兴，见老大船上的房间还亮着灯，就上了老大的船。老大竟然也在喝酒，陪他喝的人只看见一个背影，长袖衬衣长裤，一看就不是船上人。听到脚步声，那人转过脸来，是沈宏伟。三宝的酒顿时醒了一半，沈宏伟上船讨债来了。三宝想躲，却无处可躲，除非你躲进长江里去，他只能硬着头皮迎上去。

三宝说，稀客稀客，是什么风把您给吹上船了。拉过一个凳子坐了。三宝斟满了酒敬沈宏伟，说，沈所长，欢迎大驾光临。

沈宏伟说，别再叫所长，撤了，我现在狗屁都不是。

三宝惊讶，为什么？

沈宏伟说，托您的福，挪用公款，差一点就进去了。

三宝听明白了，原来他屁也不是了。江风把他的酒全吹醒了，现在世界上究竟谁怕谁？机会终于来了。三宝说，你看这事，都让我给连累的。赔罪，我赔罪，再敬您一杯。既然您不是所长了，我就敢和您称兄道弟了，兄弟，干了！

沈宏伟哪里听不出这话中的意思，一慌，身体就坐直了，冷汗直冒。都说现在是黄世仁害怕杨白劳，债主害怕借债的，不这么简单，沈宏伟是怕上加怕，悔上加悔，因为沈宏伟还偷了老三的女人，现在虎落平阳老三瞅准机会要治他了。

陈三宝搂住沈宏伟，一个劲儿敬酒，拴钱觉得老三懂事多了，也帮着劝酒。三宝说，沈所，您是来找我的，这一回是我的客人，怎么说也应当住我船上。

三宝又说，从今以后，你就是我兄弟，你住我船上，我一个月还你一万，这些日子老子从来没还钱给谁，你是兄弟，兄弟优先。

沈宏伟死活不肯去，拴钱觉得老三这回是真心，说，难得老三有这样的热心肠，就依了他吧。喝完酒，老三硬是把他拽上了自家的船。沈宏伟心中叫苦不迭。

一进船舱，陈三宝照着沈宏伟白晃晃的脸就是一拳，打得他站立不住倒了下去，沈宏伟知道上了他的船就会是这样，想躲的，哪里躲得开？除非跳进长江去。三宝说，你个骚公狗，鼻子可真长，嗅着那骚货的味道寻到这里来了。

沈宏伟站起来，捂住脸，说，三老板，你饶了我，我是走投无路，才寻到这里来。

三宝又是一拳把他打倒在船板上，一脚一脚踢过去，踢得他抱成一团，三宝边踢边说，你也有走投无路的时候？老子说过见你一回打你一回，见你十回打你十回，你还不相信？老子今天不光是打你，老子要把你扔进长江里喂鱼！

沈宏伟突然坐起来，鼻子里嘴角上淌下的血挂到了衬衫上，沈宏伟说，陈三宝，你扔吧，你干脆把我扔进江里算了。我既然肯来，就打算被你打死，打算被你扔进长江里！实话告诉你，来之前我就把遗书写好了，一封留在家里，一封交给了单位。

三宝冷笑一声，说，你还敢吓唬老子。上去又是一脚，但这一脚已经没什么力量，他酒喝多了，也踢累了，一屁股坐到凳子上喘气。

陈三宝说，你给老子乖乖地睡在这房间，胆敢迈出去一步老子就砍了你的腿。

沈宏伟就是当年贷过一万元给拴钱的信贷员，后来才进步成镇财政所所长。拴钱后来两次造船沈宏伟也继续帮他贷款，陈拴钱言而有信，没误过沈宏伟一次，倒霉就倒在陈老三身上，这同一个父母生的兄弟截然相反，哥是哥，弟是弟。

其实连陈拴钱也无法弄得懂这个老弟。

老三比拴钱小五岁，从小就是拴钱的尾巴。叫三宝，是因为生他之前有个老二，夭折了。娘死得早，拴钱只有这一个弟弟，吃穿都让着他。弟弟脑子好，在学校里经常得奖状，按拴钱的想法，熬屎当饭勒紧裤带也要把弟弟供进大学，光宗耀祖。可当弟弟的不这样想，拴钱第一条船没下水时，三宝就打定主意跟哥哥去闯江湖。三宝说，哥，上什么大学，大学毕业还不是穷光蛋一个，你看看我那些老师不也全上了大学，又穷又酸谁瞧得上。拴钱不答应。可船进了长江，这小子从甲板下的暗舱里冒出来，书包里没有一本书，带的全是换洗衣裳、毛巾牙刷。三宝上了船，先是跟着水手，接着跟轮机长学轮机，脑子快就是学得快，不长时间就样样能干让拴钱刮目相看。拴钱说，剩下就只有学你哥做船长了，你干脆弄条船得了。拴钱是开玩笑，三宝却牢牢记住了。

拴钱一抬脚跨进长江，就是跨进了钱窝子。当时上海滩上的黄沙卖三十元钱一吨，除去买沙钱、柴油钱和人工钱，一吨能赚二十元，一船沙装二百吨，就能赚四千元，一个航次来回十天，一个月能赚一万两千元，你算算，不到一年，就能把银行贷款连本带息全部还清。拴钱回家还贷的时候，拴钱发财的消息传遍了大街小巷，蠢蠢欲动的人、跃跃欲试的人挤满了拴钱的屋子，拴钱给他们递中华烟，讲长江上的趣事，他们排着队请拴钱上酒店，醉得拴钱差点回不到船上。

拴钱刚离开固城湖，固城湖的湖堤上就有人砌起了新的船台，接着，船台就如雨后春笋般在湖堤崛起，等过了几个月拴钱回家，连绵十几里的湖堤上已排满了钢铁大船的船体，像是若干年后南京城里街边头尾相连停泊的一排排汽车。还是不断有人请拴钱喝酒，拴钱给他们递硬中华，他们说，不，抽我的。递过来的是软中华。但这回不是想向拴钱打听什么，是向拴钱借钱，你陈老板的船早就不欠债了，船姓陈，船赚的钱也每一分都姓陈了，你把钱摆在船上有风险，摆在银行利息低，你借给我，我让你的钱给你生儿子生孙子。拴钱摇头。人家说，我给你多银行一倍的利息，拴钱还是摇头。那就高两倍，不行？高三倍！最后人家出到月息三分，年息百分之三十六，就是说借你一万块，一年后还你一万三千六百块，拴钱依然摇头。这让人很生气，人家立即要结账走人，拴钱说，你先走一步可以，账留着我结，心里说，你袋里的钱未必是你的，我袋里的钱每一张都实实在在是我的。

拴钱是想留着钱重新造船。拴钱的船在固城湖是大船，在长江里就是一条最普通的小船了。真正的大船是几千甚至上万的吨位，人家从你身边超过去，尾浪打得拴钱的船像只摇篮东晃西歪。拴钱果断地把船卖了，十万出头的船卖了三十万，船板涨了，柴油机涨了，同样的船你到船厂去买至少五十万。拴钱找到沈宏伟，沈宏伟已经是信用社的副主任了，沈副主任说，你是固城湖第一个富起来的渔民，我不支持你支持谁？拴钱向来对沈副主任大方，沈副主任对拴钱也不薄，一下子贷给五十万，几个月后，拴钱就驾驶着千吨轮气势磅礴驶进长江。但是，拴钱的满足没维持多久，长江的航道越来越窄，拴钱的心却越来越大。江上的运输船越来越多了，浙江人的船动辄就是几千吨位，那些大船阻的不是长江航道，是阻的拴钱的心。三年之后，拴钱决定，卖船，回家再造一条吨位翻一倍的大船。

但这一回，老三说话了，老三说，哥，我也要造一条船。拴钱说，你想造多大的船？老三说，不大，一千吨就行了。

其时老三已经年过三十，已是娶妻生子的人，也到了该立业的时候，可是开口就要造千吨轮，拴钱还是吃了一惊。拴钱说，你能不能过一二年再造，我现在自己资金都跟不上，过一二年宽裕了，哥才有钱帮你。老三说，过了这个村，怕就没这个店了，现在政府对造船管得紧了，这证那证名堂越来越多，说不定就要出来政策不许民间造船了。拴钱无语，据说县政府本来是支持老百姓造船运输的，电视里报纸上都大张旗鼓宣传，要把固城县打造成"长江运输第一县"。动静闹大了，省市港监局、国营大型船厂的领导专家纷纷前来考察，专家们站在固城湖湖堤上惊得目瞪口呆，没有一张设计图纸就敢动工，没有一个人有专业职称，农民拿起电焊枪就敢焊接，没有船台没有槽轨，千斤顶一顶钢缆一拉就敢让千吨轮横向下水。惊讶过后就是愤怒，这是藐视科学技术，这是拿人民的生命安全当儿戏！县政府这才晓得请错了神，才晓得做人要低调，做政府也要低调，忙着回办公室制造条文了。老三的担心不是空穴来风，可拴钱还是反对三宝造船，一千吨的船，至少得化一百万。

先是老父亲来了。拴钱的船停在上新河码头等买家，老爹先是乘汽车到了南京，又从南京雇小三轮到了上新河，颤颤地走过跳板上了船，抽了拴钱递的好烟，喝了拴钱供的好酒，说，老大，你是过上好日子了，这样的家当，我做梦都不敢想，你想再把家当做大，我当爹的当然高兴，可是，你不能光顾自己好，也得让老三也好起来。我呢，手心手背都是肉，两个儿子都发财了，我才真正脸上有光。国家也讲究个共同富裕，你为啥就不同意老三也富裕起来。

拴钱不说话，闷头喝酒，老三也不说话，帮老爹续酒。

这一天的半夜一点，拴钱的手机响了起来，这个1370开头的手机半夜响起来不是第一回了。这是大大的手机，可大大已死去多年了，拴钱接过几次，每次都没有声音。他一直以为是闹鬼，可今天夜里"鬼"却说话了。手机说，拴钱哥，我是大大。拴钱惊得从前甲板上坐起来，看四周，什么都看不清，邻近的船体像是巨大的怪兽，远处几盏灯火像是鬼火闪烁。拴钱头皮发麻，说，你是谁？手机说，我是大大呀，这手机是你送的，这号码是你给的。你娶了老婆生了女儿就忘记了？拴钱看显示号码，是大大的号码，拴钱听声音，是大大的声音。这个1370开头的手机，曾让拴钱大喜大悲，大大出事后，这手机就成了拴钱最害怕的一样东西。它是拴钱的罪证，里面有大大和拴钱联系的记录，这么多年，他一直等待着有人拿着这个手机来找他算账，今天终于找来了，不是陶师傅，却是大大自己。

拴钱颤声说，大大，真的是你？你还活着？你在哪里？

手机说，我当然死了，你说要把我带到船上去，却把我带到了阎王殿！

手机那边传来一个小孩奶声奶气的声音，妈，我撒尿。

拴钱一下子醒悟了，手机里的不是大大，是小小，是老三的老婆。原来手机到了小小手里，所以一直没有人追查拴钱。拴钱说，小小，你别捉弄我了，你也知道，我是欠了大大，下辈子做牛做马都还不清，我至今都想着她，我不是无情无义的人。

小小说，陈拴钱，你不只欠了大大，你还欠了小小。你知道我小小为什么要嫁到你陈家。你睡了我们姐妹，却一个都不敢承认，死了的不敢娶，活着的也不敢娶。我告诉你，除了我们姐妹，你还欠了一个人，你弟弟陈三宝。你摸摸你的心口，你对得起你的亲弟弟，对得起在天上看着你的我姐吗？

拴钱明白了，老三两口子再打再闹也是两口子，老三老婆是要他帮助老三造船。

这个号码再显示，拴钱就知道是小小了。却又没人说话，只有小小鬼哭狼嚎的声音，老三拳打脚踢的响动。拴钱听不下去，将它按断。后来小小再打来电话，说话了，听到没有，这就是我在你们陈家过的口了。老三喝了酒就打我，心情好，打我一顿开开心；心情差，打我一顿散散心。

拴钱还能说什么呢，去信用社找沈宏伟，沈宏伟又高升了，不在信用社，到镇政府财政所当所长了，传说本来就在信用社转正，但他把手下一个女人弄了，女人的男人冲进信用社教训了他一顿，领导爱才，又考虑到他在信用社形象受损，推荐到镇政府安排重用。拴钱弄不清这信用社和财政所两个单位的官谁大谁小，反正都是管钱匣子的爷爷，一样的坐办公室吹空调，一样的吃别人的请收别人的红包。但沈宏伟说不一样，信用社的钱他愿意贷给谁就能贷给谁，财政所的钱他动一个子儿都得掂量掂量。拴钱说，那你不是从米桶里跳到糠桶里了，你脑筋坏了不是？沈宏伟笑，说，在信用社我是副职，在财政所我是老大，拴钱你晓得在船上做老大，我难道就不能弄个老大做做过把瘾？拴钱说，那我这贷款的事你还管不管？沈宏伟说，管，你是信用社的信用客户，从来没赖过账，我去打招呼，你把卖船的钱和身边的钱凑起来有多少？拴钱说大概一百二三十万，沈宏伟说够了。拴钱说这钱造两千吨的船才够一半。沈宏伟说，够了，就是说你有这笔钱存进信用社就可以再贷出这个数字。拴钱说，这钱我哪里敢存进去，我不是钱不够才贷吗？沈宏伟说，你今天存进去，明天办贷款，后天全都取出来，不就够了吗？这世上的事，首先要有出，然后才有进，这是规矩。拴钱这话能听明白，说，沈主任，不，沈所长，贷款办下来，我自然晓得感谢。但是谈到老三的贷款，沈宏伟直摇头，他一个穷光蛋，不可能的，银行信用社贷款，说到底是借鸡生蛋，他没有鸡，怎么敢指望他生出鸡蛋？

拴钱不死心，但沈宏伟的脑袋摇得很坚决。

拴钱把这事儿告诉了老三，拴钱说，三宝，你也别着慌，等贷款下来，我给你三十万，余下的咱再想办法。你哥的船能下水，就不会让你的船搁在湖堤上。想不到老三说，老大，别，我想好了，我也不求爷爷拜奶奶，我打算去钱庄借高利贷。这怎么能行，固城县的人造船造疯了，地下钱庄就应运而生，可那钱不是好借的，年息百分之三十六，付款时还得先把利息扣下，也就是说你借一万实际上只拿到手六千四，到期不还利滚利。就算船开起来能赚钱，但是长江已不是几年前的长江，运沙船一年多一年，柴油价一年高一年，沙场老板开出的黄沙价一年低一年，一年忙下来赚的钱也只够还这样高的利息。拴钱说，不管你怎么想，我都把三十万给你留着。

没想到事情会柳暗花明，拴钱的贷款办下来，请沈宏伟吃饭，老三两口子也去了。拴钱敬沈宏伟的酒，然后三宝也端起杯子敬酒，场面上的礼节得顾着。小小却劈手夺过来，倒在地上。小小说，老三你还真是个软卵蛋，人家看不起你，你何必要看得起他？这话重了，也不该是个女人说得出口的话。沈宏伟端着杯子有几分尴尬，也只是一瞬间，眼前又亮了，说，三嫂子快人快语，船直不弯肠子，要是三嫂子开口，我一定想办法。拴钱说，那小小还不赶紧敬沈所长一杯酒？小小飞一眼沈宏伟，说，要敬酒也不在今天，沈所长要真是说话算话，改天我敬你三杯。

小小还真的经沈宏伟弄到了五十万，不是贷款，沈宏伟公款私借。虽说比不上银行贷款，可利息比钱庄少一半。拴钱不知道三宝怎么想，说，老三，沈宏伟怕是打上了小小的主意。三宝说，哥，你管那么多干吗？反正那婊子跟我结婚时就是破货，她能给老子戴一顶绿帽子，就能给老子戴一百顶绿帽子。

船是造成了，黄沙的价格却一天不如一天，拴钱船大，贷款利息低，没多大压力，三宝借了五十万高利贷，追债的天天上门，小小在家待不下去，把儿子交到娘家，上船了。沈宏伟也慌了，沈宏伟在老三家被老三捉过一次奸，挨了一次揍，不敢找老三讨债，把老三告到了法院。可法院根本忙不过来，船上的债务官司多如牛毛，法院判决，船户不到庭。法院执行，找不到被告踪影。沈宏伟只好硬着头皮上船找打。

沈宏伟抽出嘴里的牙刷说，三老板，我想我还是住老大船上去。

三宝说，那怎么行，你是来找我的，该是我好好招待你。

说完，老三招呼沈宏伟在后甲板的桌子上坐下，喊了一声"早饭"，小小就端上了稀饭咸菜炒鸡蛋。小小低着头，谁也不看，三宝说，你不陪一陪沈所长？小小像是没听见一样，放下碗筷要走，三宝用手捡了一块鸡蛋送到她嘴边，说，慢，别说你老公不疼你，来，喂一个。小小张嘴吞了，三宝顺手捏了一下她的屁股。沈宏伟的眼睛不知道往哪里看，看也不是，不看也不是。三宝三下两下吃完了，说，您慢吃，我昨晚还有点功课没做。

三宝进了厨房，把小小摁倒在地板上，小小流着泪，任由他折腾。三宝说，叫啊，你不是喜欢叫吗？给老子大声叫。小小咬住牙不出声，三宝的指甲掐进她肉里，小小的牙关就松了，大叫，一声比一声尖厉。

三宝完了事，回到饭桌前，沈宏伟再也吃不下去。三宝给他夹了块蛋黄，说，沈所，这东西不错，补补身子，壮壮阳。

沈宏伟说，三老板，你放过我，让我住老大船上去。

三宝说，嗯，我晓得了，您是怕我夜里做了您。您还是小肚鸡肠，退一万步说，您不是说把遗书都准备了，我怎么还敢把您灭了？

三宝说，兄弟，我就喊你兄弟了，你说说看，我哪一点对不起你？好酒好菜供着，还演节目让你乐着，物质文明精神文明都给你提供，你还想怎样？

沈宏伟知道，老三是不肯放他走了，说，你喜欢我在这里，我就留着吧。我真后悔，把钱借给了你。我要是自己造条船，现在就在长江里逍遥，天王老子也不怕了。

沈宏伟说完，趴在桌上号啕大哭。

三宝说，沈所，一个大男人淌什么猫尿？你知道你为什么不如老子吗，你太把女人当回事，你迟早得栽在女人的裤裆里。

沈宏伟说，你说得没错，我就是被女人害惨了。娘的，满街的洗头房，哪里没有女人，我何必要一次次搞什么良家妇女！他娘的，这么多年我一次次滑倒，都是倒在女人的肚皮上。

三宝说，沈所，有一点你还像个男人，敢作敢当，敢送给老子来揍，比那些缩头乌龟强。

陈三宝越说越热乎，沈宏伟心里越来越冰凉。

三宝说，从今天开始，你睡前甲板的暗舱，那里不通风，其实夜里也阴凉。

沈宏伟说，为什么让我睡那里？前甲板上拴着狼狗，你想让它啃了我？

三宝说，为什么？还不是怕你们两个骚货夜里滚到一起，坏了我船上的风水。

沈宏伟说，那就让我去老大船上睡，你就放心了。再说，我哪里敢？

三宝说，不行，我得说话算话，讲定了睡我的船就得睡。

沈宏伟嗫嚅着点头，三宝打心眼里笑了。船上的生活太枯燥，有了沈宏伟才有意思。

六

风平浪静的好天气，拴钱把驾驶舱交给了轮机长，说是轮机长，其实是一个光杆司令，固城县出来的船，船长就是老板，再雇上一个轮机一个水手，船就开航了。不是公家的船，更不是衙门，何必养吃闲饭的。驾船，也没有专职驾驶员，船长能开，轮机、水手都能开，甚至连拴钱的女人月香也能顶上去开半天。长江航道已经船满为患，即使不识水路，你只要跟着前面的船屁股走，就不会有问题。

老三的船跟在后面，船头上立着小小。这个女人耐不得寂寞，常常立在船头上看风景，打扮得花枝招展，遇上交错而过的客轮，就挥着手跟人家打招呼，恨不得飞过去往人多处凑热闹。根水说三嫂子站在船头上最美，像是一部电影《泰坦尼克号》上的女主角，小小就让根水去码头时捎回了碟片，晚饭后都凑在拴钱船上的电视机前看，拴钱也看。那洋女人其实不像小小，小小虽然生孩子后身材变丰腴了，没有大大那时苗条，但比起洋女人还是要有身条，该肥处肥，该瘦处依然瘦。看着看着，拴钱突然脸色一变，那船撞冰山了，海水喷涌而出占满了画面，拴钱冲上前"嗒"的一声将电视机关了。没有人敢哼一声，拴钱从DVD里取出碟片，从窗子扔进了长江。所有人都默默散了，小小走的时候脸上还挂着泪痕，那是被电影里的人物惹出的泪水。这样的电影怎么能到船上来放，船上人有船上的规矩，就说吃饭吧，吃鱼时不能将鱼翻身，只能挖着吃下面的鱼肉；吃完饭不能把筷子放在碗上，那样子像是一艘搁浅在陆地上收了桨的船；碗洗了不能倒扣着放，虽然这样摆着碗底干净，但这太容易让船上人做噩梦。

船上人没有一个不迷信，在龙王门前讨口饭吃，性命不由自己。老话说，行船只有三分命，七分已到鬼门关，谁不是胆战心惊，如履薄冰？

拴钱出了房间，船已到了鄱阳湖的湖口，江水明显地分成了两种颜色，所谓泾渭分明，靠鄱阳湖的一侧清澈碧翠，那是涌出的湖水，而长江水浑浊发黄，像是船工皮肤粗糙的胸脯，却也显出男人的胸怀，让出一半江面，接纳了那清秀如女人的湖水。左右船上的人都欢呼起来，看小小，也在船头上手舞足蹈，拴钱想，船上人日子枯燥，湖口这一段的江面日日如此，年年如此，每次经过却都忍不住看一眼，人已分不出清浊，水能清者自清，浊者自浊，成了稀罕风景了。再看，拴钱心头一沉，只见三四只江猪正在追着船游泳，不是张开鳍翅浮游，而是鸭子扎猛子一般，一个猛子接着一个猛子，那黑油油的脊背露出水面拱成半圆，像是水面上立着半截黑色橡胶轮胎，一忽闪，不见了，又从前面几米处重现。江猪学名江豚，电视上有专家认为江豚在长江快要绝迹，是珍稀动物，但跑船的人偶尔还是看得见，老辈的船上人迷信，看到江猪认为不是吉兆，拴钱这个年纪的人，看到江猪心里还是有惊无喜。

拴钱心里有了烦躁，楼上楼下走了几遭，又到底舱里看了看。一切正常，一台柴油机欢快地吼叫着，另一台乖乖地卧着，拴钱船大，配了两台大马力的船机，一般只开一台，因为老三的船上只配了一台，马力还小，两只船的速度要同步。

拴钱走到货舱，根水又在玩沙子。根水玩沙子，不是小孩那种玩，是用沙子堆出各种人物，叫沙雕。出水不到一天的沙子，拂去面上发白的一层，还是潮湿的，手一捏还能成团。根水已经堆出了一个女人，一个仰面躺着的女人，两个蓬勃的奶子冲天翘着，两条大腿修长地延展着。

根水招呼拴钱，说，叔，您看这个怎么样？

根水的两只手还沾着深颜色的沙子，打量着自己的另一个作品，这是一个男人，趴在沙堆上，臂上的肌肉鼓鼓的，肩胛骨凹陷着，身子弯曲，瘦削的屁股紧绷着显得有力，那两只脚，五趾张开像五只吸盘，牢牢地抓住沙子，一看就是船工的脚。拴钱说，你这捏的不像人，像是一只爬虾。

根水说，这个人就叫爬虾。

根水说话的腔调跟罗老大一个样，让拴钱悚然心惊。看来这伢子还在想着他爹娘的死。

拴钱俯视着这一男一女两个人物，忽然惊慌起来，抄起沙锹左右挥舞，片刻就把根水的作品全毁了。根水看着他疯了一般动作，不敢问。拴钱看到了什么？女的仰着，男的趴着，淹死的人在水面上就是这样的姿势。

拴钱定了神，回到房间，翻开日历，今天是农历十五，这是一个让拴钱恐怖的日期，拴钱一颗心越缩越紧。

七

说起来是陈拴钱夺了根水爹船队老大的位置。

刚进长江的日子，拴钱总觉得浑身的骨头作胀，这不奇怪，拴钱原先虽说做渔民，在水上的日子多，可毕竟吃住都在岸上，脚上能沾到地气，摇桨撒网上船下船，胳膊腿都不闲着。现在一天二十四小时都在船上，白天基本上守着笼子般的驾驶舱，就一个握舵的姿态，人站成了雕像，手脚都僵硬了。夏天的傍晚船泊了，拴钱就会忍不住跳进江水中，游到对岸，又游回船边，活动活动筋骨。那天排队装沙，得等老半天，拴钱就下了水。

天热，下水的人不少，都在船头船尾，挤在一起。拴钱一手托着仰天的草帽，一手划水，直接朝江心游去。那里有一个小小的沙洲，洲上长满了低矮的树木和茂盛的杂草，从浑黄的水面上看去，绿得养眼。江水不同湖水，流急浪大，一口水吞进嘴里，舌苔上会有一层沙子留下来，让你老觉得吐不干净，要是湖水，吞一口也没事，等于喝了口矿泉水。拴钱独自向江心洲游去，游一阵，将草帽换一只手，草帽里放着他的裤衩和香烟打火机，在水里你可以一丝不挂，上了岸你得有块布遮羞。浪头打过来，拴钱将手中的草帽轻巧地往空中一抛，然后，躲过浪头的草帽又稳稳落进他的掌心。

他偶尔回头，才发现有个人追着他游过来了，那泳姿有招有式，像电视上比赛的动作，拴钱奇怪的是这长江里怎么会有这么白的人，水浊，那小子露出水面的皮肤在阳光下亮得像是银子。拴钱用脚掌和肚腹运水，立住身子，像是海洋公园里竖起身子顶球的海豚。这招数在固城湖叫"踩水"，厉害的角色肩上能扛一箩草灰，游到湖心岛上不打湿。拴钱抬起另一只胳膊向他招手，那小子仰起头看见了，加速奔他而来。近了，拴钱倒下来急急游几十米。远了，拴钱立起身子再招手逗引他。几个回合，到了沙洲的浅水处，拴钱的脚觅到了光滑的沙土，上了洲，放下草帽，抖了抖身上的水珠，打算等晾干了身子才穿裤衩，先点了一支烟。那小子也上岸，显然累得够呛，大口地喘气，身子果然白得厉害，居然也是一丝不挂，该黑处也黑，不仅是黑，还有绿，是一棵长长的水扁担草绊在裆间了。拴钱不由得笑了，固城湖有句谚语，不是老子划水不快，是水草绊住了老子的卵蛋。讥笑的是那种输了却为自己找借口的人。

那小子顾不上说话，朝拴钱竖了竖大拇指，拴钱扔一支烟给他，扔偏了，那小子却一个鱼跃接住了，身手奇快。阳光下，一黑一白两个赤裸的男子脸对脸点了烟，都不急着说话。

烟抽完，那小子说，大哥，好功夫，教教我。

拴钱说，其实简单得很，用肚子上的力量击水。

拴钱伸出手想拍拍他的肚子，手伸到半空，停了，回来拍拍自己黑油油的肚皮。

拴钱说，你刚才游的那个姿势，两手两脚并拢的，叫什么来着，蝶泳？实际上用的就是腰和腹的力量，只不过你那是横着，我是竖着。

那小子就下了水，拴钱在岸上做教练。其实哪里像拴钱说的那么简单，他总是忍不住用双手去划水，拴钱说，你投降，手伸出水面记着举手投降，那小子双手一举，身子立即沉了下去，吞了一口江水，"呸呸"吐个不停。拴钱说，你小子笨，没手了你只晓得动脚，你要动屁股和腰，要像趴在女人身上一样用力。那小子试了几次，真的能在水里站住了，只是水还淹在脖子那里。拴钱又抽完一支烟，那小子还认真地在水里折腾，拴钱说，上来歇会儿，心急吃不了热豆腐。

那小子上了沙洲，一边走一边还前后颠着屁股，没水遮着，那动作很下流。拴钱说，做事儿除了做，还得脑子里琢磨。那小子连连点头，说，大哥说得对，这活儿不光动屁股还得动脑筋。洲上有很多水坑，坑里的水比湖水还清澈，小鱼小虾在里面自由地游动，那小子像个孩子，用双手去捧，看小鱼在他的手心里游，又轻轻放回水中。拴钱开始有点喜欢他了。

往回游之前，他在水坑里逮了一条火柴梗长的小鱼握在手心，对着拴钱说，我要举着它带到我船上，让它和我一起活着过江。拴钱笑笑，这小子要举着一只手游回去，还保证他拳心里的小鱼不撒手不捏扁。这挺困难，但拴钱没有打击他。拳头连着胳膊，胳膊连着脑袋，脑袋是他的小命，危急时由不得他，该撒手自会撒手，再说，拴钱跟着他，等于跟了个救生员。

刚出发，对面有两个黑影扑过来，看得出是快艇。拴钱想，糟了，这两只快艇一左一右，掀起的浪头肯定让这小子够呛。近了，那快艇却关了马达，乖巧地等在那里，等他俩游过去，才缓缓跟上。看得出这小子是个不要命的角色，有几次浪头打过来，明显淹了头顶，他冲出来，甩一甩脸上的水珠，那高举的一只胳膊依然像一只帆撑在水面上。最糟糕的一次，他整个脑袋都沉进了水里，只剩一只拳头浮在水面上，艇上有人急得跳入江中，却不敢近前。拴钱慌了，将手上的草帽随水一扔，潜进江水，将他顶上水面，他吐了一口水，冲拴钱一笑，那只举着的拳头还是不松开，看来这小子不是凡人，意志能战胜求生本能，拴钱心中称奇。快到达时，水里的人群齐声为他加油，他脸色白得如纸，没了一点血色，一只手抓住了船舷，那一只拳头高举着不让人碰。拴钱立在水中，见他坐在船帮上，一边喘，一边吐嘴里的沙子，一大帮人围上去，用干毛巾擦头发的擦头发，擦后背的擦后背，他朝拴钱喊，大哥，过来看看它活着不？他松开手，那小鱼见了光明，卧在他手心里一动不动，恰巧边上替他擦身的人碰了一下他的胳膊，小鱼掉进江水中，白肚子一闪逃命去了。这小子突然变了脸色，立即有一只文着龙身的手臂斜刺里挥过来给了边上那人两记耳光，那人一愣，双膝在船板上跪下了。

这小子是什么人？也太霸道了。

拴钱解围说，老弟，这小鱼肯定活着，它要是死了就漂在水面上了。

他侧身对跪着的人慢声慢气地说，这鱼也是一条命，我承诺了不让它死，它就不能死。

走时，拴钱朝他竖了竖大拇指，把在沙洲上他送的那个礼还了回去。

他挥挥手说，大哥，我是白脸，有事来找我。

拴钱手脚一愣，忘了是在水中，差点沉了下去，拴钱说，你是白总？失敬失敬。白脸笑了，说，我不姓白，我叫郑守志，有空来找我喝酒。

长江里有几个人不知道白脸？可拴钱没想到他是一个不到三十岁的年轻小子。关于白脸的身世江湖上有多种版本。一种说法是，白脸的父亲本来是一位省级高官，遭人举报夫妻双双进了监狱，白脸正读大学，退学回了没有父母的家，日夜跟踪那位举报者，终于也掌握了他受贿行贿的证据，把他也弄进了牢房。白脸报了仇，却丢了大学学籍，想投靠父亲从前的僚属，弄一份工作谋生，那些伯伯叔叔们却都变了脸，避之唯恐不及。白脸心一寒，索性进长江做了水手，在江湖中一步一步闯荡出了自己的天地。第二种说法，说白脸本是一船工子弟，顶替父亲在轮船公司做了船工，几年后公司搞下岗，白脸成了第一批下岗工人。他组织了同时下岗的工人去吵去闹都没有结果，别人散了，白脸却赖在船上不走。若干日子后，先是公司经理在码头上失足落水，泡成了死猪才被人发现，接着是船长在船尾拉屎时不明不白掉进了长江，身体被螺旋桨割了十几道口子，成了残疾。船长认定是有人在他习惯的蹲位抹了机油，他才会滑下江中，怀疑是白脸。白脸却已从船上消失，再露面时航运公司已被他买下，他成了法人。第三个版本是与女人有关，说白脸本是武汉某大学的才子，女朋友是倾国倾城的校花，想不到有一天校花竟成了她老师的猎物。那没有廉耻的老师和校花被白脸抓奸在床，白脸隔着床单将畜生老师一连捅了十几刀，血将白床单染成了红床单，白脸才扔下刀，远走江湖。

英雄不问出处，拴钱不知道该相信哪种版本。这不重要，拴钱知道的是这个年轻人成了长江里黑白两道举足轻重的人物。他收服了大股小股的江匪，摇身一变成了拥有多家公司的老总。拴钱所在的船队就在他的打沙船上装沙，固城船帮的老大罗金宝提到白脸简直敬如天神，拴钱却把他当成了黄毛小子教训了一通，人家还一口一个大哥。拴钱那时年轻，第一回知道了江湖水深。

再见到白脸是在几个月后，固城船帮和安徽船帮发生了一次械斗。起因是为了排队装沙。正值浦东开发高峰，上海沙码头沙子供不应求，沙价自然就高了上去。罗老大带着船队到白脸这里装沙，白脸那时也只有两条打沙船，船队只能散开落锚排号。没想到安徽一支船队斜刺里挤了上来，首尾相连，像是等红灯的车队，明摆着是挤对固城船队。罗老大带着拴钱等几个船长找白脸手下的人讨说法，可那小子爱搭不理，罗老大急了，多等一天船队的损失就是几十万，罗老大率先驾着自己的船抢位，两条船船头撞到了一起，对方船上的人冲上船来动了手，显然是有备而来。双方的大船都放了小船，带着家伙往罗老大船上赶，罗老大船上只有一挂绳梯，爬上去的人立即投入战斗，抢绳梯的双方小船也在下面开辟了新战场。叫声哭声在江面上响成一片，大船上不时有人摔下船台，小船上的人干脆跳入江水中肉搏，拴钱也上了大船，操起一根长竿，左右挥舞，且战且退，守住驾驶室，将船挪开，不让对方的援兵上船。等到白脸率人过来，双方都伤了十几个人。这一战其实没有赢家，耽误了一天多，双方都损失不小，连带白脸的打沙船也停了大半天，跟着倒霉。等双方把伤员送上岸，白脸把双方的船队老大召集到自己的办公室，罗老大叫上拴钱一同去了。

白脸的办公室设在船上，很大，几乎占了整整一个舱位，出奇地安静，听不到船上发动机的噪声，光线有些暗，仔细打量，才看出墙上都装了吸音板。白脸坐在办公桌前，埋头读一张报纸，身后站着三个手下。双方船队老大进去，怒目相向，只是在这里不敢吱声。

白脸抬起头，说，来了，坐。

白脸说，开灯，我平时不喜欢太强的光线，可今天话要讲在明处。

灯开了，这才看清白脸身后那三个人站姿不同，边上两个人背着手，中间那个人却靠墙大张着手臂，像是十字架上的耶稣，不过他的手心里钉着的不是铁钉，而是两根长长的钢针，像女人织毛衣的竹针那么长。拴钱认出，那人正是他和罗老大前去论理的白脸手下。

白脸说，实话实说吧。

钉在墙上的那人抬起头，脸上有掌掴的印痕，说，我该死，我收了安徽船队一方，是我默认他们抢位的。

一方就是一万。为了一万就让我的船队少赚几十万，罗老大冷笑着说，你要是跟我明说，我给你两方三方都没问题啊。

白脸说，我的人我自会管教，现在看看这事该怎么收场。他把眼光投向安徽船队的老大，说，你拿个处理方案，凡事都得讲个道理，你喜欢闹腾，不能让我们为你的喜欢买单吧。

那老大是个黑胖子，沉默了半天，说，我负担所有的医疗费用。

白脸不看他，自顾玩着手里的两根钢针，拴钱这才发现，他办公桌上放着一只竹匾，竹匾里有许多粗细长短的钢针。

黑胖子接着说，还有，还有郑总您的误工费用。

白脸扔了手中的钢针，钢针在桌面上蹦出清脆的响声。白脸说，这话在理，没讲完哩。

黑胖子无奈，说，算老子倒霉，再加上他们船队的损失。

白脸说，好。抬手鼓了几下掌，那掌声单调而微弱，在他的办公室里显得阴森森的。

罗老大说，那不行，他还得向我的船老大——道歉。

白脸说，是吗，看样子罗老大是个要面子的人，这世道，面子是什么？面子就是钱啊。要钱还是要面子，二者只能选一个。要面子是有钱人的事，钱多了才想到要尊严，罗老大让我羡慕。

罗老大立刻脸白了，说，我有什么钱，气不顺而已，还是郑总您做主。

出门的时候，白脸指着拴钱说，你留一会儿。拴钱看一眼罗老大，罗老大点点头走了。白脸说，我是喊你大哥的，到了我这里，总得多坐一会儿。

屋里只剩下他们两个人。白脸说，这结果你满意吗？

拴钱说，谢谢郑总，我满意，我们罗老大其实也满意。

白脸说，我是冲着你来的，是给你面子。罗老大？彼可取而代之也。

拴钱茫然。白脸说，我是说，你可以取代他做固城船队的老大。

拴钱忙说，我可不敢，罗老大本来就是村上的支书，当惯了干部的。再说我也不能这样做，不在谱子上。

白脸哈哈大笑，长江上本就没一本规定的谱子，你想怎么唱就可以怎么唱，谁敢唱谁就定了调。长江上的道理攥在强人手里，你们那个罗老大太熊，兵熊熊一个，将熊熊一窝，熊就得受人欺。再说，这老小子做事也拿捏不准分寸了，在我面前也想得寸进尺，脑子坏了！大哥你这样的人领头才能撑得起固城船队。

这话拴钱当时没弄清真假，可白脸说者有心。

白脸不仅卖沙，船队的柴油也由他包办供应，那一个冬天，柴油供应突然紧张，白脸的柴油价格飞涨，而且质量也明显下降，机器常常在中途突然熄火。罗老大怀疑白脸卖的柴油中掺入了劣质油，召集船队中几个大户，商量合资造一艘加油船。拴钱说，这事得让白脸同意，至少事先得知会一声。罗老大说，白脸主营是打沙，卖油只是副业，再说，咱的油船专供自己的船队，不跟他抢生意，这点面子他会给我老罗的，没必要前怕狼后怕虎。

罗老大没想清楚，这样做其实是在与白脸叫板，是与虎狼争食，而在虎狼嘴里掏食是多么危险，他一念之差遗恨终生。

按惯例，临近春节，白脸会请客户吃一顿饭，刚进腊月，他就安排了先请罗老大的船队，饭局设在岸上的一家酒店，大厅里摆着十几张桌子，船长和船工都请，罗老大、拴钱等几个船老大安排在主桌，白脸亲自陪席，每桌上都有一个白脸的手下斟酒。其乐融融，看上去像是一场婚宴。

酒菜上桌，就有人忍不住下了筷子，众人争先恐后，只白脸和他的手下端坐着没动手。罗老大也夹了一只鸡腿放进盘中，立即有一双筷子去抢另一只鸡腿，是拴钱邻座的一位船长，没想到被一只毛茸茸的大手抢了先，抬头看，竟是白脸身后立着的随从，那家伙笑眯眯地说，给你。鸡腿直接送进了这船长的喉咙口，卡得他双眼翻白，一桌人立即放了筷子。

现在，那家伙擦了擦手说，请郑总给大伙讲话。

罗老大将自己那只鸡腿放进了白脸的盘子，低声说，船上人不懂规矩，您多海涵。

白脸仿佛没看见，说，是肉谁都想啃一口，只是我手下的人守规矩守惯了，见不得不守规矩的人，你别介意。

说完白脸举起杯，站起来清了清嗓子，朗声表达了对各位船老大的谢意，又特别感谢船队老大罗金宝对公司的支持，然后一饮而尽。

酒过三巡，桌上的气氛又热闹起来，似乎人们都忘了刚才的小插曲。拴钱坐在对面，抬头就能看见白脸身后的随从，说，郑总，让这两位也去坐席吧。白脸说，陈老大给你俩面子，就听他的，去吃饭吧。两人齐声说，谢陈老大！转身去了。拴钱眼前豁亮了不少，心里也不由得感激白脸。不是感激白脸给了他面子，而是感激白脸喊他陈老大，没有称他为大哥。要是白脸在桌上称他大哥，他怕在罗老大面前就说不清了，白脸是个聪明人，他显然猜到了拴钱的担心。不经意间，拴钱似乎和白脸有了某种默契和秘密。拴钱问自己，他拴钱有什么好担心的？说白了不就是那次游泳救了他，这没有什么上不得桌面的。拴钱再追问自己，说到底，他担心的不是这个，而是白脸说过的那句话，让他顶了罗老大。这才是他和白脸共同的秘密，这么说，白脸没把那天的话当玩笑，他也没把白脸的话忘掉，他不禁吓了自己一大跳。

该来的终归要来。

宴毕，杯盘撤下，桌上换成了麻将和扑克，酒场成了战场，打牌的打牌，没上阵的坐着或站着观战。

白脸说，罗老大，早就听说你是牌桌上的高手，今天我也交点学费领教一回。

饭后这一场牌，已是惯例，船老大们几乎人人参与。腊月一过就是新春，除了输赢，船老大们更多是赌来年的财运。往年这白脸从来不参与，酒喝完就走人，今年是个例外。

罗老大确实牌技精湛，这是他做村支书时操练出来的，和船老大们赌钱从来是赢多输少，以至于名扬江湖。罗老大欣然应战，点着拴钱和另一位船老大说，郑总笑话我，我们就陪郑总开心开心。

白脸说，底盘多少？

罗老大说，郑总出场，玩大了我们陪不了，玩小了郑总没感觉，我看就十担。

十担就是十张百元钞票，一千块的底牌，一晚上下来每人的输赢不下十万。拴钱没带这么多现金，可又不敢驳白脸的面子，只能硬着头皮抓牌。拴钱为罗老大担心，罗老大不知是酒喝多了，还是想赢钱昏了脑袋，居然把白脸当成了一盘白斩猪头肉。

这种赌法称为"诈鸡"，顾名思义，赌客是鸡，钱是鸡想啄的米，但是鸡一不小心，自己的口粮就成了别人的肚中食。规矩是这样，每人放一千块在桌中央，这是人头费，即底盘，必须的；然后每人抓三张牌比大小，老 A 为大，2 为小，比牌时以三张牌中最大的为准，如大牌相同，则比第二张，以此类推往下比第三张。你要是觉得自己牌臭，就放弃，那一千块就是赢家的，你要是觉得牌好，就再往桌中央扔钱，至少一千，上不封顶，比如说你再扔五千，竞争者必须也至少扔五千，最后只剩两个人竞争时，你扔对方一倍的钱可以申请亮牌比大小，这时，桌上已堆满了百元大钞，归牌大者一人所有。

这实际上是一场心理战，牌在手中，好坏都不露声色，罗老大精于此道，明明是一副小牌，却往桌上扔大钱，吓得有大牌的人也放弃。偶尔，白脸跟他拼到底，亮牌时，罗老大手中竟然真的是一副大牌。白脸财大气粗，输多少脸上也不显山不露水。倒是拴钱和另一位船老大，常常扔出去的钱有去无回，气急败坏却又只能一声叹息。冒险，可能扳回来，也可能赔进去更多。每次至少那一千块的底盘成了肉包子打狗。拴钱盘算，身上带的钱只够陪两个钟头，输光了他就只能让出位置走人。

拴钱掏出最后一张钞票时，站起来朝三位拱拱手。这一桌赌的大，满眼都是层层叠叠的红票子，早有别桌的人围上来观看，不愁没有人接他的班，但白脸放下牌，说，陈老大，且慢。

拴钱说，郑总，不好意思，我口袋见底了。

白脸说，等我把桌上的牌点一下再走。

白脸把牌拢齐，飞速地点了一遍，说，少了两张牌，一副扑克，五十四张，现在只有五十二，莫非陈老大你藏了两张？

拴钱急了，说，我怎么能做这种事，边说边将棉袄口袋朝外翻了个底朝天。

白脸又把牌归了一下类，很清楚，桌上只有两张A。

桌子边上坐着的站着的都噤了声，别桌上有的人好奇，歇了手，蹑手蹑脚围过来。

另一位船老大也站起来，将棉袄口袋外翻，那袋底是一撮撮发黑发黄的烟丝。

罗老大跟着站起，白脸伸手拦住他，说，罗老大，你就不要翻口袋了，只要把鞋脱下来就行。罗老大的脸一下子涨成了猪肝色，脱下左边一只棉鞋，空的，抬起右脚，白脸的手立即抢上来卸了鞋，一红一黑两张A从鞋帮掉了下来。拴钱记得，打牌时罗老大的右脚一直架在左腿上的。

白脸的随从一左一右站在了罗老大两侧，白脸朝他们摆摆手，说，留着他的手吧，他还得握舵呢，不过，罗金宝，我再也不想见到你。罗老大从棉袄和裤子口袋里掏尽所有钞票放到桌上，桌子上的钱码成了小山。输了钱的船老大用手指点着罗老大的鼻子，说，罗金宝，你就是这样做我们的老大？难怪每次打牌都是你一个人赢，你他妈的真是要钱不要脸。

罗老大低着头，转过身钻出人群，突然又站住，将脖子上的围巾摘下，回头放到了钱堆上。这条围巾是白脸送的，它不只是条围巾，只有在白脸那里装沙的船队老大才会送一条，戴了它是一种身份。白脸从桌上捡起围巾，走到拴钱背后替他围在颈窝里，拴钱连连推让，说，这怎么行，这怎么行。白脸看了一眼众人，说，没了罗金宝，你们固城船队就不想在长江里装沙了？这话把愣着的船老大们说醒了，纷纷说，陈老大，就你了！

白脸抽出一沓纸币，用手指弹了弹说，我们仨把钱放回口袋，罗金宝这一份算是他代替大家缴的船队管理费，陈老大，你点个数，记在账上，我看，你船队的各位船老大省了半年管理费了，这是罗老大给大家出的份子，好人哪！

临走时，白脸突然说，陈老大，把你身份证掏出来。

难道做船队老大还要看身份证？拴钱不解，迟疑着掏了出来，白脸一看，哈哈大笑，自己也掏出身份证递给拴钱，说，大哥，你应当喊我大哥才对，今天开始，咱俩得正本清源了。

拴钱盯着白脸身份证上的出生年月，白脸居然比自己大五岁，拴钱难以相信，却不得不认，人家脸白皮子嫩，生得年轻。拴钱说，只怪我一张脸长得寒碜，我认，今天开始，你是大哥。

陈拴钱就这样做了固城船队的老大。而罗金宝，从此离开了固城船队，这一场牌证明他来年的运气真的很差。他的大船像一只被狮群驱赶出去的老雄狮，孤独地漂泊在长江里。

八

小小一大早起床后就发现船上多了一个人，在船舷边看着江水发愣，是沈宏伟。小小几乎不敢相信自己的眼睛，他怎么会到这船上，怎么敢到这船上，三宝怎么会让他上船？小小坐在梳妆镜前，一边想，一边梳洗打扮。小小描了眉，又涂了眼睫膏，再慢慢涂上口红。小小一直留的是长发，风大，就用皮筋束起来，今天风小，就披在肩上。这一番功课完成，镜子里的女人已经风姿绰约。但小小看了一眼，立即又用纸巾擦干净，把头发也束起来。每天化妆，三宝都在一边冷嘲热讽，在船上还打扮成个狐狸精，想勾引谁呢。以前小小可以不理睬，但今天不行，只要沈宏伟在船上每天都不行，陈三宝在船上待得无聊，肯定要找她的不是，说不定化了妆就能惹来一顿打。

陈三宝没有打她，却比打她还让她绝望，吃早饭时他在厨房摁倒了她，尽管陈三宝糟践她是为了羞辱沈宏伟，但被羞辱的岂止沈宏伟？

小小其实并不喜欢沈宏伟这样的男人。

那天去他的所长办公室借款，她是要拉着三宝一起去的。三宝点着一支烟，深深吸了一口，说，我要是去了，这钱就别想借得成。小小火了，那你是存心把自己的女人往狼嘴里送？三宝说，你以为你是十八岁的黄花闺女，说不定人家还不稀罕呢！小小说，行，人家不稀罕我，我也不稀罕他哩，要去你去，我不去。

三宝扔掉香烟，甩手给了小小一个耳光，妈的，鸡上灶狗坐席了，还没地方摆你个破货了，敢跟老子犟？

小小说，你打吧，打死我，我也不去。

当年拴钱和大大好上，第一个发现的人是小小。双胞胎姐妹，长得一个模样，性格却是两样的，大大安静，小小活泼。大大尽管只比小小早来到人世十几分钟，可哪怕早一分钟也是姐姐，好吃的好玩的从来都让着小小，洗衣做饭都抢着一个人默默做，小小肯帮忙，大大也不拦，小小在一边嗑着瓜子当看客，大大也不恼。当然，大大也有生气的时候，可小小也有办法，小小说，姐，你可别跟我这样没出息的人比，你可是胸有大志的人。大大不理她，她就伸手往大大胸口掏，原来胸有大志的"志"是一颗痣，大大胸前长有一颗痣，小小没有，大大被小小那小兽般的手弄得痒痒的，忍不住笑，就饶了小小。

问题是小小也喜欢拴钱，拴钱把小小变成了女人。但小小不能急，爹是绝不会允许大大退婚嫁给拴钱的，小小等得起。

时间过得是那样的快，拴钱的船很快就下水了，但拴钱没有带走大大。这让小小心里充满了希望。

拴钱造船的工地上只剩下一些碎砖断桩，常常有一个姑娘在那里徘徊。那其实是两个姑娘，只是长得一样，两人从来不会在那里同时出现。

看不到拴钱，小小的一双眼睛总是放在大大的身上，她既希望能在大大那里发现一点拴钱的蛛丝马迹，又害怕大大与拴钱还在联系。她偷偷翻大大衣服的口袋，手伸进去，她会紧张地闭上眼睛，她不是怕大大突然冲进来，她是怕大大的口袋里真的有拴钱的信什么的，她的手有些僵硬，仿佛是害怕那口袋里卧着一条吐芯子的毒蛇，没有，没有毒蛇，有的是手帕、零碎纸币什么的。小小每次翻完大大的口袋，一无所获，却又高兴如得了金山银山。这样的时候，小小就说服自己，拴钱甩掉大大了，大大的相思是单相思，大大有的只是痛苦。但有一天一个铁的事实摆在她面前，还不只是铁的，是不锈钢的，一个闪烁着金属光亮的手机藏在大大的枕头下，是手机，前几年还叫大哥大，大大怎么可能买得起这么昂贵的东西，一万多块呢，几百人的渔网厂也就只有厂长有这样的宝贝，小小从来没有想过能拥有这样奢侈的东西，小小最多想过能有一只BP机。可大大居然有手机，小小轻轻按下去一个键，绿色的灯光幽幽一闪，一个清脆的音符跳出来吓了小小一跳。小小悲伤地合上盖板塞了回去。

手机无疑是拴钱买给大大的，她还害怕拴钱给大大写信呢，还以为他们会像古装戏里的才子佳人鸿雁传书呢，人家用手机联络，用现代科技，人家不用把那些酸言酸语写在纸上，人家可以直接把肉麻的话送进耳朵里。这太过分了，太不把小小放在眼里了，小小恨不得砸了那手机，或者干脆扔进湖里，让拴钱把那些肉麻的话说给湖底的乌龟王八听去吧。但小小做不到，手机一丢大大就会怀疑到小小，况且，这手机实在太漂亮了，漂亮得小小也舍不得糟蹋。气她的不是手机，是大大。小小一有空就守着大大，甚至有时会装病请假。功夫不负有心人，小小终于偷听到一次大大与拴钱的通话。当时，小小在床上装睡，大大在马桶上，好听的手机铃声响了一下就被大大按下了，小小就听到两句，七月十五，车站。这就够了，时间和地点都有了，小小在脑中立即浮现两人偷偷摸摸约会的情景，七月十五，鬼节，他一个跑船的人再忙也不敢不回来祭祖敬鬼神，选择车站，是要乘机带大大私奔。小小要阻止他们。

小小猜得没错，七月十五拴钱回来了。第二天一大早，大大就醒了，小小比大大醒得更早。大大匆匆出门走得很快，小小比她更快。大大是走去的，小小是雇三轮车三个轱辘驶去的。拴钱真的在车站门口等着呢，小小的心里恨得流血。

大大急匆匆走到车站，只见拴钱的身影就在车站门口，她正要跑过去，姐姐！突然背后有人喊，是喊她，是小小在跟着她。大大慌了，大街上停了一辆公交车，里头空无一人，连驾驶座也空着，大大急忙从公交车一侧绕过去，她要甩掉小小。就在这时，一辆小汽车冲过来，小小眼看着大大的碎花裙子在空中飞扬起来，像一把撑开的阳伞，小小尖叫着扑上去。

大大就这么死了，小小从太平间出来，手里捏着从大大口袋里找到的手机，手机已成了一块废铁。小小从悲痛中醒来，拴钱呢，那个该千刀万剐的陈拴钱呢？可怎么也找不到他的人了。小小又一次大哭起来，为姐姐哭，也为自己哭，是陈拴钱害死了大大，是小小害死了大大，小小觉得自己罪该万死。

小小没有把手机拿出来，手机坏了，可卡还在。卡里只有一个号码，那就是陈拴钱的号码。手机是陈拴钱的罪证，小小不拿出来，是为了姐姐的名声，也是为了避免姐姐定亲的婆家闹事。

但小小放不下陈拴钱，她有话要问他，到底问他什么小小也不知道。恨归恨，小小更渴望见到陈拴钱。她有空就在拴钱家门口转悠，小小在守候陈拴钱。但是每次回来的是陈老三，那只吓破了胆的兔子连老窝都不敢回了。陈三宝认识这个漂亮的姑娘，她是陶师傅家的双胞胎老二。几乎每次回来三宝都能遇见她，三宝认为这是缘分，他展开了强烈的攻势。小小既不答应，也不拒绝。直到有一天，拴钱又回来造船了，小小以为机会来了，拴钱却像避瘟神一样躲着她，有一回被小小逼到了墙角，拴钱说，小小，别逼我，我看到你就想到你姐，想到你姐我就不得安生，我此生不娶也不能娶你。拴钱在墙角落里跪下了，这个固城镇上传说中的英雄就这样跪下了，泣不成声。

小小在一刹那心软了，绝望了，她为这刹那的心软后悔了一辈子。陈三宝像苍蝇叮肉一样追着小小，陈拴钱却没有终身不娶，新船下水不久，他就娶了卖钢板的月香。小小一颗心冰凉却抹不去心头恨，你想看不见我，我偏要戳在你的眼前，做你的眼中钉肉中刺，让你一辈子不安宁。两年后，小小嫁给了三宝。

陈拴钱没有反对这门亲事，他为老三和小小在镇上买了商品房，买了全套电器，比自己的婚事办得隆重得多。把镇上的人们感动了，把他的老爹感动了，连从来不轻易感谢别人的三宝也对小小说，老大这回待我们不薄，他造船的债还欠着呢。小小不接话，在心里冷笑，他不是为别人花钱，他是为自己的良心花钱。小小不买账，这么多日子，小小不让三宝沾身子，就是为了在新婚之夜告诉陈三宝，你日日夜夜追随的大哥日过你的老婆。但是她没能做到，当她两年后再见到拴钱时，她看到的是一个陌生的男人，眼睛深陷，头发花白，在见到小小的一瞬间，他的眼睛猛地一亮，像点着了火，但立即又熄灭了，汹涌的泪水就扑了下来。他说，在船上把沙子揉进眼里去了，得去打点水再洗洗。小小的心又一次被那泪水泡软了。新婚之夜，小小当然受到了老三的质疑，挨了新婚丈夫的耳光。她默默挨打，只流泪不出声。她能原谅三宝的暴戾，既然她刚才把别人原谅了，没办法原谅的只有自己。小小只是没想到，这样的打骂一直伴随着她婚后的日子，遥遥无期。

陈老三有的是办法。陈三宝说，陶小小，你可以不去，我陈三宝可以一辈子过窝囊日子，挨别人的白眼，吃别人的剩饭，可是我不想我儿子再过我这样的生活，要儿子过得好，首先得你我咸鱼翻身，这一次是我们唯一翻身的机会，你掂量掂量。

儿子是小小的软肋，有了儿子，小小的生活才有了一点亮色，为了儿子小小什么都肯豁出去，小小去找了沈宏伟。

沈宏伟的所长办公室很气派，几十个平方米的办公室就只中间摆了一张办公桌，就像现在的礼品盒，看上去豪华的盒子，打开，里面却只装了一丁点东西，说不定还是腐了坏了或者过了期的。沈宏伟的眼睛一直色眯眯地盯着小小，泡茶时差点烫了自己的手，办公室的后面是另一个房间，门敞着，看得见床的一角。小小心里有些麻木，只要这个色鬼开口，小小就不拒绝。反正陈三宝不把她当人，她又何必把自己当人，把陈三宝当人？

沈宏伟拉开办公桌下的柜子，取出一只化肥袋，全是百元大钞。沈宏伟说，你点个数，写个借条。我知道你今天一准会来，准备好了。小小说，要不要喊陈三宝来写借条？这么大的数字。沈宏伟说，你认为我这面子是冲陈三宝，还是冲着你？实话告诉你，这钱是公款，是我从企业里收上的管理费，财政所不是信用社，一分一毫都不能动，动了就是违法。到时候还不上，露了馅，我怕不光是要丢饭碗，还得吃牢饭。你说，我冒这么大风险是为了他陈三宝?

小小正拿着一沓钱点数,这话让她觉得手上的钱像铁砣一样坠手,停了一下,忘记了张数。沈宏伟为了谁?除了为利息,就是为了她小小的身子。

沈宏伟说,你心里明白就行,接着往下点吧。借条谁写都一样,反正你们是夫妻。

沈宏伟忽然一笑,说,我知道陈三宝就在楼下,你不喊他进来坐坐?小小说,没有,他真的没来。小小这样说的时候,觉得自己有点贱,像是一个收摊的人急着把剩货处理完。沈宏伟说,那他就是在镇政府门口的广场上等着,不过,这么多的现金,他跟着,安全。这么漂亮的老婆,他守着,也安全。

小小出了门,真的就看到在广场上蹲着抽烟的陈三宝。

三宝说,钱拿着了?小小点点头。

三宝说,他没动你?小小将化肥袋扔到他脚边。三宝说,我掐着时间呢,这猫怎么会不沾荤腥。他看上去竟有些失望。

凡是世上的好东西,靠看着守着是守不住的,连银行都有被抢的。何况三宝不想守,何况陈三宝没把小小当成宝贝。小小知道,沈宏伟迟早不会放过她的,她只是养在水桶里的鱼,哪天沈宏伟嘴馋了就会捞了扔进锅里。事实证明了小小的估计,该发生的事后来都发生了。

沈宏伟上船,把小小逼得无处安身,她还是走向船头去看风景,她不愿意与沈宏伟照面,他和她的背后都有一双期待的眼睛。陈三宝的葫芦里究竟卖的什么药?当然不是能救沈宏伟的仙丹,只会是让他欲生不能欲死难罢的毒药。沈宏伟这样吃官饭的人,站在岸上他可以为所欲为,到了船上他就是一条死鱼,任由陈三宝选择蒸选择煮。舱外的船面进了水，浑黄的江水涌到了船板上却显得清澈，小小的脚踩上去，五个脚趾都看得清楚，这么热的天，江水还是有着凉意，从脚底一直沁入小小的心中。小小走过去，水花四溅，小小除了在前甲板上看看风景，她能看什么呢？看陈三宝那双阴鸷的眼睛？看沈宏伟那张白得发绿的苦瓜脸？

小小喜欢看那些客轮上的旅客，他们趴在船舷上，或者是情侣，或者是亲亲热热的一家人。两船并行时，她能跟他们搭上话，有一次甚至有个小伙子居高临下扔过来一顶红色的遮阳帽。小伙子喊，美女，别让太阳把皮肤晒黑了。小小捏着那顶红帽子，客轮顺流而下，他们从长江的上游来，上游有长江三峡，有宜昌大桥，有很多小小叫不出来的地名，小伙子戴着这顶红帽子去过哪里呢？他身边有一个美丽的女孩子吗？

小小胡思乱想的时候，船突然慢了下来。拴钱的船屁股越来越远，越来越小，接着，船上的柴油机哑了，船停了。

九

后甲板上的阳光被船楼挡住了，十分阴凉。三宝拉出一张桌子，放上两把椅子，泡上茶，点上烟，看两岸的青山缓缓远去。三宝大声喊，沈所，过来喝茶！船上的柴油机隆隆响着，沈宏伟听不见。三宝将椅子腿在船板上"咚咚"砸出声，沈宏伟才扭过头，三宝朝他招招手。沈宏伟过来的时候有点慌张，差点被椅子腿上的绳子绊了一跤。船上的家具有两种，一种是固定的，比如说床，死死地焊牢在船板上，不这样，船晃动床也晃动，不论是美梦还是美事都做不成。一种是可以搬动的，像这桌子椅子，搬来搬去，腿上都牵着一条绳，怕的是船一倾斜，它们在甲板上冲进了江中。

三宝说，沈所，闲着也是闲着，咱们坐下来算算账。

沈宏伟说，你不是都算过了吗？

三宝说，什么山头唱什么山歌，什么时候算什么账。上次算账你跪着，我站着。你光着身子，我穿着衣裳。虽说你也白纸黑字签字画押，但今天我们可以再算一回，我坐着，你也坐着，这样公平。

三宝扔给沈宏伟一支烟，这烟扔在桌子的边沿，滚了几滚掉到了桌子下，三宝很得意自己能将一支烟扔出这么高的水平，沈宏伟先是双手去接，接不着，慌忙伸手去桌上拦，拦不及，只得弯下腰去捡。三宝喜欢看沈宏伟慌张的样子，一支烟能逗出一个人的丑态，三宝觉得有趣。

沈宏伟看三宝一眼，陈三宝笑眯眯地看看他。

那回捉奸之前，三宝晚上请沈宏伟喝了酒。喝酒时，也这样笑眯眯地敬他的酒。酒喝完，陈三宝就说要走，船停在上新河码头等他。沈宏伟亲眼看着出租车载着他一溜烟走了。沈宏伟就借着酒兴，敲了小小的门。凭良心讲，沈宏伟是告诫过自己不要动陈老三的女人的，不是怕陈老三，是怕借给陈老三的那笔钱有闪失。可是陈老三的女人太叫人心里痒痒了。当初第一次敲小小的门时，小小说，老三没回来，回来了我让他去找你。沈宏伟说，我不找老三，我找的是你。小小就开了门。沈宏伟一把抱住了这个女人，他能感觉到这女人身体的激动，她手上挣扎着，身子却不由自主往他身上沉，沈宏伟觉得自己是三只手指捏田螺，十拿九稳。他伸手就解小小的纽扣，小小说，慢，你想好了没有？沈宏伟说，我想好了什么？我满脑子想的就是怎么日你。小小说，沈所长，你想清楚，我可是陈三宝的女人。沈宏伟说，陈三宝怎么了，陈三宝不也得靠老子才能发财。小小说，现在连老鼠都晓得，笼子里的肉再鲜，也不能钻进笼子里去。沈宏伟心里一沉，这话里有话，可箭在弦上不得不发，沈宏伟毫不犹豫上了小小，从此他就管不住自己了，他不是不知道陈三宝不好惹，可他似乎是迷上了这危险的游戏，欲罢不能。今天，就在沈宏伟趴在小小身上时，楼梯上传来了脚步声，小小说，是陈老三！好像她一直都在等待这脚步，接着真的就传来了钥匙开门声。

沈宏伟惊慌地爬起来，一丝不挂地站在床前，陈三宝把门关了，跑是跑不掉了，沈宏伟用手遮住头，等待着陈三宝的拳头。

陈三宝却没有动手，他在沈宏伟面前蹲下来，眼睛正对着沈宏伟裆间那不识时务地高昂着的玩意儿。

陈三宝说，原来也是一截肉棒子，我以为是根金棒子。

陈三宝的眼光毒辣，那东西也受不了陈三宝的眼光，渐渐萎缩，耷拉下去。

陈三宝说，沈所长，你怎么也有软下去的时候？你得让它硬着，让我相信你那东西是特殊材料，你才有资格霸东占西。

沈宏伟连膝盖也软了，跪了下来，陈三宝鄙视地看他一眼，说，你看这账怎么算。

沈宏伟不知道他想算的是什么账，不敢吭声。

陈三宝说，先说说，一共弄了我老婆多少次？

沈宏伟胆战心惊地说，这怎么记得清楚。

陈三宝说，毛估估也行。

沈宏伟说，有三十多次。

陈三宝说，娘的，比老子都多。

陈三宝说，说吧，第一次怎么勾引这个骚货的，有一说一，漏掉一句别怪老子不客气。

陈三宝有滋有味地听沈宏伟讲下去，沈宏伟稍有迟疑，他就鼻子里"哼"一声，紧要处还像认真的小学生，要求复述一遍，甚至帮助添加某些细节。听完了，陈三宝说，我花了十几万娶个老婆，竟然是你日的次数比我多，这账该怎么算？

沈宏伟不相信陈三宝的话，可是他不敢查陈三宝的账。

陈三宝说，你说说，该怎么算？

沈宏伟不知道该怎么算，只得说，你给个提示。

陈三宝说，你们当官的定的规矩，嫖一次罚款五千，把零头去掉，三五一十五，十五万。

沈宏伟说，妓女是妓女，小小是小小。

陈三宝说，说得好，嫖娼五千，良家妇女一万，那就三十万。五十万的本钱我还你，这两年的利息小小的裤裆替我还清了。

陈三宝扔给他纸和笔，说，写。沈宏伟不想写，但是不写过不了关。

陈三宝认真地折好字条，塞进口袋又按了按，说，现在我们算另一笔账，你弄了我老婆三十多次，我就打你三十拳，这不多吧。

沈宏伟哀求道，你饶了我，款也罚了，您高抬贵手。

陈三宝慢条斯理地说，不行，不吃拳头，吃耳光也行，两选一。

沈宏伟知道逃不脱，避重就轻，说，耳光吧。

陈三宝笑了，说，我就知道，你是个不要脸的东西。既然你的脸不值钱，我就替你做主，吃拳头！

那一次，陈三宝的拳脚之下，沈宏伟几乎丢掉半条性命。沈宏伟事后才想明白，问题出在晚间酒席上，他提了让老三还款的事。不提还债，陈三宝对他和小小的事可以睁一只眼闭一只眼。一提还债，陈三宝那只闭着的眼就睁得比牛卵大，寻事了，挑刺了。可是沈宏伟没法子不提那五十万款子，风声越来越紧，头几年船上行情好，船家不等钱到期，就连本带息还上了，这甜头太大了，固城镇上有几个钱的人纷纷把钱借给了船家，甚至没钱的人也从外地七亲八戚处借来钱，低息借，高息放，坐收渔利。这让很多当官的心里也痒痒，家里的钱放了贷不过瘾，公家的钱也变着法子往外挪，反正钱放银行也是放，放船上也是放，放船上可以鸡生蛋蛋变鸡，比银行来钱快多了。没想到船上行情一下子跌了，钱到期船家躲得见不着影，鸡飞蛋打了，借钱给船上的人人心惶惶了，那些当官的日子也难过了。捂得住今天，捂不住明天，最先倒霉的是银行的信贷处长，接着是一个供电局长，先撤职，后判刑。沈宏伟心里怎么能不着急？先是拆东墙补西墙，到最后无墙可拆，沈宏伟只能跟领导坦白了。所长免职，限期还款，沈宏伟无路可走，只能上船。

沈宏伟现在面对陈老三的笑脸心里就发毛，在椅子上只坐了半爿屁股，他不知道陈老三的奸笑后面又藏了什么阴谋。

陈三宝说，你这一趟出来，是请了假出来要债的，怕是旅差费报销不了吧。

沈宏伟说，旅差费是小事，我上游船就花了好几千，白脸的人先是政审，怕我是公安的探子，交政审费。下来是交公共设施费，说游船上站的甲板坐的椅子都是公共设施。再下来是治安费，说那么多的快艇每天巡逻保护人民的生命财产安全，难道不要烧汽油？乘小艇上游船，交通费收两千，从游船上到你们船上，交通费又是两千。黑着呢。

陈三宝哈哈地笑了，说，按理呢，这钱应该我出，讨债的开支应该算在我头上，你记着，到时候我给你报销。

沈宏伟哪里敢，说，我不是这个意思。

沈宏伟松了口气，陈老三今天或许手没痒痒，只是嘴痒痒，把沈宏伟当了喝茶的点心消遣。沈宏伟胆子大了，试探着说，那你能不能让我洗个澡？

长江水滔滔不绝，沈宏伟只要一弯腰，就能拎上一桶水来。但长江里的水不能洗澡，一桶水你放进明矾放半天，擦到身上依然是沙子硌得皮肉痛，水一干，能在皮肤上抹下一层沙子。船上人习惯干洗，什么是干洗呢？不用水，趁身上的汗将干未干时，用手或者用干毛巾，在皮肤上反复搓，搓下来的是一条条黑乎乎的老垢，男人们常常在甲板上比谁搓的多，谁身上搓下的垢粗大。搓完，男人们皮肤发红，江风一吹，像是一条条刚出茧的蚕蛹，通体舒泰。只是搓的时机要把握好，汗多了，还是油泥，像擦在泥鳅身上，泥垢下不来。汗干了，擦得皮肤生痛，却没有泥垢。沈宏伟当然入不了门，沈宏伟这样的干部，本来天天是要洗浴中心池子里泡着、浴缸里浸着，从来想不到一盆清水难求。这种人，你可以让他吃得苦一点，睡得差一点，让他大暑天几天洗不上一把澡，这等于要了他的命。船上有没有清水呢？有。货舱里堆积如山的黄沙进舱时都是湿漉漉的，这些水分沥下去进了舱底的凹槽，然后流进了舱尾的蓄水池，这样的水不含一粒沙子，清清亮如矿泉水。但不多，船上一般用来饮用，富余的话，如果女人讲究，也允许女人用来洗澡。

沈宏伟眼巴巴地看着陈三宝，怕他拒绝，陈三宝将烟蒂随风一扔，说，行，想要什么你就开口，别拘束。

沈宏伟去蓄水池拎水的时候，吵得耳根子发胀的柴油机突然不响了，沈宏伟被陡然的宁静吓了一跳，顾不上拎水，抬腿就往甲板上跑。沈宏伟在陈三宝船上片刻不敢大意，船上人有七分险，沈宏伟有十分险，另外三分来自陈三宝。陈三宝和水手正骂骂咧咧地走过来，沈宏伟才松了一口气，将悬着的心放下了。

柴油机是二手货，隔三岔五地坏一次。陈三宝喜欢摆弄机器，这台柴油机已被他拆过几回。机器是多么让人踏实的家伙，让它转，它就转，让它叫，它就叫；坏了就老老实实坏了，不撒谎，不耍奸，对人永远忠诚，一是一，二是二。这一回是一个轴承坏了，磨损得太厉害，不换不行了，三宝没了辙。三宝打算上岸，到附近港口的配件店去看看能不能买到。三宝呼叫老大，老大已到了他机舱门口。老大说，不换不行吗？老三将轴承在老大眼前晃晃，说，这钢家伙还不如人身上的肉家伙，只晓得硬，不晓得软，谁能硬得了一辈子？死硬，就毁了。老大说，你还穷什么嘴，赶快开我的小艇上岸去买东西，不，先把我送回船，我把船熄了机器下锚等你。

根水也随老大一起来了，说，那我跟三叔一道去一道回，偷学点三叔修机器的技术。拴钱也允了根水，多一个人在老三身边催催他，快一些。

拴钱不敢大意，此地是两省交界处，属于两不管水域，不可久留。拴钱叮嘱老三，下午三点前一定要回到船上，不管买没买到轴承，都得回来。

拴钱站在自家船楼上，这里的江面特别宽阔，白水茫茫，水流湍急，不适宜长时间下锚，就像一个人站在风口，一不小心就要被刮出十几步，船被急流推动，锚啃不住江底的泥巴，船就可能撞礁。更让拴钱担心的是，两岸都是山峦，岸边杂树丛生，树丛里若是冲出几条江匪的小艇，重载的大船就无处可逃。拴钱望眼欲穿，下午两点左右，终于看到自家的小艇劈波斩浪驶来，陈三宝扬着手里的东西喊，哥，一会儿装上去就能开船，你在鲶鱼湾等我。拴钱心里松了一口气，喊道，你手脚快点，我们争取赶到屁股洲过夜。屁股洲是个大洲，是长江船队下锚过夜的一个点，到了那里，少则几十条船，多就有几百条船，人多势众，江匪不敢靠近。

拴钱让船队继续前行，自己的船泊在鲶鱼湾等老三，左等右等，也不见老三的船下来，他打电话给老三，老三顾不上接，打给根水，根水说，轴承装上了，可机器还有别的问题，不能启动，三叔正拆了机器在检查。暮色已在天边挂了下来，江中行驶的船已亮了灯，拴钱的心又一下子暗了。

十

三宝仰脸躺在柴油机机座一侧，伸出手朝根水喊，扳手。没人递给他，再喊，有人拽住他的手，把他拖了起来，三宝一不留神，手电筒也丢了，三宝喊捣什么乱，想甩开那人的手，没甩开，那人却把他两只手一剪，捆了起来。

机舱里很暗，看不清那人的脸，一个声音说，走，上甲板。三宝犹豫了一下，屁股上挨了一脚，三宝心里明白，是遇到江匪了。

上了前甲板，船上人都被搜集到这里了，船上看得出人影，大概上来了十几个人，一个家伙捏着手电筒照三宝脸上晃了几圈，说，你是船老大？三宝不吭声，那家伙说，是个好老大，满脸油污，身先士卒。三宝看出这家伙是领头的，年纪不大，身板很瘦，似乎江风一吹就能吹倒，一张瘦小的脸奇异地白，像是天上挂着的一弯月亮。说话慢条斯理，文绉绉的，像是一个城里的奶油小白脸。但边上腰圆臂粗的家伙都看他眼色行事。

小白脸说，本来今天我们打算休息，可小兄弟说你留在我们地盘上不走，到嘴的肉不吃，老天会降罪的。说到底，我们也是弄口饭吃。我们只求财，不害命，交了钱，我走路，你继续发你的财。

小白脸解开三宝手上的尼龙绳，说，有多少拿多少，你识相，我客气，别弄脏了船坏了财运。

三宝进了舱室，抱着保险箱走下来，开了密码锁，说，都在这里了，上一趟沙钱还债的还债了，打沙的打沙了，只剩这点买柴油的钱。小白脸用手电照了照里面，不厚的一沓钞票，小白脸说，这好像不行，我们十几个人几条船过来，车马费都不够。

小白脸用手电筒朝众人脸上一个个照过去，说，大伙凑凑，行不行？手电光停在沈宏伟的脸上，小白脸说，这位应该不是船上的水手吧，是来长江走亲戚的？欢迎欢迎。还有这位，小白脸拿手电晃了晃根水的脸，你也应该是个体面人，也是来走亲戚？

劳驾两位走两步给我看看。

话音未落，就有人把他俩推了几步。小白脸用手电光罩住他们的脚，沈宏伟的脚肥，根水的脚瘦，沈宏伟的脚趾浮在甲板上，根水的脚趾抠着甲板，小白脸对根水说，可惜了可惜了，你本是行有轿车坐有官椅的命，坏就坏在你生了一双船上人的脚，所以只能吃水手这碗饭。转过身，对沈宏伟说，你应当有银行卡之类的吧？沈宏伟将口袋底都翻了出来，说我真的没带，我是来要债的，身上的钱都给你们交这个费那个费交光了。小白脸说，我们？沈宏伟说，你们不是白脸的人吗？小白脸说，兄弟，白脸的脸再长，他能拉着脸盖住长江？我们不唱白脸，唱黑脸，你有钱交给白脸，没钱交给我们，这太不给面子了。有人在背后踹了沈宏伟一脚，沈宏伟"哟"的一声蹲了下去。小白脸说，你蹲着好好想一想。

电筒光照在小小脸上，停了好长一会儿，小小睁不开眼睛，小白脸将电筒光下移了一些，小小睁开眼，小白脸看清了她的眉眼，说，天哪，平日我只爱向上游的空船，船上有真金白银，至少打沙的钱给我留着。今天我本来也懒得上你们这向下流的重船，劳动和回报不成正比，没想到这船上有宝物，有真正的美女。小白脸用手电筒上下照着小小，说，是来船上走亲戚的？与那位是两口子？小小不说话，蹲着的沈宏伟说，我和她不是。小白脸说，那么说，你应该是老板娘？为我们长江里的男人争脸哪，为我们长江添风景啊。小白脸用电筒晃晃陈三宝，陈三宝不说是也不说不是。小白脸说，奇怪了，这么大一个美人儿，没人认领。黑暗中立即爆发出笑声。

小小说，我谁的女人也不是，我的男人死的死了，残的残了，都不是男人了，你要是个男人，就在这甲板上你把我干了，让我看看这世界上究竟有没有男人！

甲板上呼哨陡起，小白脸的手下一齐叫好。

就在这时，一个黑影一俯身摸出一把寒光闪闪的板斧向小白脸扑去。小白脸只一闪，就有一杆铁篙向那黑影脑袋上砸去，黑影晃了晃，倒了下去，板斧在甲板上发出尖厉的金属响声，一帮人立即冲上去拳打脚踢。

小白脸用电筒照了一下那人，是沈宏伟，已经不省人事了。

陈三宝想不到沈宏伟能豁出性命一搏，他手中那板斧是太平斧，从前船户都在船头上放一把太平斧，紧急情况时砍断缆绳，现在用的都是钢缆，升降用的是机械，再锋利的板斧也砍不断钢缆绳，但是老规矩不能改，船头上家家还是放着一把太平斧，是一个象征，相当于岸上人家在窗台上挂一把剪刀，避邪保太平。沈宏伟显然早就留心了这把太平斧，三宝记得它应当摆在缆绳升降机边上，沈宏伟把它藏在油布下，手一伸就能捞到它。看来这个沈宏伟在船上也没少动心思，这太平斧本来是防着他陈三宝的。

罗根水冷静地上前拦住小白脸，说，老大，你刚才也说过，求财不害命，再打下去要出人命了。

小白脸说，我是不想要人命，可是有人不要命。

根水说，去年我们村上罗老大两口子空船上行，就在这片水面上没了。我想八成就是你老大做的活计。知道你老大厉害，求你饶了他。

小白脸说，兄弟，这话可不能乱嚼舌头，让公安听去了就不肯放过我了。再说，人命关天，不怕人怕天哩。

根水说，老大要的是钱，我这里有张银行卡，一万多块，我同你们上岸去取，放过这船上的人行不？

小白脸接过银行卡，说，你就不怕有去无回？

根水说，听你的，你让我回我就回，你不让我回我就不回。

小白脸看了看四周，对大伙说，你们看，我怎么说的，这世界上还是有懂道理的人吧。

下游有一条船迎面驶来，探照灯直射三宝船的甲板，拴钱到了十一点钟还不见老三船的影踪，打所有人的电话都没人接，心一慌，驾船掉头找三宝来了。小白脸不慌不忙召集手下上艇，带走了根水，还带走了拴钱的快艇。

8月28日　晴转雨　天气预报东风2～3级

十一

拴钱跳上了老三的船，一迭声喊老三老三。老三应了，拴钱扑过来，黑暗中一双大手从他头上摸到身上，放心了，说他们没动你。老三的眼里就有了泪意，幸亏在黑暗中没人看得见。

沈宏伟已被扶上床板，小小用冷毛巾帮他擦身，沈宏伟一会儿就醒了，他的后脑勺上起了个大包，身上青一块紫一块，沈宏伟咧嘴笑笑，说，没伤着要害，我倒下去时头晕着，潜意识还知道该护着重要部位，在信用社防盗抢演习时练过的。小小说，八成你是装死哩。这是沈宏伟上船后小小当众与他说的第一句话，并且是当着陈三宝的面说的。

小小这婊子是在向陈三宝示威，不错，沈宏伟这窝囊废关键时刻做了一次英雄，这确实让陈三宝没想到。这个在岸上霸道惯了的家伙到船上成了陈三宝猫爪下的老鼠，一肚子怒火撑了他的胆。可陈三宝看不起这种匹夫之勇，这不是拿鸡蛋往石头上砸吗？要是那帮江匪手段毒辣一点，沈宏伟只怕已走在黄泉路上了。陈三宝冷冷一笑，打算到机舱里继续修他的柴油机。

陈拴钱查点人头，少了罗根水，老三说，根水是自己提出跟江匪们去取钱的。小小说，根水不掏出银行卡，那帮瘟神你能送得走？赔上自己的老婆不心疼，砸了你的船就要了你的命根子了。老三说，我就指望他们把我的船砸了，最好弄沉了，我明天就到保险公司领钞票去。拴钱喝住这两口子，说，根水这伢子不晓得深浅，交了钱不知道还会不会被难为呢。说着心里却一惊，根水若是真的探出个究竟，自己怎么解释得清楚？

拴钱仔细一想，这股江匪肯定不是白脸的人，白脸要对老三下手，至少得跟拴钱通个声气。不是白脸的人，根水就找不到真相。这个世界要是什么都能水落石出，长江的水早就载不下这许多船。

大概是一年前，白脸专门留拴钱喝过一顿酒，白脸说，拴钱，我最近手头紧，想跟你借点钱。

拴钱想也没想，说，大哥肯向我开口，是看得起我，只要我掏得出，没问题，你说个数字。

白脸盯着他说，三十方，多一分不要，少一分不行。

拴钱端酒杯的手停下了，拴钱知道白脸不是要借钱，是在敲打他了。白脸什么时候缺过钱？缺钱也不缺这三十万。拴钱说，大哥，你都知道了。我也不敢隐瞒，我是借了三十万给罗金宝。我知道，你不是借钱，是怪罪我了。

白脸说，是朋友都该帮一把，何况你们是老乡，兄弟是个义气的人，这点我敬重。你既然明白了，我也说白了，我不是真要借钱。我们也是亲如兄弟，我求你给办个事。我有个亲戚是水手，找我给他寻个事做。罗老大现在两头跑，听说船上缺个水手，你出面，帮他去找罗老大，应了这份差使。

拴钱只得答应，那水手就是爬虾。

喝完酒，白脸说，我等到现在你也没开口，你怎么就不打听一下你这事我怎么知道的？

拴钱说，大哥，满长江都是你的耳线，我不怨谁。

白脸说，在长江里，萍水相逢未必不亲，同胞兄弟未必念情。出卖你的人就是你家老三陈三宝。

拴钱沉默，叹口气说，只怪我做大哥的管教无方。

白脸说，大鱼吃小鱼，小鱼吃虾米，这是水里的规则。你不吃别人，别人就要吃掉你。你要下不了手，我来帮你清理。

千万不能。拴钱说，我从小看他长大，他就是心高气急，我能应付。

白脸拍拍他的肩，说，拴钱仁厚。真应付不了了，你来找我。

陈拴钱回到自己船上，在船尾摆好香烛，长跪不起。这一天是农历七月十五，是罗金宝夫妇一周年的祭日，也是固城县乡俗中的鬼节，按乡俗，生意再好都应该泊船回家祭鬼神，可是自从第一次回家就葬送了大大的性命，拴钱就改在船上办祭事。

拴钱引燃一张张阴币，江风卷起那些燃烧着的纸钱凌空而起，仿佛真有一双双看不见的手争抢着，火光照亮了一波波泛光的细浪，拴钱目送着火光暗灭，在心里默念，罗老大，我向你们两口子赔罪了，是我连累你们误了性命，罪不可恕！只是，根水今天顾不上给你烧纸了，你们冥界有知，一定要保佑儿子平安归来。

十二

老三修好了柴油机，东方一露鱼肚白，兄弟俩的船就一前一后继续顺流而下。风平浪静，天空出奇地蓝，江面愈向下流愈开阔，拴钱站在船楼上，看着老三的船紧紧跟在后面，船头犁开的浪花人字形散开，像是在水中添了隐形的翅膀，心里踏实了不少。此时的长江其实就是一条大马路，南边是向下流的重载船，船体埋在江水中，只露一个楼脸子在水面。北边是向上游的空船，船体高大魁伟地昂立在江面，首尾相连，远远看去，像是水面上筑起了一条钢铁长城。

老大，下来，杀一盘五子棋。女人月香站在货舱的沙堆上，向他招手。

拴钱应了，转身就要下扶梯。女人喊，跳，跳下来！

拴钱看了看，二楼离沙堆其实就几米的高度，女人仰面逗他，老胳膊老腿怕摔了？拴钱当然不怕，货舱现在就是一个大沙坑，可比中学操场上的沙坑大多了，沙子柔软得像一匹巨大的绸缎，拴钱越过扶栏，两条腿稳稳地陷进沙里，说，枝枝娘，你等不及了？女人说，我等不及了还是你等不及了？站在楼子上望得脖子发酸了吧？

拴钱认识月香是在造第二条船的船台上。拴钱怀揣三十万坐在小卡车的驾驶室里，小卡车是拴钱雇的，装着第一艘船的铁锚和跳板，船户的传统，这两样是不能卖的，锚是船的根，根得留着；跳板是船通向岸上的路，船家称之为"财路"，财路当然也得留着，多少钱都不能卖。拴钱让小卡车一直开到湖堤，锚和跳板落地处就是拴钱选择的造新船的船台。这时候的固城湖堤上已经热闹非凡，青蛙蚂蚱都逃得不见了踪影，船台边来往着形形色色的生意人，有推销钢板的，有推销船用柴油机的，有推荐电焊条乙炔气瓶的，也有卖吃食饮料的，长堤变成了长街。月香盯上了拴钱，她是推销船用钢板的，月香先是帮着他和司机卸锚、抬跳板，不等擦完额上的汗，又分别递上一瓶矿泉水。拴钱没接，拴钱对那淡水喝不上口，拴钱盯着月香斜背在身上的大水杯，那里面是金黄的茶水。月香说，陈老板，你要不嫌就喝我的茶吧。拴钱看一眼月香，人家是个姑娘哩，说，不，这怎么可以？月香说，喝一口我的茶怕我会吃了你的人不成？拴钱只得接了那大茶杯，仰起嘴，尽量不让嘴唇碰上杯沿。月香说，真酸。一抬手，茶杯杯口就到了拴钱嘴上，茶水流进了拴钱脖子里。拴钱说，你怎么知道我姓陈？月香说，你眼中没有固城镇上的姑娘，固城镇上的姑娘有谁不认识陈拴钱？

　　拴钱成了月香的客户，拴钱只认宝钢板，并坚持要CCA板，月香说，CCA是好，抗腐蚀，防盐浸，可一般都是海船才用，长江里的船用普通板就行了。拴钱说，你们公司要是没CCA，我找别的公司进货，船进出吴淞口，免不了要沾海水的，衣服沾一回水是湿，沾十回也是湿，船板也是一样的道理。月香说，没见过你这样认死理的，我进CCA就是了。拴钱说，我知道你是想为我省钱，可是，我挑东西总是要挑最好的才踏实。月香说，挑姑娘也是想挑最好的吧，怪不得现在还不找老婆。拴钱挑材质，却不挑价格，月香说CCA四千一吨，拴钱说成，掏出钱袋就数钞票。隔几天又一车货到，月香说涨了，每吨添两百，拴钱也说成，掏出钱袋照数点钞票。月香说，你就不能还还价？我报的价是留了余地让你砍价的。拴钱说，上下就百把块钱一吨，你一个姑娘披星戴月地从上海来回奔波，多赚点是应该的。只要不耽误我的工期，船下了水，多跑一个航次钱就在里面了。

月香的最后一车货卸完，是在一个深夜，拴钱把钱点给她，月香接了钱不走，拴钱说还有事吗？月香说，你就从来没想过要占点我的便宜？拴钱说我一个大男人做什么要和女人算小账。月香说，你装，我就这么丑得让你下不了手？别的老板没人时不是想掏我的奶子就是伸手捏屁股，有的还提出来先睡觉才肯做生意。拴钱说，那你就真的让他们得手了？月香说，做梦，我少做一笔生意会饿死？拴钱说，那我要是想要流氓不也是白费心思。月香说，你不同，你是一个有心事的人，你看女人时没有眼睛，眼睛里空空的。拴钱说，那我的眼睛在哪里？月香说，这得问你自己，在哪里你心里清楚。

拴钱心里何尝不清楚，他的心还在大大身上。大大死了，他想过娶小小，毕竟他也占了小小的身子，小小也步步紧逼着他。可是他无法面对小小，那眼睛，那嘴角，举手投足，都勾起他的痛苦和恐惧。爹催着他成家，月香对他的好他心知肚明，心一横，就让爹托了媒人去了月香家。月香舍了工作，跟他上了船。女人的心全扑在他身上，从他的吃喝拉撒到船上的运转杂务，里里外外拿得起放得下，拴钱也觉得自己不能亏待女人，却说不出做不到。渐渐地，月香也发现了什么，说他的心还是不在她身上。月香躺在拴钱身边，用指甲一遍遍为拴钱的后背挠痒，赤膊一个夏天，背上晒得像披上了一层厚厚的壳，就像一块坚硬的岩石上长不出嫩芽，拴钱的后背也长不出一颗痱子一个疖子，可拴钱总说背上痒，月香挠了这里他指那里，月香挠了上面他指下面，月香说到底是哪里？拴钱总说不准，月香叹口气说，你的痒是在心里，我的手挠不到你心里，你的心太深。拴钱转过身子，女人的眼里已经滑出了泪珠。一直到女儿枝枝出生，枝枝的哭声和笑声成了这船上另一种响亮的汽笛，两口子的生活才起了亮色。

根水说，有个女人说过，人生是一件华丽的袍子，可这袍子细一看爬满了虱子。根水还说过，人生是一张茶几，上面摆满了杯具。根水是大学生，是有学问的人，拴钱听不大懂，如果只是虱子多，你一只一只捉了塞进牙缝扔进火里总能捉尽的。如果只是苦茶，你端起来一杯一杯喝下去就是。拴钱觉得，人活在世上，是老天在和你躲猫猫，你以为自己暴露在他眼皮底下，他却没抓你。你以为自己藏得谁都发现不了时，他却拎着你的脖子把你扔了出来，无处逃遁。枝枝到了读书的年纪，被送回了老家读小学，每次拴钱两口子回家，枝枝都能用老师的表彰带给他俩惊喜，可就那一回，就在拴钱的眼皮底下，枝枝突然发高烧说胡话，送进了镇医院，医生说小孩子感冒发烧问题不大，观察观察。可枝枝连续几天昏迷不醒，月香急了，逼拴钱送南京的大医院，南京的医生诊断为"病毒性脑膜炎"，说送迟了，抢救过来也会有后遗症。月香朝医生磕头，额头在地砖上撞得鲜血淋淋，可是老天不睁眼，枝枝醒来后只会傻笑，连爹娘都叫不出像样的声音。月香一下子崩溃了，在医院陪了女儿几个月出来，时而清醒，时而糊涂，清醒时以泪洗面，糊涂时说女儿又拿奖状，又在表演节目了。女儿出院后回不去原来的小学，经人介绍，送到了上海一所康复学校。几年下来，枝枝能说一些简单的话，能在电话中问候爹娘了，月香的精神才渐渐正常，但一年总有几天会糊涂，有一天月香说，陈拴钱，我怎么也想不通，我从生下到现在，没做过一件坏事，我女儿遭这样的罪，不是你前世作了孽，就是你今生缺了德。

拴钱的脸就像遭了电击一样黑了。

拴钱也想过再生一个孩子。可月香死活不肯生了，月香说，你要是生了个男孩，我枝枝肯定挨你们的白眼。再说，如果是你陈家伤了德，生出来就是个次品怎么办？不肯怀，还不准拴钱上她的身子，拴钱难得有猴急的时候，她也百般抵抗，弄得拴钱每次都像是在强奸。拴钱渐渐坏了兴致，月香看着也心痛，这成了两人一桩心事。

这样下去不是个事，月香心里明白，男人离不开那事就像男人离不开碗里的肉，碗里一天没肉两天没肉，男人可以忍，再接下去没肉他就要砸碗，弄得不好连锅也砸了。锅一砸，月香的家就散了，枝枝怎么办？月香知道拴钱是个好男人，可好男人也是男人，与其让男人出去偷嘴，不如把肉送到他嘴上，不单塞了他的嘴，也塞住他偷嘴的心。

苏皖交界的江面上有个老河口，是船户们过夜的一个栖息地。船泊得多，就惹来了很多做生意的小船。船不大，固城人称这种船为"鸭蛋壳"，上去一个人，船就晃得像摇篮。鸭蛋壳分两种，一种无篷，舱里摆的都是卖的农副产品，从猪肉鲜鱼到水果蔬菜，一应俱全；另一种罩着油布篷，扁担长的船身被篷子占了大半，篷子里只有一张床板，船头上卖的是香烟和酒，船尾上坐着花枝招展的女人，卖的是"肉"。倘若有男人上了船，那篷子前后就垂下了布帘子，小船就在大船上男人的欢呼声中摇向僻静处。船小动静却不小，船身将江面压出一波接一波的浪，连续送过来拍打大船的船帮，挠了大船上男人们的心。

月香看不中篷船上的女人，怕她们身上脏。月香招手唤的是无篷子的鸭蛋壳，那船主也多是女人，停老河口的若是载重船，鸭蛋壳靠上来，月香抬腿就能跨上去。如果是空船，鸭蛋壳就够不着，月香买东西只能用绳子吊竹篮下来，近不了人。月香看货也看人，唤了一只又一只鸭蛋壳，都没能挑中什么菜，有女货主不高兴了，说，老板娘，你是买菜，又不是买金银珠宝，何必这么挑剔。月香歉然一笑，这比买金银珠宝还费脑筋，选丑的吧，月香心里平衡，可拴钱看不上还是白忙活；挑俊的吧，月香心里又直打鼓，拴钱要被这狐狸精迷上怎么办。拴钱喜欢什么样的女人？月香怀疑过小小，可是观察了一段时间，月香打消了怀疑，小小太风骚，小小有意，拴钱无情。月香把目标定在了模样中等看上去温柔贤惠的一类。月香选定了几个这样的女货主，每次来老河口都买她们的菜，买得多了，冰箱里盛不下，吃不完，月香就扔了喂江里的鱼虾。几次下来，月香就和她们成了姐妹，将张家长李家短摸得一清二楚。月香的目标越来越清晰，月香不担心女人会不动心，既然穷到了要女人到长江里讨生活，这样的人家就肯定缺钱，对月香来说，钱不是问题，一千不成两千，两千不成一万，打不倒你一个做小生意的女人？月香选中的是一个叫叶丽丽的女人，男人残疾，有一双儿女，月香给她送衣服送首饰，拉着她的手流着泪跟她说心里话，月香说，你就答应姐，帮了姐这一个忙，这等于救了姐，救了我女儿枝枝。叶丽丽不答应，叶丽丽说，什么忙我都愿意帮，可这事不成，我也是女人，做这事我对不起姐。月香说，你千万别这样想，我心里是不痛快，可比起这个家比起我女儿，这点不痛快是小事，再说，这不痛快是我自找的，我乐意的，我能忍下。叶丽丽说，都说男人一有钱就变坏，我那瘸腿男人还偷家里的钱上洗头房被我抓到过，你家老板未必像你想得那么干净。月香叹一口气，说，他要是肯去那些地方，我就用不着求妹妹你了。叶丽丽说，你这样说，我也惊奇，我就替姐见识见识我这个姐夫。

每回船到老河口，叶丽丽就送菜上船，月香找这样那样的理由避开，让拴钱去收菜付钱，叶丽丽接了钱不走，总要和拴钱搭讪一番。像叶丽丽这样在外面闯生活的女人，对付男人其实总有招数的，叶丽丽逗留的时间越来越长，月香心里的滋味越来越复杂。她担心叶丽丽拿不下拴钱，计划就要落空，但心里又暗暗地盼望这样，若是叶丽丽一下子就搞定了拴钱，拴钱与别的男人没有两样，倒让月香在心里小看。事实没像月香想象得那么快，但拴钱也没像月香盼望的那样是个柳下惠，该发生的还是发生了。月香在一次漫长的煎熬后回到房间，两人已经完事，叶丽丽在梳妆镜前整理头发，说，姐，哪一把梳子是你的？月香说，船上的男人都不用梳子，是梳子都是我的。叶丽丽伸手去取，月香打开她的手，说，我的梳子只能我一个人用。说完，将一卷纸币塞进她手中，说，别忘了拿上这个走。

拴钱有几分尴尬，眼睛不知道看哪里，腮帮子动了动，想说什么又说不出。

月香说，牛反刍，回味哩。人家碗里的肉就是香吧。

拴钱说，我一开始就明白，这是你一步一步安排好的，我顺着你的路子走，你生气。我要是不按你的心愿做，你也生气。你到底想我怎么做？

月香不说话，眼泪挂了一脸。

拴钱说，我知道你的心思。我本来心里有愧的，这样对不起你。我本来心里是感激你的，天下没有你这样为男人着想的女人。你要是后悔，以后就当没发生过这事，也不会再有这事。

月香擦了一把眼泪，笑着说，你以为我把这点事看成多大事。我为你想，只要你心里也想着我娘儿俩就行了。

下次再来老河口，月香就不让叶丽丽上自家的船。她在钱上加了去宾馆开房的钱，让他们到岸上去折腾。否则，月香在船上找不到一处安身之地。

船到老河口，叶丽丽的鸭蛋壳已候了多时。拴钱下了锚，又船头船尾忙活了一遍，一副不急着走的样子。月香说，别装了，心里十八只爪子在挠痒了。拴钱说，我吃了晚饭走不迟。月香说，船上没做你的晚饭，我花了那么大的价钱，吃她一顿饭也不成？召唤叶丽丽的小船过来，把拴钱接走了。

十三

拴钱太需要让自己放松一回了。他的梦中常有两张面孔出现，一个是大大，一个是罗金宝，他们出现了却不说话，只是微笑。他被这熟悉的笑容快要打垮了。一个男人要放松自己，通常只有两种途径，要么是酒，要么是女人。拴钱看看划桨的叶丽丽，这是个好女人，天热，她穿着紧身衬衣和短裙，双臂伸展和收缩之际，双乳时耸时展，腰肢柔如弹簧，拴钱闭上眼，就能体味这女人带给他的妙处。拴钱更喜欢这个女人的安静，说话轻声轻气，在她身边，拴钱心中紧绷的弦能够松弛。

但拴钱今天离船时还是有些放不下，他在船上磨蹭并不是做样子给月香看。下午的天气越来越闷热，风平浪静中像是隐藏着一场暴风雨，他又查了一遍天气预报，还是无风也无雨，可是谁都知道，这狗日的天气预报就像小丑的脸一样不可靠，像笑是哭，像哭是笑。拴钱临走时还是把油布扛了出来，预备一有雨就让他们把货舱盖上，农民有句老话，下雨天背稻草，越背越沉，沙子也一样，吸水，下多少雨都默默接了，倘是风大，再大的浪头扑过来，沙子也来者不拒，无形中就渐渐超载了。

上岸时，拴钱又看见了根水家泊在岸边的船，根水将这条空船停在这里有快一年了，多少人都劝根水，说停一年就损失几十万，机器不响也会生锈的，根水不听，说不替父母报了仇，他上船会疯掉的，他雇了人守船，隔十天半月的让他们开船转几个来回，活动活动船的筋骨。船高高地立在水面上，船头系了缆，没落锚，那黑铁铸的锚从锚眼里垂挂在船身的半腰，像是一滴挂在船脸上的巨大的泪滴，让拴钱心酸，更让拴钱感到罪孽深重。拴钱每隔几个钟头打一回根水的手机，都是关机。他掏出手机，再打，还是关机。

拴钱和叶丽丽的云雨刚落幕，暴风雨就来了，窗外的树枝一遍又一遍扑过来抽打着窗玻璃，黄豆大的雨滴像子弹一样斜射在玻璃上恨不得射穿，拴钱说我得走，伸手去抓衣裤。叶丽丽说，这么大的风雨你怎么走？拴钱裸着身子在地毯上转圈子，取了手机打电话给月香，想了想在此时此地不合适，又另拨了轮机长的号码，轮机长说，没事，油布都盖上了。拴钱还是像没头的苍蝇转圈，应当还有什么事，拴钱一拍脑袋，老三，老三的船来得迟，独自泊了一处，别是他出什么事。拴钱急急套上衣裤，奔向码头，叶丽丽怎么拦也拦不住。

老三不是什么好鸟，可拴钱是哥，老三是弟。拴钱是大，老三是小。拴钱得替爹想，替死去的娘想。

乌云压顶时，陈三宝的船尾正在开晚饭，水手说，三老大，不能吃饭了，得赶紧铲沙。

三宝说，慌什么，说不定风一吹云就散了，吃完了饭再看情况。不等饭吃完，雨点子就砸了下来。陈三宝放了碗，说，快，拉油布。水手说，还拉什么油布，铲沙都怕来不及了，你要钱不要命，我们得要命！顾不上收拾碗筷，一人一把沙锨，把舱里的黄沙往江里铲。风大雨急，一会儿几个人上下都湿透了，谁都不敢歇口气，沙子淋了雨，更显得重，沙锨挖下去，仿佛挖的不是沙子而是铁锭，一直到雨停了，几个人才瘫坐在沙堆上，你看我，我看你，头脸上都沾着湿沙，心里都松了一口气。

其他人都去船楼上拿毛巾洗手洗脸了，沈宏伟独自走向前甲板的暗舱，拴着铁链子的黑狗上来嗅了嗅他的气味，又趴了回去。老黑也认识他了。

这些日子沈宏伟实在太累了，吃不是吃，睡不是睡，他短短的几天受的罪比在岸上几十年受的都多，江匪打的伤还没痊愈，这一场惊心动魄的劳作又让他腰酸背痛，怨谁呢？自作自受，他苦笑一声。甲板上有脚步声，接着，有人从梯子上下来，是小小，她端着一脸盆清水，说，沈所长，你也洗洗吧。不等沈宏伟说话，放下脸盆，又踏着"吱吱"作响的梯子走了。

仅仅上船几天，沈宏伟已经不是岸上那个沈宏伟了，沈宏伟不在乎什么清洁卫生了。沈宏伟以前有个领导，为了几十万的好处费进去了，沈宏伟念旧情，去监狱看他，这领导是个络腮胡，一直是个讲究仪表的人。沈宏伟特意买了一把进口剃须器，上千元。见了老领导，老领导果然胡须长得能扎小辫，脏得像是挂着一只麻雀窝。沈宏伟觉得自己的剃须器买对了，老领导却苦笑着说，你买这玩意儿做什么？在这里用不着。云端就是龙，在虫穴就得是虫，不如给我买点吃喝的实用。沈宏伟这几天虽然不是蹲在监牢，却也体会了老领导那番话的苦衷。

一条船再大也只是一条船，沈宏伟和小小终归还是撞得到的。那是上船不久，沈宏伟要进暗舱睡觉，可黑狗却守着舱口对他虎视眈眈，沈宏伟捏起拳头挥一挥，黑狗退一退，沈宏伟前进一步，黑狗立即逼进一步。

一人一狗僵持不下，小小过来喂狗，看一眼狼狈的沈宏伟，说，原来狗也能分出好人恶人，你是怕我家的老黑把你裆里的骚家当啃了，上了岸快活不成了吧。

沈宏伟低声哀求，小小，你就饶了我吧，我现在已经人不人鬼不鬼了，你要还恨我，就真唤黑狗把我啃了。

小小说，你以为我不想，你就晓得你不人不鬼了，我呢，我在这船上还算人吗？沈宏伟无语，小小说，说你蠢，你还真蠢，岸上要不到的钱，你竟然以为到船上能要到，莫非岸上的道理到了船上还是道理？你伸脚蹚蹚这长江水，哪一回能蹚到上一回的水？

小小叹口气，又说，你别以为你藏着太平斧就能防得了老三，老三这种人杀人是不喜欢见血的。再说，老三怎么舍得杀你，别说他不肯杀你，就是日本鬼子来了他也要想法子保住你，保住你就保住了他的乐子。

沈宏伟只晓得她在船上总躲着他，没想到一举一动都被她看在眼里。

老黑，过来。小小说完了唤一声老黑，黑狗乖乖地过去了，低头吃食。小小还是替他解了围。

沈宏伟撩起盆中的清水，亮晶晶的水珠从指缝间滑下去，他把整个脸都埋进脸盆，水从四周溢出来，却把一股清凉送进了沈宏伟的骨头深处。这个女人对他有过恨，有过怜，有没有一丝情？沈宏伟答不出。怎么说呢，有的女人，你即使和她睡了一辈子，你也无法弄清她是一个怎样的人，小小大概就是这类女人？

拴钱划着鸭蛋壳在风浪中颠簸而来，拴钱说，老三，没事吧？三宝说，有事你也来迟了，黄花菜早凉了。拴钱看了一眼货舱，说，老三，不能停，你们最多才铲掉十几吨沙，还得铲。三宝说，雨停了，铲了不是白铲吗，再过两天这沙子可都是钱。拴钱说，雨停了，可这风还大，一个浪头进来就添几十斤重。三宝还是不依，说，老大，你别瞎操心了，一会儿拉上油布不就成了。

拴钱不是瞎操心，老三的胆子太大了。当初造船，老三打的是卖船的主意，上千吨的船他用的是六毫米的钢板，而且是卷板，俗称开平板，是拉回来后开平厂压平轧开的，它不同于规格板，规格板焊接面大，焊接时可以双面焊，开平板焊接面小，只能点焊，承重力就小。老三脑子灵活，他跑到啤酒厂买下了十几个生锈报废的啤酒罐，雇人电割了压成平板，做了底舱的内板，拴钱劝他劝不下，他反倒笑话拴钱死脑壳。可是老三的如意算盘没打成，船造成，运沙行情跌了，没人肯买船了，老三只能边跑船边等机会卖。可是，你老三自己造的船你心里得有个底，这样冒险是要出大事的。拴钱要再说什么，三宝说，哥，别管我船上的事了，我的船我做主，来，喝瓶啤酒压压惊吧。拴钱不理他，走到船头看老三下的锚，老三的锚用的是小型号的，拴钱担心这季节水深流急，这小锚扎不深，水一冲锚就滑动，千吨的重载船就会势不可当地向下走，不论是撞上船还是触上礁都是不敢想。老三的锚倒是下得实，秤砣虽小压千斤，可是这秤砣毕竟太小，未必压得住千吨的船，拴钱看着锚链上撞出的水花，心里说，但愿今夜水不要太急，平安无事。

拴钱走的时候说，老三，我做哥的最后说一句，今天你得守在甲板上，随时打电话给我。

三宝说，行，你是船队老大，听你的就是了，放宽心睡你的。

拴钱刚回到自己船上，手机响了，是小小。小小说，我睡不着，想跟你说说话。拴钱说，你今天最好不要睡，风浪大，心里得警惕些。小小说，我才不怕这长江收了我去，就是做一条江里的鱼也比我现在过得自在。拴钱不想听她胡说，没吭声。小小说，你别关机，有件事我一直想告诉你，我怕再不告诉你，我没机会了。那天，大大在汽车站和你见面，是我跟踪了大大，是我害死了大大，不是你，你把心里这块石头搬了，我心也安了。另外，求你一件事，要是我真的死了，你送我一个手机，一定要跟大大一模一样的手机。拴钱说，你胡咧些什么，你还嫌这日子乱得不够？拴钱把手机盖"啪"的一声合上了。

老三躺在甲板上，掏出手机给春花打电话，老三有点喜欢这个女人了，每天都得通上几回话，老三每次都要问她同一个问题，春花，你真的还是处女吗？春花疯笑着说，我是处女，你就休了老婆娶我吗？老三说，我就是这样打算的。春花说，那我就告诉你，本小姐是货真价实的处女，你娶了不后悔。老三想不通，这小小看上去小家碧玉，冰清玉洁，到头来却是一只破鞋，这春花在浑水中打滚，居然会是黄花闺女。老三自以为脑子比别人聪明，也算不准这世道的女子。每次通话春花总是叮嘱他，你的保单得随时放身上，不怕一万，就怕万一。像是一个敬业的保险员。老三摸了摸口袋，没在，挂了电话就去房间里找，风大天有些凉意，老三还得扯一床毯子上来。小小已经睡了，双腿捆着尼龙绳，自从沈宏伟上船，老三就要求她把腿捆上，老三说，你那两条腿太容易叉开了，叉开了就留了空子，留了空子就容易让人钻，何况沈宏伟熟门熟路。小小不从，老三就动拳头，打怕了小小就乖乖地捆上，捆次数多了就成了习惯。老三冷笑了一声，回了甲板。

倘若这条船真沉了能赔多少？老三在肚里已经算过多少回账，当然是大数目，当然是稳赚。凭良心讲，老三内心也舍不得这条船，造这条船，老三比老大多费了多少心，老三自己清楚。

富人富日子，穷人穷打算，老三每进一回材料都动一回脑筋，能省则省，老三恨不得刀尖上削铁。就说啤酒厂那批废罐板，到船台上已是深更半夜，老三硬是一块块独自从卡车上卸了下来，每块船板上都有他陈三宝的心血和汗水呀。倘若这船真的沉到江底，老三的心中绝不好受。可是要想扭转逆境，要想偿还那些借款，要想有机会与老大比个高低，这又是唯一的出路。老三在甲板上翻来覆去，沈宏伟在暗舱里探出头，说，三老板，要不要我上来陪你。老三说，你睡你的觉，老子要你陪什么？你又不是个女人。

老三在梦中搂着春花时，船中间一串沉闷的暗响，船裂成了两截！老三先是感觉到自己立了起来，接着又滑了下去，老三睁眼看，船头船尾都翘了起来，船尾的船楼子正缓缓压过来，船舱变成了两只巨大的畚箕，面对面朝江中倾泻着沙子，船真的出事了！老三喊了一声"救命"就跳入江中，老三水性不错，他眼睁睁看着断成两截的船身渐渐被江水吞噬，声嘶力竭地哭喊"救命"！

四周的船都被惊醒了，雪亮的探照灯将江面照得如同白昼，谁也没办法能挡住下沉的船，甚至没有一个人下水来救他，他们站在船上，默默地看着，只有几个人往水面上扔出几只救生圈，老三伸手套住一只，他身边还有一个人捞扒了一只，是沈宏伟；小小呢？小小双腿被捆着，老三心里一惊，救命啊，我老婆还在房间里。仿佛没有人听到他的哭号，船上人的习俗，不救落水者，落水的人是龙王爷要索他的命，你救了他，龙王爷就得索你的命替他。老三喊，谁救我老婆我出十万，不，二十万，三十万。没用，钱在性命的代价面前苍白无力，断船下沉的速度正在加快，老三、沈宏伟、水手，还有老三船上的黑狗在灯光下扑腾，像是众目睽睽之下掉进水缸的几只老鼠，水手说，别喊了，喊了没用。老三才噤了口。探照灯的光柱越过老三的头顶，直射那断成两截缓缓下沉的船身，像是在演电影的慢镜头。船上的人们都成了这镜头的看客，黑狗的吠叫使这些人仿佛回到了老家村庄里放电影的打谷场，屋里人空了，只剩狗在家警惕地守着门，大惊小怪地叫着。

拴钱和月香划着鸭蛋壳冲过来了，月香拉住老三的手，老三说，嫂子，不要管我，我要手机！他一个鱼跃掏出月香口袋中的手机，对着快要沉没的船楼子连按了几下快门。

这是春花说过的，要有现场照片。冷静下来老三比谁都冷静，老三已经知道，要救自己只有靠自己。

拴钱是在半睡半醒之际听到手机铃响的，他以为是老三，手机说，哥，我是小小，不是大大。拴钱说，小小，你怎么了？手机说，船断了，快要沉了，水已漫到了我胸口。拴钱吼道，你跑啊，快跑！手机里的声音没了。拴钱对手机"喂"了几声，扔下手机，解开鸭蛋壳系绳，月香也跟上来，手桨并用，但一切都迟了。

三宝上了鸭蛋壳，沈宏伟和水手也都把一只手搭上了船帮，鸭蛋壳船小，载不下这么多人，黑狗没有手，爪子抓不牢船帮，三宝把狗唤过来也抱上了船。船楼子的楼顶终于晃了晃，发出沉闷的一声埋入江水中，江面上出现一个巨大的黑洞，掀起的浪头几乎要把鸭蛋壳打翻。黑狗发出声嘶力竭的叫声，猛一下从船上跃进江水，沉船处的江面空无一物，只有江底的急流撞上沉船，冒出江面，不断开出一朵朵硕大的浑浊的花朵。黑狗游到那里什么也找不到，不时耸起脑袋发出怒吼，一圈一圈地茫然游动，谁都知道黑狗在呼喊着小小，小小上船时间不长，喂它才几个月，黑狗却舍不下女主人了。黑狗的怒叫渐渐变成了哀鸣，那叫声像小孩尖锐的哭声一样凄厉，一声声刺进船上每个人的心中。人，难道真的连一只狗的情义都比不上？拴钱几次要跳下去，都被月香和水手抱住，水深流急，跳下去无疑再送一条性命。拴钱号啕大哭，野狼一般的嗥叫与狗的吠叫响彻江面。大大死，他束手无策。小小在自己眼前被江水吞没，他又欲救不能。他拴钱算什么男人！

黑狗突然停止了吠叫，它大概觉得，那条它赖以为家的船载着小小已进了长江，它奋力向江心游去，没人唤得回它，江水奔腾，黑狗奋力向上游游，激流却将它不停地向下流推搡。渐渐地，它变成了下流远处的一个黑点。

黑狗到死也没弄明白，为什么它竭尽全力向上游，结果却是背道而驰，向下流，每况愈下，直至被吞没。

8月29～31日　晴　东南风2～3级

十四

噩运要来，就像天要下雨娘要出嫁，挡不住。拴钱从看到那传说中带来噩运的江猪开始，到目睹根水的沙雕，在鬼节来临的这段日子，他心里那颗灾难的种子，生根，发芽，终于钻出了地面。

长江里有专业打捞队，他们有专业潜水员，俗称"水鬼"，配备了氧气瓶蛙鞋等设备，人家消息灵通，第二天就出现在拴钱船上。

谁是事主？一个领头的人问。

老三仰天躺在床板上不吭声，拴钱说，我。

他们的价格高得离谱，捞一个死人一万块，拴钱没说二话，将一万现金交到领头人手中，就是要十万，拴钱也不会还价。

但是没有捞到人，捞上来了小小的衣服，小小的手机，就是没有小小，小小被水流冲出了房间。打捞队领头的人说，老板您别急，过一两天尸体会浮上来的，我们派船沿岸向下流找，只是得再加一万。

第二天傍晚，小小在江堤边的柳树根下被人发现了。拴钱打电话给老三，老三说，我正忙着呢，陪保险公司的人办手续。拴钱说，老三，你还是不是人，是人你就赶快去领小小，我正往那里赶。

拴钱和老三赶到时，小小已经被捞上岸，身上盖着一领凉席。此地离出事地点已经有二十多里，老三说，妈的，她倒跑得比我们还快。拴钱掀开凉席立即又放下，小小衣服都被江水剥光了，赤身裸体，已经肿胀得变了形。拴钱眼一闭，想到根水在船上用沙子雕塑的女人，当时冥冥之中的恐惧变成了事实。天热，人已有些气味，拴钱请当地殡葬店的人将小小放进冰棺，拖进殡仪馆火化。入棺时拴钱发现了小小腿上挂着的尼龙绳，拴钱解了拿在手中，想起了小小在手机中说的话，我走不了。小小走不了，肯定是腿上拴了这根绳子。拴钱把老三叫到背人处，将尼龙绳扔在了老三面前，老三脸上变了色，拴钱说，陈三宝，这究竟

084

怎么回事，你说清楚！老三说，头几回是我捆的，我怕她和沈宏伟搞到一起，后来都是她自己捆的，这次真的不是我，哥，你得相信自己的弟弟。拴钱捡起绳子劈头盖脸地抽向老三，一边抽一边说，陈三宝，你是个畜生，畜生啊！

拴钱怎么能不满足小小最后的请求？

拴钱租了一辆车，从一个小镇到另一个小镇，寻找小小要的那款手机。时隔多年，那种款式的手机早已淘汰，所有的手机店柜台里都寻不见。

拴钱赶在小小火葬前回到殡仪馆，在小小被推进去前把自己的手机放在小小的枕边。用我的手机吧，到那边给我打电话更方便，拴钱说。拴钱把骨灰盒抱在自己的怀里，按道理应该是老三捧着的，但老三早已等不及，去陪保险公司的人了。老三说，死的死了，活着的还得活。这话没错，可不应该是从老三嘴里说出来。

是老三害死了小小，还是我拴钱害死了小小？这个问题一直纠缠着陈拴钱。

十五

三宝第一个电话打给了陈春花，三宝说，我要见你，现在。

春花说，想我了？

三宝说，出事了，我的船沉了，老婆人没了。

这事可不能开玩笑。春花说，我现在在铜陵，和郑总在登山。

几天前还在游艇上，怎么一下子就到了铜陵？这白脸带她去深山老林中找什么乐子？三宝现在顾不上去问，三宝说，我得见你，这保险怎么赔，我不懂。

春花说，保险的业务我也刚代理不久，是郑总和保险公司洽谈的，可能还得请郑总出面打招呼，我请示一下郑总，他要是肯见你，你就赶过来。

一会儿，春花回电，说，你来吧，郑总同意见你，我把我们的位置用短信发给你。

三宝带了保险文件，又借了月香的手机，那上面有船沉的镜头。他打了一辆出租，直奔铜陵，心中惴惴不安，白脸会去帮他打交道吗？保险公司会认账吗？

三宝认识白脸是在一个秋天的下午，太阳懒洋洋的，把人也晒得懒洋洋的，三宝在白脸的游艇上逍遥后坐在窗边抽烟，窗口正对着前甲板。前甲板半个篮球场大小，四周插着缤纷的彩旗，船板涂的是浪花白的白漆，中间撑着一柄花色鲜艳的遮阳伞，伞下是一桌一椅，椅上没人，人蹲在甲板上，正侍弄着一台机器，那机器已被开膛破肚，但三宝一眼看去，还能看出是台小型船用柴油机。

修台柴油机，还用得着把机器弄到甲板上，三宝觉得这人笨得可以。

三宝走到甲板上，想看看这人怎么摆弄机器。刚靠近，那人头也不抬，就骂了句，没长耳朵吗？叫你们滚得远远的，别影响我。

这机修工排场大，脾气也大，三宝后退了几步，悄悄站住。

这师傅不像是在修机器，倒像是小孩子在捣鼓玩具，他将拆开的零部件一一摆开，动作很谨慎，拧螺丝时在扳头的虎口还填了塑料皮，拆下来一个零件会用棉纱蘸上机油擦拭一遍，举到眼前在太阳光下照一照，倘若有污渍，甚至会孩子气地凑到嘴巴前吹一吹。三宝觉得，他简直是女人绣花，三宝看着都替他着急。三宝迈步要走，那人却喝住，过来，五号扳头。他屁股对着三宝，却知道三宝没走远，三宝从他的工具箱里把五号扳递给他。中号环垫，他又说。三宝赶紧把中号环垫递上。这师傅把三宝当成打下手的徒弟了。三宝也看出这台船用柴油机有些与众不同，是少了什么还是多了什么，一时也说不清，索性等他装完了再打听。三宝眼追着他的手，不等他开口，就将他要的工具递上。有一回，干脆把他下一步要装的机器零件也递上。没想到他一下子翻了脸，放下，放在原来放的位置！

他转过脸，问，你是谁？

这人额头和鼻尖上顶着油污，下巴上有黑乎乎的指印，像是挨了谁的耳光留下的青紫，眼光却凶狠，三宝不敢笑，说，我是固城船队的。

他的眼光柔和了，说，我说呢，怪不得用着这么顺手，我还以为是我手下的人开窍了。做过轮机工？

三宝点点头，说，您是——

他用棉纱擦擦手，我是郑守志，就是你们背后喊的白脸。

三宝慌忙说，啊，您是郑总，我是拴钱的弟弟三宝，我有眼不识泰山，打搅您了。

白脸说，你是个不错的轮机师，拴钱有个能干的老弟。来，我们继续干。

接下来，白脸变得亲切了，介绍说，这是一种智能型船用柴油机，它采用了最新的以共轨燃油喷射方式为基础的全电子控制技术，大幅度减少了机械部件，取消了凸轮传动系统和机械换向系统。它的燃油喷射、排气阀启闭、启动换向、气缸润滑及平衡都由计算机通过液-电伺服系统控制，因而具有良好的可靠性和灵活性，一旦有故障，计算机马上能显示故障所在的部位。

白脸说，机器越造越先进了，光靠听声音、看排气已经落伍了。只是这电子系统难缠呢。

机器装好，白脸一招手，立即有一帮人走上来，白脸拍拍机器说，进仓库。那帮人立即用绞绳捆绑起来，白脸说，慢。又在捆绳处垫上塑料皮。

三宝说，郑总，机器修好了？你不去开机试一试？

白脸说，它本来就没坏，我是拆着玩。凡事得在出问题之前先摸清，否则真出问题了你就只能干瞪眼。

白脸说，小伙子，谢谢了。我的仓库里有各种船用柴油机，你要是有兴趣，下次可以带你去参观。

白脸走了。敢情这白脸就是一个把机器当玩具的大小孩？一点也不像人们传说中的凶神恶煞。一个做大事的人热衷于纠缠一堆铁疙瘩，三宝心底里有些小瞧他，这样一个人能在长江里打下这么大的江山，我三宝为什么不能？彼可取而代之也，三宝不禁想起中学课本上这句话。

他不知道，这句话白脸当年曾对他哥哥拴钱说过，陈拴钱听不懂。

三宝并不敢真的小瞧白脸，白脸是棵大树，三宝现在只是树下的一只蚂蚁，三宝明白，只有投靠他，依靠他，自己才有出头之日。

三宝第一个目标，就是要当上船队老大。三宝目睹了大哥陈拴钱披上围巾的那一出戏，发现决定船队老大上或下，都只是白脸一句话的事。三宝必须向白脸证明自己比大哥更有能耐更加忠诚。

天道酬勤，三宝偷听到了拴钱和罗老大的一次通话，拴钱接听手机，却忘了关对讲机。三宝觉得有必要在白脸面前亮相了。

只是三宝联系不上白脸，白脸的电话号码不可能给三宝这样的普通船老大，这倒也不难，可以从拴钱那里弄到，但这显然没有当面汇报有效。三宝想到了春花，如果春花答应带他去见白脸，这说明春花和白脸关系确实非同一般，那么可以借春花这块跳板找到更多接近白脸的机会。如果春花拒绝，也不是坏事，说明春花跟白脸没有那一腿，三宝真的可以打她的主意。

春花说，你真的有大事要见他？

三宝说，非常非常重要的事。

春花说，他现在不在船上，在岸上。

三宝说，那你带我到岸上找他。

春花说，没有预约，郑总是不见人的。

三宝说，那你替我预约一个，求你。

春花说，就你？预约了也没用，最多接个你的电话。除非……除非我直接带你去。

看来这婊子真的和白脸有特殊关系了，可现在顾不了许多，三宝好话讲了一大堆，春花答应了。

乘小艇上了岸，又乘了十几分钟出租，到了一家高档宾馆。按说白脸这么大的公司，完全可以在岸上盖幢大楼办公，可白脸没盖。三宝想，八成是因为他这些年在江湖上仇家太多，怕人报复，所以才居无定所，行踪诡秘。电梯到了顶楼，门一开，有两个人迎了上来，见是春花，点点头放行。

白脸住的是一个套间，客厅里摆着沙发电视机，白脸蹲在沙发上，旁边放着一个竹匾，匾里盛着钢针和毛线，白脸专心致志地在织毛线。春花和三宝进了门，白脸起了起身，一个线团随即滚到了三宝的脚边，像是赶来迎接他。三宝没想到白脸竟然喜欢做这种女人活计，男人织毛衣，三宝见识过一个人，是他县中同学的父亲，同学身上的毛衣都是他父亲织的，他父亲是个外科医生，据说织毛衣能锻炼手指的灵活性，但这也不能让固城的百姓认同，男人就只能做男人的事，同学的父亲成了固城街头巷尾的笑料。白脸是三宝遇见的第二个织毛衣的男人。

见三宝跟着，白脸有些意外，朝春花挥挥手，春花退到了门外。

白脸说，怎么？想看我仓库里的机器了？

三宝说，不是。我有事向您汇报。

三宝说，陈老大和罗金宝勾结，在固城湖湖堤上投资一百多万造了一艘加油船，陈老大投了三十万。我亲耳听见罗金宝在电话中跟陈老大借三十万，陈老大答应的。

白脸手中的钢针不停地穿插，抬头说，究竟是投资还是借款？我听着是借款。

三宝镇定下来，说，反正是他俩的钱造了加油船，要进长江来经营。到时候固城船队好多人都得到他们那里加油，毕竟是老乡，打断骨头还连着筋呢。

白脸停了手，说，你不是陈拴钱的亲弟弟吗？

三宝说，我首先想到的是您郑总的威严要被侵犯。

白脸笑了，白脸说，我明白了，你想要得到什么？想得到我手里织的这条围巾吗？

三宝心中窃喜，这白脸太聪明了，可三宝嘴上说，不敢想。

白脸的双手又忙活起来，忽然说，春花，进来。

春花进了门，白脸把三宝撂在一边，说，春花，你帮我插几针。春花接了针线，显然不怎么会，插了几针，错了，毛线打成了一个结。白脸说，放下吧，你看，就是织毛线，该上针就上针，该下针就下针，不能错了章法。我说过，不能随便带人见我，你没听进耳朵？

春花的脸一下子白了。

白脸递给她一根银色的钢针，说，我不愿看见你流血，哪怕是一滴血。你到我沙发后面去，我不想看。

三宝看见春花走到了后墙，把左手掌贴在墙上，右手犹豫着举起了钢针。

白脸说，速度要快，三宝应该知道，速度就是力量，速度快才能一下子到位。慢了就不是插，是钻，会痛得多，要不，三宝帮一下她。

春花坚决地说，不要！手起针下，左手就钉在墙上。手臂不停地抖动，墙上掉下很多墙皮粉尘。

三宝不自觉地捏紧了左手，他觉得自己的左手掌剧痛不已。白脸果然歹毒，无毒不丈夫，他居然连自己的情人也不饶过，莫非他怀疑我和春花有什么私情？这一出是演给我看的，那么，自己也不会被放过，只会更惨。三宝吓出了一身冷汗，赶紧说，郑总，我先走，我走了。

半个小时后，三宝在大厅里等到了春花，春花捂着掌心走出了电梯，三宝说，他怎么会对自己的女人也这么狠？春花说，放屁，我是他表妹，我娘是他娘的亲妹妹。只要是他公司的人，谁的手背上没被那钢针扎过洞洞？

陈三宝赶到指定的地点，那真是长江边的一个山脚，一字排着几顶帐篷，春花通报了，白脸从帐篷中走出来，拍拍三宝的肩膀，说，小伙子，节哀顺变。

三宝心中一暖，掉出了几颗泪。

白脸说，你放心，我会联系保险公司的。这是我们代理船舶保险后赔偿的第一单，我们肯定会做得让你满意。你和春花先回去办相关手续，我马上跟他们老总打招呼，得开个好头。

春花上了三宝租的小车后座，开出几里地，三宝喊"停"，从副驾位下来也坐进了后座。车继续前行，三宝一把抓住了春花的手，春花任他握着。

春花说，我表哥是个"驴友"，喜欢登山野营，他打算这两年把长江边上的山都登一遍，顺便考察长江两岸的环境，表哥说，占山要观水，占水得看山。

春花，你得帮我，我现在只有你了。三宝握紧春花的手，又说，郑总爬山带着随从就够了，带着你做什么？

春花顿了一下，凑上三宝的耳朵，呼出的气息弄得三宝耳根痒痒的，春花告诉了三宝一个秘密。春花的表侄儿，也就是白脸的儿子，是白脸的命根子，小学和中学都是读的贵族学校，大学也考的是北京的重点大学，谈到儿子，白脸就满脸光彩。大一放假，白脸把儿子接到游艇上玩，没想到他的宝贝儿子读书读傻了，他目睹了白脸的一些作为，与白脸闹翻了，说什么他花的每一分钱都带着血腥，他为有这样的父亲感到耻辱，书也不读了，到大山中去做什么志愿者，说是为他老子赎罪。白脸这几年一直在找这个儿子，前不久刚有了一点线索，说在长江边山里的一个小学教书。这才是白脸登山的真正目的。

三宝摸着春花手背上的伤疤，说，告诉我这些，你不怕手上再扎几个洞洞？

春花说，活在这世上，总得有个人说什么话都不需要提防，我选的这个人，就是你。

9月1日　阴　西风3~4级

十六

罗根水找到拴钱船上时，拴钱的船正要起航。拴钱说，回来了。语气淡然，像是根水回了趟固城。直到根水看到了拴钱为小小设的灵堂，才知道老三的船出事了。

江匪一上艇，就用黑布把根水的眼睛蒙上了，根水说，黑灯瞎火的，我睁着眼也看不见。没人理他。小艇约开了半个小时，根水被领上岸，走了好长一段山路，有人把他送进了一个房间，房是破房，听得见有风"呜呜"从墙洞钻进来，地面高低不平，差点绊了根水一跤。有人给他解开了眼上的黑布，小白脸说，条件差，委屈你了，在这床上过一夜吧。

根水第二天早晨醒来，满耳都是孩子们叽叽喳喳的童音，不时夹杂欢乐的笑声。根水擦了擦眼睛，走到门前，门在外面锁住了，从门缝里往外看，外面是一块平地，像是学校操场的样子，操场上陆续走过来背着书包的孩子，根水想起来，今天是八月二十八日，是中小学开学报到的日子。这么说，根水是被关在一所小学校里。

门开了，进门的是小白脸，小白脸把根水的银行卡还给他，说，谢了，兄弟，你仁义，我也不能做小人，没有透支一分钱。一个女人端来洗脸水，说，校长早，领导早，领导请用水。小白脸从口袋里摸出一副眼镜，戴上，说，不好意思，自我介绍一下，本人是这所小学的校长，其实我也只是个老师，家长喊着喊着把我喊成了校长。我们把来学校的外地人都称为领导，何况你是为学校真正做出贡献的人。领导，请允许我领着您参观一下本校。

根水如坠云雾中，小白脸分明就是昨夜的小白脸，戴上一副眼镜怎么就成了校长？

学校很寒酸，一共五间平房，乱石垒的墙，茅草盖的屋顶，三间做了一个教室，根水住的这一间算是教师宿舍，再向东一间就是厨房。这小学校建在一个断崖上，三面皆山，断崖的下面就是长江，往下看，那长江窄成了一根带子。小白脸领着根水参观操场，操场上竖着两只摇摇欲坠的自制木头篮球架，篮板裂开了缝，看得见篮板后蓝蓝的天，操场一角摆着两张土垒的乒乓桌，几个家长正带着孩子在上面用旧报纸包书皮，见了小白脸，齐声说，校长好。小白脸应了，面对根水竟有几分羞涩，介绍说，这位是王叔叔。孩子们一齐立起来，说，王叔叔好。

根水闹不明白自己怎么变成了王叔叔，也只能顺水推舟，说你们好。看过去，那两位家长似曾相识，想起来，正是昨晚在三宝船上见过的。可看两人现在憨厚木讷的样子，又似乎不是。

校长说，同学们，王叔叔这次来，是专门为了解决你们新学期困难的，你们的新书包新课本新文具就是王叔叔给你们的，大家鼓掌！几个孩子都欢呼起来，朝这位王叔叔拼命鼓掌。

校长把脑袋凑到根水耳边，悄悄说，其实还差一点。根水说，那我好事做到底，还是我来。校长连连摆手，笑着说，不用不用，我还有办法。

一个山村女人鸭子一般摇摆着跑过来，说请领导过去用早餐。校长说，你先领领导去，我一会儿就来。

根水的早餐是一碗面条，上面卧着三个鸡蛋。

女人说，我是学校的炊事员，校长说您是贵客，让我照顾好您吃喝。这里没店没铺，买不到早点，您多担待。

既然说我是贵客，我就做一回贵客。既然说我是领导，我就索性像个领导。根水问，这学校有多少老师？

女人说，就一个老师，教了这个年级教那个年级。老师也是校长，校长也是老师。也只有一个教室，三个年级的学生全挤在一起。校长是好人，是山里的活菩萨，没有一个老师肯来这里教书，就他一个人留在这几年了。

根水问，你们这是哪个省哪个县呢？

这问题问得不像个领导，根水话一出口就后悔了，可人家对领导尊重，百问不厌。

女人说，我们也弄不清是属哪个管，一会儿说属这边，一会儿说属那边，一个村二十几户撒在大山里，舅舅不亲，姥姥不疼。人家的小学校都有上面拨款，房子造得比庙堂还炫眼，可我们这得靠校长和村主任领大伙自建。

校长也来吃早饭，校长吃的也是一碗面，只是面条上没卧鸡蛋。校长说，学校条件差，招待不周，下回来我们生活就改善了。

根水没想过还有下回，埋头吃面。

校长说，不好意思，到现在我还不知道您贵姓，自作主张让您姓了王。根水说，我姓罗，不过，在这里姓王姓罗都一样。

校长说，得罪得罪，我姓郑，你喊我郑哥就是。说着，用手指托了托眼镜。根水发现，他的手指是穿过镜片往上托的，细一看，那眼镜原来没装镜片。校长也不尴尬，说，没办法，家长们要求戴的，说不戴眼镜不像老师。

扮领导很累，还是做绑客真实。根水没忘记上岸的目的，说，跟你打听个人，你们村里有没有一个外号叫爬虾的人？

校长想了想说，没有，你别看这悬崖下就是长江，可要是走到江边得老半天，山民们起外号都是山里物件，比如豹子，比如穿山甲，比如灯笼草茅柴桩之类。这爬虾是你什么人？

根水说，我老爹，一年前和我娘在这一带江面上失踪了，至今生死不明，我怀疑与一个叫爬虾的水手有关。

校长沉吟半晌，说，兄弟，我比你大几岁，听哥一句话。你就别指望你爹娘回来了，也别去打听了，更别想着报仇什么的。你也不是不知道，江上有江上的规矩，岸上靠人，水上有天。你是个好小伙子，趁年轻在水上发点财，别把自己赔进去。

校长把瘦胳膊搭住根水，说，哥从来不起誓，但今天给你起个誓，哥死了是得下地狱的，但哥手上没害一条命。

根水信了他的话。校长又说，照理说，不能再麻烦你了，可是你也知道，这里没有别的老师，我只读过一年大学，学的是理科。尤其美术，我怎么也画不像。你说你学的是美术，能不能教孩子们几节美术课？

根水答应了，校长很高兴，小白脸上有了由衷的笑容。根水忍不住好奇心，说，郑哥，我一直没想明白，你为什么能在这穷山恶水中待这么多年，我的同学也有做志愿者的，但一二年也就离开了。

校长说，你也看出来了，我是在城里长大的，到了这里，我才知道这世界上还有这样生活的孩子，一天只能吃一顿饭，冬天只有一条单裤穿，众生平等，用时髦话说，他们也是祖国的花朵，凭什么他们要过这样的苦日子？想想我的童年生活，我觉得我那种所谓的富二代生活是一种罪孽。你一定还想问，我为什么不惜以身试法，有着另外一个身份？

根水点点头。

怎么说呢？校长说，其实我也想不通，我这样做是以罪赎罪。我没别的法子让我的学生有无忧无虑的童年，可我是他们的老师，每天都要面对他们纯净的眼睛，我不下地狱谁下地狱？这话有点假，也许是我的血管里流的就是那样的血，命中注定我只能选择那种方式。我说不清，你也听不明白，不说也罢。

根水想不到此番不仅做了一回领导，还做了一回老师，第三天半夜，根水在睡梦中被蒙上了眼睛，女人的声音说，您想去哪里我们送您到那里。根水说，老河门，我家的船泊在那里。根水说，郑哥，我知道你在，谢谢你，我这次来得值。半晌，校长终于还是开了口，说，莫说谢，要谢是我们要谢你。根水被塞上一辆摩托车后座，骑手嘱他抱紧，一路风驰电掣。

到了老河口，根水以为拴钱的船队早走了，打算等着他们返航时再上船，不想站码头上一看，一眼就看到了拴钱的船。

根水问拴钱，叔，就是船出事，三婶子也应该来得及逃生的呀。

拴钱漠然道，你三婶子腿上捆着绳子。

根水讶然无语，可以想见，那绳子是谁捆的，只有三叔，陈三宝。

罗根水在灵堂里默哀了许久，那么美丽那么泼辣的三婶就这样去了，变成了一盒骨灰无声无息地放着。让根水惊讶的是，拴钱叔居然在船上设了灵堂，这彻底坏了船上的规矩，江上的迷信，你信则有，不信则无，看来，他是拿定主意，想弃船上岸了。

罗根水想起爹娘，这长江能给你多少欢乐，就能带给你多少痛。它能给你带来"哗哗"响的钞票，也能随时收了你的小命。

十七

船到上海龙华码头，这里沙堆如山，岸边排列着长长的输沙传动带，扒沙的翻斗在钢铁长臂上高悬。码头主见了拴钱，发烟，出价，等待着拴钱每吨抬个一块半块的，拴钱却挥挥手，卸。

拴钱还是想着自己的船，他拿了几包烟，上岸找翻斗车的操作员，操作员见了拴钱都高兴，只有拴钱这样的老船长爱惜船，那么巨大的一个钢扒斗，撞在船的内壁上就是一个坑。受了船长的烟，操作员就谨慎得多，尽量爱护船壁，扒沙也会扒得干净些，这么大的船舱，角落里留几吨沙子看不出来，可随船向上游那也费柴油的。

卸完沙，结了账，拴钱要驾驶着空船退出船位，左边是船，右边也是船，也是快卸完沙的空船，三个钢铁巨人平行挨着，船边都立着水手，手里拿着汽车轮胎，以备两船相撞时塞下去缓冲。

拴钱船上的人们都还没有从老三家沉船的惊恐中拔出来，别的船上都有结账后的喜悦，欢声笑语，拴钱的船上却有些沉闷。月香、根水、沈宏伟和水手手上都是一人一只轮胎，站着，没人说话。

老三顾不上这些，老三坐在船头打成捆的油布上，一只手拿着月香的手机，一只手拿着一只计算器。手机上的照片，老三已经看了多少遍，百看不厌，它能变成钱，变成一捆捆的百元大票。计算器上的数字精确到小数点后面三位数，老三读书时数学好，不用计算器也能算出这次有多少赔偿款，但老三还是不放心自己，人不仅会骗别人，也会骗自己，老三宁愿相信这个小机器，机器总是诚实的，船和小小的赔款，加上这几年运沙的盈利，除去债务，老三的手上还有七十三万四千五百四十元，就是说老三距百万富翁已经不远，这些钱加上银行一倍的贷款，再向地下钱庄借一些高利贷，老三能造一艘两千吨的大船，不能比老大的船小，哪怕只多出一个吨位也必须多。

梦想即将成真，老三惬意地仰倒在油布上，老三还有一个美好的计划，他已打电话让春花来上海，一是协助他索赔，二呢，他得找个机会把她睡了。是处女，老三就娶了她。不是处女，给她个一万二万打发走路。

拴钱向驾驶舱走去时，让老三的腿绊了一下，老三缩腿让了一下，又伸展开腿脚，自顾摆弄手中的计算器。老三长成一个张牙舞爪的大汉了，再也不是那个跟在他身后的尾巴，从小这个做弟弟的就喜欢捉弄哥哥，拴钱不知为什么想起了那个少年的老三。

小时候只要刮西风，就是固城湖边孩子们的节日。西风一吹，固城湖东边就露出了半个湖底，来不及随水退去的鱼虾在露天的泥滩上蹦跳，孩子们拎一个鱼篓子奔下去，毫不费力，手到擒来，一会儿就能把鱼篓子装满。但西风往往来得快，走得也快，风一停，湖水就倒灌，来不及上岸的孩子就被会湖水卷走。那一次老三是和拴钱一同下去的，上来时却只有拴钱一个人。爹狠揍了拴钱一顿，怨他没把弟弟带回家，一直到第二天天亮，老三还没回家，爹怕了，求了人去湖中捞尸体。爹和拴钱在湖边干号，却听见背后有老三的笑声，回头，老三真的双手扒着船帮子在得意地笑。那是一艘上岸的木渔船，船底下面支着长凳子，主人弄上岸是涂桐油的，老三昨天跑上岸时跑得累，就在船底下睡着了，一大早被他们吵醒，踮脚扒住船帮一看，爹和哥在哭喊着自己的名字，觉得挺好笑挺好玩。

还有一回是在湖里捕鱼，拴钱已在渔业大队上班，老三还在上学。夏天闷热，鱼捕上来一会儿就臭，渔业大队歇业，湖上没人，拴钱想干点私活，摇了鸭蛋壳去网鱼。正好是星期天，老三要去，拴钱带上了他。正颇有收获时，下起了暴雨。夏天的暴雨像是来自冬天，冰凉冰凉，往热身子上一浇，人就容易生病。渔民的办法就是翻身钻入水中，湖水还蓄着太阳晒了大半天的热度。兄弟俩躲在船尾的湖水中避雨，老三突然说，哥，我腿抽筋！手一松，人沉了下去。拴钱一把没抓住，慌了，潜水往湖底捞，湖水深，拴钱一遍遍往下潜都扎不到底，耳鼓被水压压得"嗡嗡"地痛，当他又一次浮出水面时，老三正双手扒在船帮上露出半个脸朝他笑，老三说，哥，我逗你呢。

什么时候开始老三的脸上再也见不到笑容，拴钱记不清楚。反正一个人心里存了恨，也就丢了快乐。老三是个天不怕地不怕的人，不敬鬼神，不相信这长江容不得罪过，只想着发财，只想着出人头地。他在白脸面前出卖亲哥哥，他对自己的老婆下得了那种毒手。拴钱恨自己把他带进了长江。

拴钱站在驾驶舱外，等着码头上的人打信号通知让位。已是黄昏，暮色四起，远处繁华的都市灯火辉煌，霓虹灯将水面照得溢光流彩，掩盖了这江面上的种种污浊。只有在这江水中行船的人知道，这江面上是何等的肮脏，油污中白的是塑料一次性饭盒，黑的是枯枝败叶，看不出色彩的是垃圾袋废纸盒，细看，还能看到用过的避孕套。甚至连钓上的鱼也有一股机油味，没人敢吃。可是这一切在华丽的灯光下都熠熠生辉，所有的丑恶都在波浪中载歌载舞。

船头的跳板已经撤下，拴钱走进驾驶舱准备撤位，他开亮大灯，告诫自己集中精力。船老大都知道，在码头上驾船换位，是一件看似容易实际危险的活。驾驶一条鸭蛋壳容易，船小好掉头，驾驶一条千吨的大船，等于驾驭一头钢铁巨兽，它骨骼粗壮，脚步笨重，尾大不掉，一旦撒野，根本勒不住缰绳。如果你仔细看码头上的大船，船头船尾凹了坑变了形，那大多是在码头上撤位时彼此撕咬的伤口。伤船事小，伤人的事也屡有发生，拴钱亲眼见过，船头上站着的小孩在两船碰撞时掉进缝隙，瞬间轧成了肉饼。拴钱这时候绝不敢大意，他的船浑身上下找不到一处疤痕，拴钱宁愿扯掉自己身上的肉，也不愿意船身留下一块伤，那不仅是伤，还是一个船老大的耻辱。

可拴钱今天的心思有点乱，舵盘握在手中竟有些僵涩，刚启动，船头突然向右歪了一下，眼看就要撞上那一艘空船，几个人冲上去塞轮胎，可是来不及了，两艘船的船头轰然一声撞在一起，沈宏伟惊叫一声"老三"，三宝慌忙站起来，船身一震，身子飞了出去，三宝身手敏捷，双手悬空抓住了船帮，船身反弹回来撞向左边的重船，又是一声巨响，三宝紧紧抓着船帮居然没掉下去，可船头眼看着再撞向了右边，月香惨叫一声，转舵，拴钱转舵！可拴钱握舵的双手不听使唤，目瞪口呆地看着两个钢铁身躯靠拢，轰然一声，三宝像一只被扯掉了尾巴的蜻蜓，上半身还拽在船帮上，下半身没了，掉进了江水中。

拴钱站在驾驶室里，看见三宝的脸在朝他笑，夜色已起，大灯的灯光中三宝的脸是触目的白，拴钱惊奇自己的眼睛居然一下子好使了，相距少说也有一百米，居然连老三脸上的汗毛孔都看得清清楚楚，都说男人过了四十五岁，撒尿越撒越近，读报越拿越远，拴钱早是老花眼了，可是老三现在离他那么远，老三那满脸的调皮劲儿却仿佛就浮在窗玻璃上。

月香哭喊着扑过去，老三，老三！三宝不松手，月香说，你放心走，孩子我替你养大，保险款我也一定帮你留给孩子。老三手一松，上半身也掉进了江中。

老三的笑脸一下子没了，老三没了。老三其实是死在自己手上，月香伏在船帮上朝江水哭喊时，拴钱明白，老三真的没了。

那颗灾难的种子，它不仅生了根，发了芽，还抽出了枝叶，开出了又一朵死亡的花。

尾 声

十八

老三的尸身捞了上来，两截，腹腔里的东西都没了，掉进江里喂了鱼虾。装棺材送殡仪馆时，月香弄来了一些塑料皮，月香手巧，把那些红色的塑料皮做成了各种形状的内脏。

月香把心脏装进去，说，老三，你安心吧。

月香把胃脏装进去，说，老三，你该喝就喝，该吃就吃，每年清明我会给你送酒送饭。

月香把肺脏装进去，说，老三，我特意把你的肺做得大一点，在这边你气量小，到了那边你要把气量放大，能忍一切难忍的事。

三宝的丧事全是月香一手操办的，月香不让拴钱插手。月香心疼自己的男人，他不能垮，他垮了这一大家子怎么办。

送葬的队伍里多了一个年轻的女人，白衬衫黑短裙，人长得洋气，说话也不是固城口音。月香不认识，她说是保险公司派来联系陈三宝办赔偿的。拴钱认得这个女人，她叫春花。

办完丧事，拴钱的船就泊在黄浦江，挂牌待卖。

拴钱接到了白脸一个电话，按航程，返航的固城船队应该还没到白脸那里打沙，可白脸已经知道了发生的一切，白脸说，兄弟，你没错，本来我打算帮你办的事，你自己办了，我小看了你，你是长江里的一条好汉了。心里难受，我也能想得到，我开始的时候每次办了事也得难受几天，过了这个坎，把心硬得让它结了茧，你就能在长江里呼风唤雨，人鬼敬畏，这才算真正入流。

拴钱关了手机，这么说，是我拴钱早就想灭了老三，是我故意设了撞船的阵把老三杀了。别人都看出来了，就我拴钱在自欺欺人。

根水离开了拴钱的船，根水说，拴钱叔，我得去弄自家的船了，我爹娘是谁杀的也许我暂时查不出凶手，可我得把我爹没做完的事做下去，我只要在长江里待下去，总有一天会水落石出，报仇雪恨。我现在也知道，岸上有岸上的活法，水上有水上的活法，用岸上的理来想船上的事，一辈子都想不通，硬着头皮想，会弄出病来的，生死有命，您也不要为难自己。拴钱叔保重。

拴钱看着根水的脸，看到的却是罗金宝朝他在微笑，拴钱说，我没事，走你的吧。拴钱在心里对罗老大说，既然我连自己的亲弟弟都下得了手，就是畜生，就是魔鬼，就再也不怕造下的所有罪孽，不怕鬼神纠缠天地报应。

再大的船也载不动存放两条年轻生命的两个骨灰盒，月香得送他们回家，让他们入土为安。走之前，月香和拴钱商量，这一次卖了船，添上老三家的保险款和贷款，再造一艘五千吨大船，老三的股份，给老三的儿子继承。

月香说，现在我们不仅有女儿，也有儿子，是儿女双全的爹娘。你可不能趴下。

月香想起当年那个英姿勃勃的拴钱，想起雄心勃勃一次又一次造船的拴钱，他只是累了，只是乏了，他还不到五十岁，月香得撑住他，让他度过这段日子，月香从来不怀疑自己看中的这个男人有能力，但有能力的男人千千万，有善根的男人是万一。

月香走后的那天深夜，拴钱的手机突然响了，拴钱跃起，是座机的号码，开头021，上海的。

电话那头说，你是陈拴钱吗？我是派出所，请问你是不是认识一个叫沈宏伟的人，固城县固城财政所所长。你认识？那你接一下电话。

电话里是沈宏伟，沈宏伟说，陈老大，快来接我。他们非说我是骗子，白纸黑字的名片上写着也不信，你快来领我，带五千块钱。

沈宏伟一早就上了岸。沈宏伟去岸上是到银行刷卡，陈春花电话通知他，保险赔偿金提出来了，老三欠他的钱已到了他银行卡上，这么大的一笔款子，他不放心，跟拴钱打了招呼，说上银行去刷卡验证一下。

沈宏伟看了卡上的到账数字，没错，他心里踏实了。还不到中午，他找了一家小酒馆，炒了几个菜，顺便喝了半斤装的一瓶白酒。吃完了逛过一条小巷，他的腿迈不动了，那里有几家洗头房，白天，里面也亮着粉红的灯，招摇而又魅惑。

有多少天没沾女人了？沈宏伟自己也记不清楚。从前沈宏伟不沾这种女人，不是没这个念头，不是因为身边不缺女人，是害怕，固城镇就那么大，没有几个人不认识他，说到底，是怕丢了官，丢了公职。现在官也丢了，回去即使保住那个铁饭碗又有什么劲？他再也抬不起头，只能在别人的讥笑和白眼中度日。沈宏伟在船上日思夜梦都想早点结束船上的日子，但马上就可以回去了，事到临头，他突然害怕了，回去上班的日子只会比在船上更难堪。

当初抓起太平斧砍向江匪的时候，命都豁出去了。现在又何必在乎那么多。在船上日子难挨，是因为他得面对陈老三。现在陈老三死了，长江对他就是一个自由天地。沈宏伟需要一个告别仪式，告别他岸上的公务员身份，这个仪式就在眼前。

沈宏伟推开了洗头房的玻璃门，几个女人围住了他，问他是要洗头还是按摩，当然要按摩，他挑了一个女人进了按摩房。说是按摩房，与他以前出入的高档宾馆的按摩房没法比，逼仄，床单也脏兮兮的，但现在沈宏伟不是所长，是急吼吼的水手。女人按摩了头部，又按摩了四肢，迟迟没有行动，沈宏伟捺不住了，问，没有别的服务？女人说，没有，我们是正规按摩。沈宏伟笑了，掏出钱包，拿出几张扔在床单上，女人还是摇头，沈宏伟再添了几张，女人说，老板，不是我们不做，是不敢，最近风声紧，这条街上一直有人盯着，出了事对你对我都不好。看来还得当一回所长，沈宏伟说，老子不管什么好不好。我告诉你，我不是老板，我是国家干部，这是我的名片。老子都不怕，你怕个鸟。

女人看了一眼名片说，来我们这里的客人，别说发名片，就是电话也不敢留，你这名片肯定是捡的。

沈宏伟被激怒了，掏出身份证，说，老子今天要的就是名正言顺地嫖一回。

完事后沈宏伟没有立即离开，他问女人，这条街上共有几家洗头房？女人说，七八家哩，莫非你想一家都不放过？沈宏伟捏了一下她的脸，说，没错，老子今天就是想过把瘾。沈宏伟走出这家洗头房，真的又迈进了另一家洗头房。那女人看着他的背影，叹道，真是个疯子，真是个傻子。

到第三家时沈宏伟已经萎靡，说，活儿我干不了，钱我照付。这让女人有些意外，也有些感动，说，老板，这里你不能久留，我是眼瞧着你从对面那家出来的，就是没有警察盯上你，说不定也有小姐是警察的内线把你卖了。

沈宏伟说，我还真不怕谁把我卖了，我倒要看看我在警察那里能卖多少钱。

等他在第五家洗头房按摩间躺下，门被踢开了，警察终于来了。沈宏伟被带进了派出所，沈宏伟逐一交代，供认不讳，警察掏出一张名片，说，你发的？沈宏伟说，没错，这洗头房的小姐真有你们的内线？

拴钱交了五千块罚款，把沈宏伟从派出所领了出来，拴钱说，你知道警察怎么说，他问我你的脑袋是不是有病，嫖娼发名片，他做了二十年警察第一回见到，明天上班，他就打电话到固城镇验证。我估摸，你的饭碗怕是保不住了。

沈宏伟拍着手说，好，我就是要镇上的那些头头知道，我沈宏伟什么也不怕了。我告诉你，我拿定主意，跟着你陈老大干，不再回头过一杯茶一张报纸混一天的日子了。

沈宏伟把银行卡交给拴钱，说，这钱不是我的，是财政所的，不过，他们把我的所长撤了，这下子该把我的公职也开了。我走时留了一张遗书，让他们权当那个沈宏伟死了，赖着这笔钱先给你们造新船，算我入股，赚了钱再连本带息还上。老人，你该为我高兴，这长江里从此多了一个叫沈宏伟的水手。

拴钱仔细打量了沈宏伟一眼，沈宏伟说，不认识了？人被逼到绝路就是生路。

拴钱说，人家是被别人逼到了绝路，你是自己把自己作到了绝路，不过，都一样，人要在泥水里打过滚才不怕脏。

月香回到船上的时候，拴钱正和沈宏伟两人在对饮。走进厨房，脚下是择剩的菜叶，案板上有新鲜的肉屑，煤气灶上架着热腾腾的锅，看样子是两个大男人做的饭菜。虽然乱，月香心里却开心，日子就该这样过，热火朝天。

她对拴钱说，这就对了，老三的死，是他的命，怨不得谁，你在心里不必放不下。老三在时也说过，死的死了，活着的还得过。

拴钱说，不是命，老三不死，我们的日子不得太平。

拴钱说，明天一早，咱家的船开航。这样干待着不是个事，牌挂着，有人买，咱卖了。没人买，咱一边跑船一边等。

沈宏伟说，老大刚才说了，人善，鬼比人恶，人恶，鬼见了人躲。这长江里，心中无牵无挂无畏无惧才能做老大。

拴钱将手中的酒杯朝月香抬了抬，呡了一口，很享受地笑了。

月香看着自己的男人，突然觉得陌生。她不知道，她的男人已脱胎换骨。

《人民文学》2011年第2期

剔　红

计文君

一

钧州出貂蝉。

貂蝉跟钧州关系不大，没生在钧州——据说她是米脂人，应该也没死在钧州。秋染猜度，貂蝉不过是借代，具体指什么女子，不好说，但肯定美貌。钧州却又并没出过什么著名的美女，大名鼎鼎如褒姒西施杨玉环，颠倒乾坤祸国殃民的，没有；就是名头略低些，如苏小小李师师冯小青柳如是，让后来多事的文人酸酸地叹息一声卿何薄命的，也不曾听说。

但若换外人眼光来打量钧州，的确是此乡多美人。

钧州西边一马平川，曾经沙白水清的钧河在西关外流过。钧州的女子，肤色多如那昔日河底的细沙，白得起亮，再平常的眉眼，也被衬得别有风致。

秋染是土生土长的钧州女子，却是钧州女子中的另类，她不白，日后被人赞美的小麦色皮肤，曾是她的缺点。

钧州东依凤翅山，山不高，信步走走，汗没出就到了山顶，遍山槲树，一到秋天红叶尽染——据秋染的小说《枉凝眉》后记所载，秋染祖父因爱凤翅山上这片秋林，遂以秋林颜色为孙女取名为"染"，秋染说她还记得后院花厅上挂着祖父拟的对联："秋似美人无碍瘦，山如好友不嫌多。"

这些却是秋染扯谎，可扯来扯去，谎言敷衍成故事，故事又化为记忆，秋染常常会无限怅惘地思念凤翅山上的槲树林。

钧州出貂蝉，这话钧州人不爱听。个中缘由，老辈的钧州人不愿意说，后来的钧州人就说不清了，反正秋染在钧州时，这话不是什么好话，暧昧得让人羞恼。要是外乡人不知就里说了，钧州人会连笑带骂地给顶回去。

外乡人多半打西边来，过钧河，钻进带着瓮城的西关城门洞，被千年之前浸在城砖里的森森兵气弄得心神一凛，重见天日时，跟阳光一起耀得人眼花身热的，是西关大街上那些冰肌雪肤的摆摊女子。

那是20世纪80年代末，中国老百姓已经被商品经济充分启蒙了，钧州自然也不例外，鳞次栉比的买卖摊子摆上了西关大街，工商所的人除了拎着黑皮包来撕票收费外，任事不管。卖布的挨着卖肉的，卖菜地挨着修鞋的……摆摊的大多是女子，鸡争鹅斗的就难免，可斗着斗着就斗出了自己的秩序，无为而治相安无事，有时还相得益彰：等鞋匠给磨歪的后跟修补钉掌的工夫，跷着脚坐在小凳上的妇人，扭身给自己挑了一兜新鲜毛豆……

家住西关大街的秋染，刚读高中，多愁善感心高气傲的她绝想不到，几年后，她会变成那个拎着黑皮包撕票收工商管理费的人。

秋染在西关大街上收了一年管理费之后，多愁善感的她更加多愁善感。秋染高中时代的好朋友林小娴也从中医学院毕业回到了钧州中医院，经过寂寞的90年代，常常结伴散步的她们，成了西关大街上让人发愁的俩老姑娘。

小娴和秋染散步常常会走到西关城墙上去。是个晴好的冬日黄昏，秋染踢着砖缝里干枯的蒿子棵，对小娴说："我写小说给你看，好吧？"

小娴笑了一下，说："好啊——写什么呢？"

秋染说："不知道——写心里的东西呗！"

把心里的东西写出来，并不容易，秋染纯属难为自己，亏得旁边有小娴拼命赞美加油。后来小娴远嫁，秋染一个人又多让西关大街愁了两年，她也离开了，不是出嫁，而是到省文学院继续拿小说难为自己。正当小说写得求生不得求死不能时，她遇到了江天。

江天和他的天一书局当年创造的出版神话，至今还为同行津津乐道——那本《喝水喝出生命真智慧》，卖了四五百万册。写书的了然大师也成了行走红尘的神仙，虽然后来了然进了监狱——那是他走火入魔，自己也当自己是神仙，弄出了人命，这与把他从社区健康宣传员包装成神仙、替他出书帮他上电视的江天毫无关系。江天的天一书局挂靠的是自然科学出版社，虽然出版社对他们的管理主要体现在收取费用上，可江天及其聘任的策划编辑人员，基本还是能以科学精神自律的。了然到监狱里去反思教训了，但《喝水喝出生命真智慧》的成功模式，却成为同行追随复制的典范。秋染遇上了创造神话的江天，她的传奇也开始了。

那是在一个文化论坛上，江天走过来对秋染说，他看过她的小说——以命相搏般地追问人心，问的人糊涂，究竟也问不出个所以然来——写的累，看的更累——何苦来？

江天手里有本当年的畅销书，拿给秋染翻。那不过是仿古做旧的工艺品，粗糙，造作，俗在骨子里的附庸风雅，不懂装懂想当然，破绽百出瞎卖弄，戏子气混着小家子气……千不好万不好，偏就卖得好——如今有几个真知道好歹的？

她刻薄完了人家，却又替自己泄气——就算你呕心沥血写得字字珠玑满纸琳琅，也未必能蛊惑买书人的钱袋，真真何苦来？

秋染没想到，江天敲着拿在她手里的那本书又说："你若弄这套路数，那不是牛刀杀鸡，是牛刀杀田鸡。"

秋染听了一笑，把这话当奉承听听罢了。虽然远不到目无全牛的境界，手里到底握了把解牛刀，去宰青蛙，她一时也做不来，何况，青蛙也不是好宰的。只是她那毫不妥协的战斗姿态本也是强弩之末，加上江天软语相劝与鼎力相助，秋染就是百炼钢也化作绕指柔了。

江天的策划是要写"古典爱情"——青梅竹马，痴心苦等，好事多磨，终成眷属，却还是花落人散，此恨绵绵——秋染暗笑，这倒活画出林小娴的爱情脉络。那是秋染第一次跟江天说起林小娴，两个人讨论着小娴的故事，"做"出了后来被追捧为"古典爱情最后绝唱"的《枉凝眉》。

江天想出了"伪小说"一词来命名《枉凝眉》以及随后的系列产品，他用"伪"字来否定"小说"，暗示小说拥有真实的原型故事。江天说他的灵感来自曹雪芹，一部《红楼梦》真真假假，让中国人迷三倒四了两三百年。秋染倒觉得他这种自我否定以求广告效果的命名方式，更接近"狗不理"。

秋染心情复杂地接受了对自己的命名。《枉凝眉》小说文本这个"伪"故事之外，还包裹着一个用前言后记、评论宣传以及秋染姿态各异、优美优雅当然也不无忧伤的照片插页共同营造的"真"故事。

秋染在接受记者采访时，对"伪"故事后面的"真"故事，讲得烟云模糊，自有一番不愿制造"佳话"的清高与矜持——大家闺秀嘛。虽然那个"大家"早树倒猢狲散了，至少人家的童年是在深深庭院中度过的，如今漂沦憔悴，转徙于江湖，到底气象与寻常女子不同。一个家族在时间中没落败亡，诸芳流散，如今剩最小的一个在异乡都市里，天寒翠袖写残梦——大家喜欢这样的传奇。

《枉凝眉》文本内外的故事，却也全非一点儿影子没有，秋染乾坤挪移，在钧州西关大街的破碴陋院间挪出了一片深深庭院，至于她给自己铺排的那段家史，勉强也可算作春秋笔法。

秋染把挤在一个大杂院里的几十户人家都请了出去，添上花草楼台，晕染出云霞翠轩，变成了故事上演的那座大家院落。在西关大街上开过店铺的祖父，被她敷衍成了钧州城里德高望重的一代儒商。在钧州火电厂当工人的父亲，跟着寡母在两间临街房中长大，家境本就不好，又因为擅长文艺瓜葛上了一个长他几岁的有夫之妇，挨了处分，年过三十才娶了个郊区蔬菜队的女子为妻。秋染对此含糊其词，只说才情性情都有的父亲，偏就情路坎坷，以20世纪中国政治血统论为背景，生生替他解读出了一番

"乌衣巷口夕阳斜"的身世之叹……

秋染唯一没有提及的，是去世的母亲——秋染写《枉凝眉》的时候，母亲因病去世一年，自母亲去世，她就成了秋染文字里的禁忌，从来不提。母亲在西关大街上摆凉粉摊儿，是秋家真正的支柱……母亲谙熟《红楼梦》《三言二拍》，毛主席诗词背得一字不差——秋染的名字其实是母亲取的，语出主席著名的《沁园春·长沙》……秋染常常怅惘地独自想着母亲——她骨子里的那份很能挣扎的务实和徒增烦恼的务虚，也许都来自母亲……

《枉凝眉》之后，秋染就开起了作坊，挥手风起云飞，回眸柳暗花明，裙翻绿浪，袖舞红雪，直在键盘上敲出了打碎丁香的急雨……接连推出六本满纸花影月痕的"伪小说"。市场最买账的还是《枉凝眉》，但爱屋及乌也是人之常情，封面上秋染两字，有意无意之间，也有些媚人的胭脂色了。

秋染的手工作坊，如今升级为了现代化流水线，策划选题，拉出大纲，查资料，写底稿，都有人管理有人落实，最后由秋染统稿润色。今年江天公司全力打造的秋染新著《倾国倾城》，全书六十余万字，三个月也就出炉了。

《倾国倾城》不是"伪小说"——这三个字如今也不刺激了，它彻底抛掉了小说的幌子，摆出了典籍的姿态——它是历史，是文化，是"迷人女性成功人生的必备读本"。与市场目标相同的生活类图书相比，它文学、诗性，锦心绣口地辩扯着所谓佳人的十八般武艺；与吟风弄月的文化随笔相比，它丰富、实用，引经据典地在故事里包裹了各色知识，从涵养心性到经营爱情，乃至烹茶煮酒插花斗草一衣一饰一饮一酌，无所不包。看书的腰封，有志为不薄命之佳人者，不必去苦寻秘籍，只要拿着秋染的"读本"专心修炼，定能"炼"出传说中的花模样，玉精神，兰心蕙质，冰雪肚肠……

《倾国倾城》扭转了秋染《枉凝眉》后几部作品市场反响平平的局面，总算再次上了畅销书榜单。可也就是因为这本《倾国倾城》，秋染与江天的关系，出现了点儿微妙的变化，秋染不认为是自己多心——透明的裂痕正在他们之间出现，她已经感觉到了那裂痕中透出的丝丝冷风。

二

秋染与江天之间，似乎并无特别的关系，至少在周围朋友们眼里是这样。秋染头脑清醒——江天这样的黄金单身汉，早被周遭的女人惯成了范柳原，秋染又唤不来天塌地陷的一场战争来成全自己。

这么比，不免牵强矫情。秋染不是白流苏，一不在多嫌她的娘家寄人篱下，等着场如意缘出尽胸中恶气；二不需要婚姻充当长期饭票；三不是除了"某人妻"再寻不到社会位置的过时淑女。秋染是思想、经济、社会地位各方面都获得充分解放的21世纪初的畅销书女作家，那个蒙昧可怜的白流苏，怎么能比？

有时候秋染又忍不住这样比——到底还是存了份幻想，才会有那种白流苏式的被动无力感——头顶一片奈何天，除了自己"挺"着，也没别的办法。故而偶翻看得烂熟的《倾城之恋》，她还会心有戚戚。

这也就是无聊时酸酸地反刍两口青春期吃下去的草而已，秋染也不会真的把自己关在幽怨悲凉里，七十年前的旧故事，早失去参照现实的可能。《倾城之恋》里那两个机关算尽的复杂人儿，如今看，都有几分质朴天真了。再打个蹩脚的比方，白流苏与范柳原，不过是冷兵器时代的近身肉搏战，角力僵持，斗智斗勇，总有个刺刀见红，谁输谁赢；秋染与江天，那是在核阴影之下打信息战、神经战，不肯输，也不敢赢，其复杂困难的程度，不可同日而语。

秋染采取的战略战术，一直还是对的，与江天不即不离，事业上的合作伙伴，生活里的红颜知己，连点儿让自己空欢喜的流言蜚语都按下性子从不去招惹。

江天绝少绯闻——倒比那些有家室的男人还小心，见势不妙知道躲。秋染笑他最会用第三十六计——江天答曰：碰上那些历史难说清白、心理疑似健康的女人，不走还等什么？

秋染也是历尽劫波，有识有度，就算不听他这话，也是进退有据的。对江天别有一番清冷超然的态度，不腻不缠，癫狂也只在床上，下了床，哪怕只有两个人，秋染也从不失态。几年处下来，江天在秋染生活中的位置自然重要，秋染在江天的生活中，也不是可有可无了。

江天给了"不可替代"的考语，秋染心里那点儿幻想的野草，就春风吹又生了，要是不下狠心时时剪除，它能一夜长满人心。心神不稳，难免就会失态，因为《倾国倾城》两个人闹了点儿"小"不愉快——小是小，却后果严重。

那是年初，在江天办公室里，他和秋染讨论《倾国倾城》的策划。年底忙乱，秋染有一两个月没见着他了，好不容易见了，他开门见山说正事，她有些不在状态，听到又是弄这种没意思的东西，秋染就有了情绪。中间他被人叫了出去，秋染坐在那儿，看着桌上新换的日历，陡生悲戚，自己跟自己捣旧账，小半辈子的伤心事都涌上了心头，天地不仁，岁月无情，生如苦役，身似飞蓬……那点儿坏情绪充分发酵，等他再回来要接着说事儿，秋染已经是攒下了满腹的奇苦至郁，怀里揣不下，都泛到脸上来了。

江天没注意到她脸色不对，进门就说："策划的草案你也……"

秋染冷着脸打断了他的话头："我写不了，你找别人吧。"

江天抬头，两个人四目相对，不知道他看出了什么，脸上的笑落了下去，低头收拾起了办公桌上堆着的信封杂志，屋里的空气都跟着僵硬起来。秋染心下一凛，知道自己没来由耍性子，让他寒心生气了——可他的反应让她更寒心更生气，眼里有了泪意，心开始慌，却又只能强忍着，别着脸不说话。

半天，江天从办公桌前转身，走到秋染坐的沙发前，蹲下来，握着秋染的手，一脸郑重地低声问："有人挖我墙脚了？说出来我听听，什么价钱？别人给得起我也给得起！是不是人家还使了美男计？"

秋染被他气得扑哧笑了，笑得眼泪掉了下来，抹掉了泪，接着商量他们的《倾国倾城》了。虽说前面有人做了大量工作，可秋染那点儿爱好要强的心，还是不肯松懈，再烦再累时间再紧也想细看。留着那些半通不通的句子，张冠李戴的典故，最后人家笑话的是她！书的规模大，时间又紧，秋染赶得几乎吐血，最后倒落得江天对她说，卖本书容易吗？为了巴结女作家，他还得牺牲色相！

秋染听他这种话也听惯了，听了也就是笑笑，心里是番什么滋味，自己也弄不清楚了。江天这样的男人，已不是聪明两个字能形容得尽了。

秋染闲下来反复想那天的事，大概江天从她眼睛里读到了真切的痛苦，这痛苦，使他发现几年来的轻松竟是假象。江天也许感到了压力——活着本就不轻松，何苦再招惹些难偿的情债扛在肩上？被秋染冰封的痛苦，早晚有一天会破冰而出，变成汹涌澎湃的激流，闹不好成了凌汛，淹他个一塌糊涂也未可知。那天秋染的失态，不过是冰封河面上裂开了一道细纹——江天是千金之子坐不垂堂，有一点儿危险，他立马就撤。

秋染不知道是不是自己想多了——可她知道，用她的心眼儿想江天，想得再多还是不够。《倾国倾城》上了排行榜，秋染收到消息后也一阵兴奋，就打了江天的电话，江天简单匆忙地说他已经知道了，祝贺秋老师，然后就挂断了电话。

在电话断线的嘟嘟声中，秋染周身生出了寒意——这个电话不能说明什么，平时他玩笑也常叫"秋老师"，匆忙挂断也许是正有事——没有什么可做凭证，秋染却分明感到了江天在拉开他们之间的距离。

三周没有电话，秋染也没有打给他——她有心来检验自己的判断。不知道算不算证实了自己判断，秋染有些心灰意懒，索性让自己彻底死了心也好——若不是靠那点儿托付终身的幻想撑着，她也未必有那么大的耐心来跟他周旋。这些年也只剩周旋了，倒忘了问问自己，恋着他的什么。

撇开了江天，秋染胡乱找人填空，喝酒K歌，闹了几天，天天醉得难受。半夜酒醒，月亮从敞着窗帘的窗户里照进来，墙上全是植物的叶影，秋染发现自己竟睡在客厅地板上，如何回的家，完全记不得了，窗帘没拉，空调却开着，吹得她浑身又冷又硬，僵成了被月光画在地上的一枝叶影——那干硬的叶子哆嗦着，一声接一声地嗳嗫，生不如死哪……

秋染用热水泡软了身体之后，明白了一件事——江天是她的定海神针，拔不得，至少现在。第二天，秋染打扮好，决定去江天的公司——不能打电话，她想给江天表达的东西太过微妙，不能言说。

秋染在公司没遇到江天，却获悉了他的新策划案。

江天把这本新书戏称为"玉女心经"，讲女性养生保健的，模式照旧，书与电视讲座同时推出，讲座光碟配合图书发行，著书人自然也就是主讲人。江天理想的主讲人，女性，形象气质好，表达能力强，有中医的相关从业背景，年龄不要太大——太老没有吸引力，也不能太年轻——太小没有说服力……总得有一定的基础，江天才有可能把她打扮成观音捧上莲花宝座。

秋染听了就打电话给江天——你要找的不正是林小娴吗？

江天在电话那端顿了片刻，问除去秋染的文学加工，林小娴还能剩几分？

秋染笑了，那就去看看——眼见为实。

秋染挂了电话，嘴边的微笑半天也没褪去。秋染的好心情，也就维持了几小时，晚上她对着镜子一身接一身换着挑衣服时，接到了崔琳的电话。

崔琳是省台卫视频道金牌栏目《论衡》的制片兼主持。从栏目的名字就可以看出，这是个定位高端的文化类节目，崔琳却是居象牙塔之高不忘江湖之远，既有传承经典普及文化的大情怀，也有深入浅出化雅为俗的好本事。文化本就是个大得能装天的如意口袋，谈什么都是文化。崔琳钩沉历史，评点时尚，人物访谈加情景再现短剧，把空泛的文化变成了活色生香的画面故事，且讲得星移斗换雨覆风翻，故而曲高并不和寡，收视率相当不错，稳占每周日晚的黄金时间。

秋染心底对崔琳的节目很不抬举，一言以蔽之：怪力乱神，胡说八道。自己出版"伪小说"，崔琳传播"伪文化"，从祸害人的程度上，五十步还是可以鄙夷一下一百步的。只是为了宣传自己的新书《倾国倾城》，她还是去上了崔琳的节目，将书中佳人放在当下的婚姻市场和职场中，煞有介事地探讨了一番谁最具竞争优势。

秋染认识崔琳，倒不是因着上节目，而是因着江天。崔琳与江天是相识多年的好朋友，两人的关系是仅止于此，还是……秋染从来不想这种愚蠢且有失身份的问题——大家都是朋友，如此而已。但崔琳和秋染这样两个女人肯如此斯抬斯敬亲热有加，江天的力量是无法忽略的。只是这点儿力量太过微妙，不仅不足为外人道，就连自己也不能细想的。

崔琳在电话那端笑道："大佬说你们明天去钧州——我也正好有事过去，明早七点去接你——我全程安排。"

崔琳嘴里的"大佬"，指的是江天。崔琳对江天，从来没一声正经称呼，不是大佬，就是大师，有时候还叫夫子、先生。秋染听了崔琳的话，说不清怎么回事，心忽地一沉，一股气顶上来，顶得胃生疼。

电话那头有人低低地喂了一声——想是江天接过了崔琳的电

话，听声音就知道他喝多了："我刚才跟她讲你的林小娴，她不信世上有这样的人儿，说实话，我也不信……"

秋染摁下去的性子弹了起来："不信算了！"

秋染啪地挂了电话，竟然气得浑身哆嗦，一边生气，一边又觉得莫名其妙：自己这是怎么了？怎么了——不敢想，一想，眼泪就落下来了，一落还就收不住了——跟他认什么真呢？——伤心不是因为跟他认真，是因为不能跟他认真——不能认真就不认真，本来也就没有认真——能不认真，也没有认真，却不能不如此伤心……这番拧巴至此的感情逻辑，说出来就是段相声贯口——想想又可笑……哭哭笑笑一个人闹了半夜，倒不寂寞，灌足了酒，也就睡着了。

秋染是被崔琳的敲门声叫醒的。

秋染匆忙洗澡换衣服，跟着崔琳下楼。崔琳个儿不高，所以脚下鞋跟的高度永远在十厘米以上，哪怕是双拖鞋。这份毅力，秋染实在自愧弗如。比起崔琳，秋染自愧弗如的地方太多了，人家崔琳把人生经营得濯濯如春日柳，忙得成了千手观音，还有工夫结交无关功利只论性灵的朋友——如江天……秋染的人生与之相比就萧瑟寥落多了。

去接江天的路上，崔琳让助理停车，下去给秋染买份早点。崔琳四角俱全万事如意，自然有人家的原因，这点儿周到体贴，还算不上大好处。秋染拿吸管喝着热豆浆，故作漫不经心地问："你怎么会去钧州？做节目吗？"

崔琳说："钧州文化局一个熟人跑来找我，他们要搞一个貂蝉文化节，想跟我们栏目合作一期特别节目……"

秋染丢了叼在嘴里的吸管，惊问："钧州要搞貂蝉文化节?!"

崔琳笑道："有什么好惊讶的？西门庆故里还有人抢呢！观音之乡不也在选'活观音'吗？貂蝉比观音总还靠谱些，好歹是人——我小时候也听人家说过，钧州出貂蝉……"

秋染突然爆出了一阵笑，崔琳被她笑得莫名其妙，扭头看秋染。秋染忍笑解释："真不知道说什么好——钧州出貂蝉，可不是什么好话。"

崔琳说："钧州文化局请民俗专家专门做了田野调查，貂蝉被杀后，埋骨凤翅山，后世钧州就出美女——现成的例子，你，还有那个林小娴……"

秋染啐了崔琳一口："人家林小娴可不是钧州人。我在钧州长大，从来没听说过貂蝉死在钧州。反正小时候，看大人的反应，猜'钧州出貂蝉'不是好话。长大了想想，貂蝉也许指的是青楼女子。钧州自古就是商业重镇，水旱码头，清末又通了铁路，经济繁荣娱乐业自然跟着发达，西关外城墙根儿一带，一家挨一家的都是班子，临着钧河，当时被人叫作'赛秦淮'……"

"好一幅'钧州梦华录'！"崔琳笑道。

三

江天上车后，秋染一直没跟他说话，扭头看着车窗外。

车上高速后，窗外不时闪过一片尚未种秋庄稼的新翻土地，潮湿的深褐色铺展开，远远有巨大的泡桐，峨峨的树冠映着青天。平原上的大树，天覆地载，无遮无拦，才能长得这样雍容端正，不挣扎，不扭曲，真好——秋染眼睛酸起来，不觉闭上了眼。

回钧州，除了林小娴，秋染也没什么人可见——母亲去世后，父亲当年又结婚了，卖了钧州的老房子，跟着人家去了嵩城，弟弟研究生毕业后留校，娶妻生子，各自一家过日子了。老亲旧眷在钧州的也有，只是都不大来往，跟两姓旁人也没什么区别。秋染平素从来不把这些当事儿，很少想，想也没什么感觉，今天不知道怎么了，车子离钧州越近，越要想这些，还想得满心凄惶。

朦胧中感觉江天握了一下她的手，秋染睁开眼睛，看着他，略带凄楚地绽出一丝微笑，深情款款地把手从江天手里抽出来，合在了自己的膝盖上。

江天笑笑，问她和林小娴如何约的。秋染微笑回应，放心。

到了钧州迎宾馆下车，秋染蹀到一边打电话给小娴——她没有告诉江天，林小娴对于他们的到来和"玉女心经"的策划还一无所知。秋染了解林小娴，她只能如此这般，强迫小娴接受这件名利双收的好事。

小娴第一次出现在西关大街上，秋染就惺惺相惜地认定这是个异样女子。

小娴的外祖父，白老先生，年轻时逢上国难当头，弃了祖业——白家是西关大街上的老户，世代行医——去读了军校。白老先生弃医从戎，先从的是国军，后来投诚了，就成了解放军，50年代转业，带着妻儿从南京回到了钧州老家。白老太太是个胸口几乎抵到膝盖的驼背——据说是"文革"时被打坏了。他们夫妻生有两儿一女，小娴母亲最小。小娴母亲上高中时就是"白专"典型，不能考大学，一气之下报名支教去了新疆。小娴读高一时，她们母女才回到钧州。

那个秋染后来在小说里乾坤挪移的大杂院，早些年月应该都属于白家。只是白家开枝散叶，加上世事无常，房子多半早已易主，不姓白了，经年零敲碎卖地归了别人，东家拆堵墙，西家盖间屋，也看不出几重几进了。

小娴的外祖父早在80年代落实房产政策后，就将自己重新得到的房产给儿女做好了分配。现在住的后院房子，他们夫妻身后留给女儿，前院六间房当时就平分给了两个儿子。二舅舅有单位的楼房，就把两间厢房和一间过厅屋卖给了秋染家。秋家这才从街对面两间窄狭的临街房里搬过来。小娴母女跟外祖父母住在后院紧里头，房虽不过四间，却是一个独门独户的小院落。

小院围墙上爬满了藤蔓，凌霄、常春藤、缠枝玫瑰，四季络绎开着花，就是到了冬天，还能看到北墙上几缕叶子碧绿间开着细小洁白的十字茉莉。翠带飘摇的墙外有口井，夏天院子里的人会打了冰凉的井水来镇啤酒瓜果，别的时候那井边倒很清静。前院住了个比小娴高一年级的同校男生，常常在井边等小娴出来，两个人一起走到学校去。

秋染后来知道他叫罗鑫。秋染搬过来时，罗鑫已经去读大学了，所以她对少年时代的罗鑫印象模糊，只记得瘦高，忘了眉眼。罗鑫高中毕业考上了复旦，学的是物理，本科毕业后去了美国，一直读到博士后，留在了导师的实验室工作。

秋染真正对罗鑫有印象，已经是他与小娴的婚礼前夕。人还是清瘦，颇为俊朗，可惜镜片后的那双眼睛，闪闪烁烁的，破坏了他经营出的一身沉稳儒雅。

罗鑫从读大学起就跟小娴基本处于分离状态，到结婚整整十二年。等一个人等上十二年，秋染觉得唾液都能等成胆汁，小娴却从未诉过苦。

罗鑫母亲是小娴大舅妈的娘家表侄女，算下来，他该叫她表姨的，秋染提起罗鑫时会说，你那位大外甥如何如何。罗鑫母亲极不赞成儿子与小娴的事。她倒聪明，知道最有力的反对是假装看不见——小娴的痴心，在她眼里是妄想，她在安静地等着空间和时间把这个小女子彻底跟自己的儿子隔绝。

罗鑫母亲看不上小娴，根儿却在小娴母亲身上。秋染是从大人嘴里听来的，小娴母亲有精神病，年轻时得的，好了很多年，忽然又犯了，小娴父亲照顾不了，才把小娴和小娴母亲都送回了钧州。

小娴母亲成天在屋里的，时间长了，秋染也偶尔撞上过，老病之下的憔悴也掩不住精美的五官轮廓，身形比小娴高，袅娜得近乎伶仃，想来年轻时只怕比小娴还要好看些。小娴倒是常提母亲的好处，却从来不提母亲的病。秋染从未问过小娴她母亲因何而病，不能问也不用问，琉璃一样的女子，丢进混凝土搅拌机一样的岁月，不碎才怪呢？

秋染对小娴更多了份心疼，对罗鑫母亲自然也多了份嫌憎。跟小娴一起在院子里遇上罗鑫母亲，小娴总会一怔，低头含糊叫声抗美姐，罗鑫母亲总是响亮地答应，眉开眼笑的，秋染却直眉瞪眼地不搭理她。

秋染渐渐过了在人家故事里扮小青的年纪，有了经历自然有了判断，觉得小娴这种宛若游丝的爱情，实在靠不住。秋染想不出小娴是怎么挨过来的。大学毕业那年暑假，罗鑫带了两个女同学来钧州玩，整个院子都震动了，小娴却浑若无事。罗鑫到美国后，罗鑫母亲在院子里给邻居传阅儿子寄回来的照片，罗鑫和一年轻黑发女子在照片里相拥灿然而笑，小娴还是镇定自若。秋染在写《枉凝眉》的时候，不得已对这些情节做了技术性处理：女主角昏倒，大病一场——不然就不是人了。

现实中的林小娴当然是人，秋染却觉得她有一种很难觉察的超人能力——人生无常，小娴手里却似握着一点笃定的"常"。秋染第一次有这种微妙的感觉，是跟初恋男友分手后不久，她发现自己怀孕了。小娴陪她去医院，拉着秋染的手，一直送到手术室门口，她对秋染说："别怕，我在。"

"我在"，是一种看似简单却很难描述的微妙状态，会让人对她陡然产生交托自己的愿望——即使不能交托，却也无法割舍对她的向往。秋染私心猜度，罗鑫多半也是感受到了小娴的这种"我在"，才最终和她走入了婚姻。

秋染在小说里自然要处理得通俗易懂，把罗鑫写成了浪子回头——将缣来比素，新人不如故，而小娴则是守得云开见月明。

结婚后，小娴辞掉了在钧州中医院的工作，跟罗鑫去了美国，很快怀孕，生下一个女儿。女儿两岁时小娴开始工作。她在一家中医保健公司下属的社区连锁店里给人针灸按摩，安慰那些因为疼痛、失眠、肥胖和阳痿而苦恼的美国老人。

也就又过了一年，小娴与罗鑫离婚，带着女儿回国了。离婚原因，小娴不肯细说，含糊地说彼此都很失望吧。小娴又住回了西关大街。

秋染已经有几年没回过西关大街那个院子了。那次回去看小娴，她发现院里住的多是陌生的进城打工做小生意的外乡人，有一家偏又做的是废品生意，把个前院弄得狼藉不堪，脏得无处下脚。正值暑天，秋染忍着难闻的气味，回避着只穿条三角裤就晃到院子里来的猥琐男人，走到后面小院门前，眼泪落成了断线珍珠，收不住，半天都不能敲门。

秋染不能让如此煞风景的结局出现在《枉凝眉》里，没有办法的办法，结尾"杀人"——男主角在意外中死去，他的孀妻带着弱女，依旧人在天涯。

《枉凝眉》不过是个浅白简单、毫无想象力的老套悲情故事，点缀了些"古典"的装饰性元素：首先有个大家院落做舞台，有上辈人的前尘往事可以拉扯，秋染极尽能事地让女主角去听雨桐阶，望月西楼，相思断柔肠；再有就是写信——驿寄梅花，鱼传尺素，不管写的是什么，书信本身就意味着古典；三是爱得含蓄干净——说穿了，就是没有性。女主角二十九岁嫁给男主角时，还是处子之身。

江天本来重点是卖那点儿"在谱儿"的感伤，听故事时又发现了这点儿罕见的纯洁——秋染倒无心渲染，事实如此，随口就说出来了——更是个卖点哪！秋染不以为然——爱得干净不干净，跟性有关系吗？江天笑着说想媚俗你得先了解什么是俗，讨人喜欢的方法无外乎人想什么给什么！全国人民都性压抑的时候，咱就随便找个地儿让他们野合去；可如今遍地潘金莲，咱就得让故事里的人儿忍着，不到洞房花烛，纽扣都不给解一颗。

秋染笔下的女主人公，是为了讨人喜欢设计出来的，人人都能理解，现实中的林小娴，可不会像故事里的人一样，连内心独白都一览无余。通常女人之间的友谊是靠交换自己和别人的秘密来维持的，但小娴和秋染显然是个例外。她们分享生命的经验，但从不刺探对方保有的秘密。《柱凝眉》里那个单纯的"纸人儿"身上，并不是秋染对于小娴的理解。

　　秋染对林小娴的理解要更加混沌复杂。当初秋染在情天恨海里折腾时，小娴给出的意见成熟而具先见之明。秋染的初恋毫无悬念是工商学校的同学，分手也是那个时代校园爱情的俗套——两人不在一地，毕业时都被分回了户口迁出地。两个孩子头一次面对人生大抉择，互相捧着脸哭成了琼瑶剧。林小娴颇为伤感地劝秋染：拔慧剑斩情丝吧——弄个遍体鳞伤，也未必有好结果。秋染到底没听劝，到底是弄了个遍体鳞伤，到底也没有好结果——藕断丝连地拉扯了两年，男友到底还是跟别人结婚了，分手的纪念品是留在秋染体内的那颗受精卵。小娴劝秋染的时候，她与罗鑫隔着半个中国，后来她与罗鑫隔了半个地球，始终也没见她的慧剑拔出来。

　　并不天真的小娴，似乎又当局者迷，痴等了罗鑫十二年。小娴等待的姿态很柔和，有人介绍对象，小娴也见，个别的还能交往上几天，但毫无例外地都没有结果。罗鑫信来得也有限，最后有了电子邮件，外人更不知道底了。即使家里人有疑心，猜她在等罗鑫，可又很难确信——小娴不至于傻到白日做梦吧？

　　小娴的痴梦是她当年的秘密，她一个人守着这个显然并不轻松的秘密，秋染能感到她的孤单和忧伤。林小娴等了十二年，终于等来了王子的马车——童话故事就在眼前发生，悲观的秋染却心存疑惑地等着那道现实的深渊在她面前裂开。

　　那是小娴去美国后，罗鑫因为有事情要处理，一个人回了钧州。罗鑫请一些老同学吃饭，秋染也在座。罗鑫似乎一晚上都在说与小娴这场爱情长跑何等不易，如今又何等幸福，在座的都是老同学，除了秋染，还有不少见证人，大家为了这罕见的坚贞爱情频频举杯，连秋染多少也有些感动了。

结束时已近午夜，罗鑫送秋染回家，在空寂无人的西关大街上走着，罗鑫触景生情，又说起与小娴一起上学，秋染听了一晚上，此时有些厌倦。送到了院门口，秋染站下准备告辞，罗鑫家人早不住在这儿了，罗鑫说院子好深，送进去吧。秋染当他怀旧还没怀够，也没推辞。两个人通过黑灯瞎火的前院走到过厅屋时，罗鑫一下拥住了秋染，秋染现在还记得当时她的脑子像砰地断了信号的电视屏幕，刺啦啦闪了半天的雪花——然后，就黑屏了。

接下去的事，比起方才罗鑫那轰雷掣电的一拥，就显得太庸常了，两个人去了罗鑫在酒店的房间。单纯从性的角度，罗鑫是个不错的男人，干净，温存而有力量，稍稍带点儿施虐的假动作，不过是夸张他的兴奋而已——但如果他不是林小娴的丈夫，秋染在他床上也未必会那么激情四射。

罗鑫一只手在解除她衣服的羁绊，一只手揽着她深吻，说你今天晚上，美得让人无法正视。秋染故意躲着他过于热烈的嘴唇，滚了几下，衣服也就从身上褪尽了，她说小娴不美吗？

罗鑫说，小娴也很美，但你的美不　样。罗鑫的手指沿着她的腰线滑——

这些废话连调情都不是，应该算是滚在床上说的客套话。唯一有点儿意思的，是他们滚在床上时，不仅没有刻意回避小娴，反而句句话都似乎离不了小娴。第二天秋染六点多钟离开，告别时，两个人在社交礼仪的范畴里，拥抱了一下。

秋染还记得自己走在初春黎明的冷风里，心里也清清凌凌地灌满了冷风一样的失望——秋染本不相信这世上有爱情童话，不相信有，却还希望有——现在连这点儿希望，也失去了。

秋染品味着那失望，嘴边竟然浮出了微笑——是啊，非常有喜感的一夜——虽然从格调上讲，有些造作、滥俗，两个人都太老练了，像跳交际舞，你进我退，转圈复位，不过也因为默契而相当愉悦，如果只有这点儿肉体愉悦，这个"交际舞之夜"不会成为秋染生命中颇为值得纪念的夜晚之一——这一夜给了秋染新的看世界的眼光，她那原本浸透了后青春期忧郁的目光里，这个世界到处是悲剧。如今换个角度看看，一望无际的其实是喜剧——悲剧是希望的挣扎，而喜剧则诞生于彻底的失望——秋染自我感觉深刻了不少。

此后，秋染与小娴通电话，罗鑫若在，也会打个招呼问声好。就秋染获得的信息来判断，小娴的家庭生活应该还是基本幸福的，所以她突然离婚回国，秋染还是相当吃惊难过。有人说小娴傻，也有人说小娴笨，风言风语猜测小娴离婚的真实原因，也许难对人言……

小娴不说，秋染自然不会深问。面对小娴，秋染把自己与罗鑫的那个"交际舞之夜"，看成心怀羡慕的妹妹偷偷穿了一下姐姐漂亮的舞会鞋子而已，虽然是不能告诉姐姐的秘密，却丝毫不影响妹妹对姐姐的感情。秋染替小娴悲哀——并不需要太过发达的想象力，很多人可能和秋染推测的一样，多半是罗鑫背弃了小娴——他这一抛，可把小娴的人生抛在了前不着村后不着店的荒路上！

秋染与小娴之间，有种很难辨析也不用表达的亲——彼此都依赖着对方，也都能感觉到对方的依赖。这几年，虽说钧州不远，可毕竟是两地，两个人也不经常见面，除了秋染某些情绪失控的夜半，或醉或醒，哭着打电话去扰小娴的清梦，更多的时候，是秋染在替小娴操心，总觉得小娴这样下去不是个了局。小娴倒比她达观——走着说吧，西山日头一大垛呢，忙什么？

四

秋染可以说了解小娴，但小娴似乎更了解秋染——某些时候甚至超过秋染自己对自己的了解。《枉凝眉》出版后，秋染给小娴寄了一本，虽然情节相近，可秋染对小娴的理解力还是有信心的，知道小娴不会把这个俗套故事朝她自己身上拉扯。可小娴对《枉凝眉》的批评，还是出乎秋染的意料。

那时秋染参加一个议程松散的会议，住的地方离钧州不过三十公里，她就溜出来见小娴，一起去吃凤翅山脚下的农家饭。

头顶是茂密的夏木，透明的蝉声密密地洒下来，越发的静。《枉凝眉》大卖，开会那两天又多听了几句好话，秋染不免有些得意，再有了点儿酒，开口闭口都在说她的新书。小娴握着杯子，默默听着，嘴边挂着浅笑，等秋染问她感觉时，小娴开口很不客气："人物单薄，故事陈旧——琼瑶的底子，张爱玲的调子。"

秋染被噎得说不出话来。

小娴说这不是大罪过，她们这些70年代生的爱撒点儿文艺腔的女子，十几岁碰上琼瑶二十几岁遇见张爱玲，有点儿遗毒也自然，可以理解——小娴顿了一下，叹气说："你以前的小说好不好先不论，好歹有你的心性——这是什么？把文字弄成晚会开场歌舞一样的表演，花团锦簇后面什么也没有，倒不辜负'伪小说'三个字！怎么突然写起这种东西了？"

秋染勉强笑道："两句三年得，读来双泪流，有八个我也饿死了！——这种年月，姐姐，你就容我不贞洁一回，唱首淫词艳曲，挣些散碎银两度日吧。"

小娴也笑了："谁还管你？淫词艳曲只要你自己唱得开心——我只怕你未必开心！再说怪得着年月吗？因为赶上了好年月，《红楼梦》才应运而生的？"

秋染又抿了口酒："我压根儿也没做当曹雪芹的梦！"

小娴不以为然地笑道："未必吧？失其本心才是真的！"

秋染听了一阵黯然——当初写小说所为何来？

秋染也就在心里一叹，不愿意往下再想了，胡乱想要是小娴写小说，只怕成色比她还强些。她想起小娴在电子邮件里写给她的那些闲话，添上题目就是禁得起咀嚼的好文章，且嚼来汁液丰美，满嘴芬芳。

小娴似乎做什么都很有灵性。秋染还见过她初中时画的一幅水粉，一匹马俯首湖边，从天空到湖面都是钻蓝，只是浓度不同，自然有了明暗深浅，那颜料里的水似乎并没有凝结在画面上，仍然在流动，流成暮云，流成了湖波……马是银白色的，莹莹泛着从画布外投来的光，不是纤毫不爽的逼肖，婉转几笔抹出来的马身子，安稳，沉着，画的边际有深深林影，遮天蔽日的，那马儿也许是在饮水，也许是在聆听，听那藏在林中的千秋万岁的大静……

秋染虽然不懂画，可却觉得那画很好，有灵气，动人心。小娴轻描淡写地说小时候跟她母亲学了几年，早丢手不画了。小娴似乎很容易"丢手"——无论手里丢出去的是什么……

小娴回来的第二年，白老先生夫妇，相隔不过数月，先后都过世了，今年春节后，罗鑫把女儿接去美国上学，那个小院里，如今只剩了小娴和她生病的母亲。

秋染本以为小娴在老宅子里只是过渡，没想到她竟一副天长地久的架势过起了日子。秋染后来才知道，小娴也就带回来三万多美元，这点儿钱，汇率一跌，房价一涨，加上开了家用以糊口的小药店，再安置个新家显然不可能。

秋染知道小娴不是那种什么钱都挣的人，别说惹麻烦，弄脏手，就是姿态不雅，身段难看，小娴都不肯干。有家私营中医院通过熟人来请过小娴——小娴也就去了几天——忙和累倒还是其次，医院的种种黑幕是她不能忍受的。

以前那些事儿秋染倒能理解，可这次江天提供的机会完全性质不同。秋染虽然知道要小娴接受有难度，可还是没想到她拒绝得如此不留余地。

秋染在电话里苦口婆心地说江天如今做此类养生保健类图书的技术相当成熟，早不弄那些耸人听闻的东西了，即便有时候是把一些"真理性废话"重重叠叠包装起来放进雕龙刻凤的匣子里，你跟着他一层一层拆解到最后，很可能得到那个治痒秘方：挠挠——但又有什么关系呢？

最坏也就是一种无害的游戏——带领别人做游戏，还能挣到钱，有什么不好？即便是游戏，多少总也会有些强身健体益智怡情的作用，再乐观一点儿，说不定还能普及一些中医知识，教大家点儿简便实用的女性养生方法……任秋染天花乱坠，人家林小娴禅心大定，一瓣也不沾身，也是被秋染啰唆烦了，小娴丢过来一句："别人说这话也罢了，你是真糊涂，还是装糊涂呢？"

秋染又被噎得没话说了。秋染何尝不明白，自己振振有词说的那番道理，实有虚弱不堪之处。电视上几个人说相声一般谈文化讲科学，演小品一般让人敲敲这儿捏捏那儿教养生——江天出的书不过是电视解说词，容不得诠释容不得思考，跟秋染的小说一样，都是杂耍表演，也该冠上"伪"字才对。

秋染对中医也不是没有认识，背靠一套玄之又玄的阴阳五行说、讲究因人辨证的中医，救此人性命的良药，也许是害彼人性命的砒霜，没有什么方法是可以适之万人而皆验的。不只中医，任何有谱系有背景有限制的知识，经由现代传媒这个粉碎机，都成了无拘无束零星破碎的信息，这些漫天飞舞的信息，往往带来的不是了解，而是遮蔽和污染——秋染也在这沙尘暴一样的信息里呼吸，但她还有些自我保护的警惕，报纸电视网上的话，她从不轻易相信，至于天一书局出的那些科普养生甚至社科文史类的书，她翻也不翻。说来可笑，这多少有点儿像那些朝豆制品里掺吊白块的不良商贩，自己绝不吃自家卖的豆皮腐竹。

认识归认识，反正伪文化伪科学伪艺术伪文学伪价值伪意义伪……早把周围的世界污染成了烂泥塘，淤泥滋养着田田的荷叶亭亭的荷花，一派繁荣昌盛的景象——烂泥与沃土，乱象与胜景，末世与盛世，争这些名实真伪有意思吗？秋染也不是真糊涂，却也不打算太明白——只怕人同此心，见面说恭喜发财不好吗？

林小娴才是糊涂——她家小院角上倒是有棵梧桐，她难道真能趴在梧桐枝上吸风饮露过到老不成？秋染想起那次小娴找人打听她这样的情况如何缴纳社会养老保险的事儿，心底蓦地一酸——不跟她讲道理了，挣钱才是硬道理。

秋染挂了电话，回到迎宾馆大堂，崔琳先跟钧州文化局的人去说事儿了，江天还在大堂等她，递给她房卡。两个人一前一后朝电梯走去。电梯门开，一个有些面善的女子从里面出来，惊喜地绽出笑容，亲亲热热地拉手叫她秋染。

秋染也就一愣，多年没见也认得出，高中同学余萍，秋染记得余萍高考落榜后，就去钧河酒店上班了，后来好像一直在钧州各大宾馆换来换去，现在是迎宾馆的副总了。

两个人简单说了两句，余萍看了秋染的房卡，似乎对房间的朝向不满意，亲自去前台调整。一直在旁边没有作声的江天，低声对秋染说："我先上去，待会儿别跟他们去吃饭，咱们吃咱们的。"

江天走了，余萍回来，亲自送秋染到房间，一路都没放开秋染的胳膊。调整后的房间在十七楼，从窗户里能看到钧州西关城墙，余萍唯恐秋染没意识到自己的良苦用心，着意站在窗边指点了一下。

秋染出于礼貌去望了一眼，就坐下了，拿起电话告诉江天她的房间号。余萍却没有离开的意思，也坐下跟她絮絮说一些在钧州的老同学的近况，秋染只得听着。忽然余萍提到了林小娴，她显然不清楚秋染与林小娴的关系，还问秋染记不记得教过她们跳舞、举止特别傲气的林小娴。

秋染点头。余萍接着就唏嘘感慨了一番，在她口中，当年让很多女生妒羡的林小娴，显然已落魄成了一个平庸可怜的离婚女人，在市井底层为衣食挣扎。秋染淡漠地应了一声——跟余萍有什么好分辩的？

江天不知道什么时候站在门口，他敲了敲开着的房门，秋染站了起来，给他们介绍，江天握住余萍伸过来的手，抢过秋染的话头，只说名字："江天。"

余萍咯咯地笑起来，脸竟微微红了。秋染见过不止一次，江天有这本事，碰一碰女人的头发梢，都能把热量传递到人家子宫里去。余萍越发恋着不肯走了，竟要请他们吃饭，秋染忙说崔琳那边有安排了，换时间吧。

终于把余萍打发走了，房门关上，江天的胳膊从身后揽住了秋染的腰，长叹一声，扳过秋染的脖子，用力吻下去，秋染又痒又好笑，一挣，从他怀里闪了来，说："叹什么气？可怜风月债难酬？"

江天把自己扔在了沙发上："是欠了债——不过，不关风月。"

崔琳过来叫他们吃饭，秋染说约了小娴，不能去。崔琳笑着瞥了一眼江天，江天也摇头。崔琳说："好吧，随你们——晚上吧，我得见见传说中的林小娴呀！"

秋染却没有急着去见林小娴。

整个下午她都跟江天在房间里缠，几个月没在一起了，江天格外癫狂，完了两个人竟都动不得，她伏在他身上睡着了，快五点才起身洗澡。秋染从浴室出来，对着镜子穿衣服，胸口有块儿他留的青紫啮痕，手指掠过，隐秘地愉悦地疼……

镜子里能看到江天，郁郁地靠着床头，刚才在车上没留神，他真的满腹心事——把人生弄成哥特式建筑的人，心里总是有事的。他不说，秋染就不问——她懂得"不关心"是另一种境界的体恤。

收拾好一起出去，走到门边，江天从身后拥着秋染，低声说："谢谢你，这会儿好受多了。"

秋染很享受那拥抱的温暖——透冷风的裂缝消失了，看来这趟钧州是来对了。她在他怀里，伸手抽出房卡，笑着说："我就是阿司匹林，吃一片当时好点儿，其实不治病。"

江天笑着撒手。

五

林小娴的小药店就开在自家门口。房本是大舅的，大舅破墙开门，就有了这间价值不菲的门面房，小娴租下来，房租随行就市，旁边店铺的房租涨了，大舅会告诉小娴，小娴自然也会如数添上。小娴不是不知炎凉，不是不懂现实，可偏还抱着那点儿没用的清高，执迷不悟……

西关大街街口新立了一个描金绘彩的牌坊，上书"民国风情街"的字样，可见当地政府的努力，只是钧州的旅游业并不兴盛，西关大街比起二十年前，还是寥落了，钧州人买东西去"生活广场"，不像当时买什么都奔西关大街。

小娴药店对面，是座民国时期的建筑，仿巴洛克风格的装饰线条里裹着中式花窗——西关大街的"民国风情"，大概指的就是街上两三家带这种洋门头的铺面，旁边的房子太不成样子了，政府把临街的墙刷成古旧的砖红色，强迫除洋门头外的其余店铺都装上黄绿琉璃瓦的仿古飞檐，映着残破的青灰色西关城门楼和一截城墙，搭着街口那藻井彩绘格调的簇新牌坊，连带着那几个洋门头，不伦不类，又寒碜又好笑，可惜了钧州人那番热爱文化的苦心。

带洋门头的店面旁边，就是秋家最初的两间临街房，如今是家名烟名酒店。母亲当年的凉粉摊就摆在家门口。那块儿下水道上的水泥板是活动的，秋染蹲在那儿洗碗，用脚蹬它，装满水的大盆会跟着晃，盆里的水也就波光荡漾起来——十几岁的秋染，偏就有本事从那波光里读出苏轼的西湖和徐志摩的康桥来……

秋染在小娴药店的玻璃门外站着，能看见穿白大褂的小娴站在柜台后面，给一个买荷叶的女孩子把整张的荷叶剪成条，封在密封袋里。秋染半是伤感半是心疼地望着小娴。女孩接过荷叶走了，小娴抬头，秋染推开了玻璃门。

小娴过来拉住秋染的手，笑着低低叹了声："你呀……"秋染只是笑——小娴拿她的不讲理也没有办法。小娴和那女孩子盘点结账时，崔琳打电话来约晚上的饭，说余萍坚持要请客，崔琳和江天则想见林小娴——大家一起吧。

秋染含混地说问问小娴。秋染不大愿意让余萍、崔琳见小娴，倒不为别的，她怕小娴受伤——余萍的目光不免势利，崔琳的目光再收敛也敛不尽那份强势和优越感，小娴看似温和，其实敏感得几乎不曾生着皮肤，何必去承受那些不懂她的目光？

小娴大概听到秋染说她的名字，扭头问询地看着秋染，秋染也就实话实说了。小娴笑道："叫他们一起来嘛！我请大家——就在家吃吧，接了你的电话，我去买了些菜，有准备——四五个人是够的。"

秋染不知道自己的目光里是不是流露出了什么，小娴眉毛挑了一下，故意说："怎么？害怕我住的贫民窟让你颜面扫地？"

秋染笑起来："你有时候可真不厚道——好吧，我让他们来。"

他们来得倒快，秋染和小娴锁店门的时候，余萍开车拉着江天、崔琳也就到了。小娴脱了白大褂，里面穿的是条豆青色真丝连衣裙，家常款式。看裙子简洁到极致的剪裁，再看将长发松松绑在脑后的带子，与裙子色质相同，秋染知道那裙子定是小娴自己做的。料子想必是小娴姥姥囤的料子——驼背老太太有囤衣料的癖好。此刻再想，老太太这可笑的怪癖里，藏着对日子天长地久的大信，思来让人心酸。她去世时，家里还有她十几年前从杭州买回来的成匹的织锦缎、香云纱、重磅真丝，颜色老，花色也旧，没人稀罕，都丢给小娴娘儿俩了。小娴拿二十年前的旧料子做了裙子，却穿出了汝窑瓷器般敛尽光芒的贵气。

小娴微笑着跟客人打招呼，崔琳跟小娴打了照面后，似乎微微吃了一惊——不过掩饰得还好。江天也有些失态，他朝小娴先伸出了手——秋染这些年第一次见江天在清醒状态下面对异性做出不合礼仪的举止。小娴很大方地跟他握了手，对余萍点点头，随即拉住站在一边的秋染："走吧——前院不大好走，小心点儿。"

秋染不知道是不是自己多心，小娴似乎撒手撒得有些快，江天的手略微尴尬地滞后了片刻。秋染虽然跟小娴没少说江天，但自己与江天那层更为深入的关系，她却没跟小娴说——不好意思说，嗑着根鸡肋的尴尬，自己知道也就罢了。

两个店铺间不足一米的空隙就是现在的院门，进去宽阔些，收破烂儿的那家倒搬走了，墙根下原本敞着的排水阴沟，如今也拿砖给盖上了，可连天暑热的，多少还能闻到点儿不好的味道，触目都是脏的，褴褛的——房是脏的，褴褛的，人也是脏的，褴褛的，就连被孩子揪扯着耳朵的狮子狗，也是脏的，褴褛的……

　　他们这行人同样也刺人家的眼——两个妇人跟小娴打了招呼，盯着后面的几个衣着异样的男女——余萍换了工装，本是打算在自己酒店的帝王厅招待名人的，所以穿了件宝蓝色低胸镶水钻的小礼服；江天今天算是随便的，浅色休闲款西裤配黑色纯棉T恤，脚上却蹬着皮质考究的压纹小牛皮鞋；秋染身上是条烟灰色的真丝长裙，波西米亚风，裙摆像是被胡乱剪碎了，参差不齐，带着毛边儿，靴型镂空牛仔布凉鞋，绑腿似的铁灰色布带一直打到小腿肚；崔琳最夸张，一双十二厘米高的水晶跟高跟鞋从这个砖缝拔出来，又陷进了那个砖缝，几乎是趴在江天的背上走的。

　　前院住户的目光，让几个人都说不出话来，走到了过厅屋，暗沉沉似乎没人住，秋染觉得太闷，正要指点自己的故居，扑棱棱一个黑影飞出来，不知道落在了谁身上，崔琳和余萍同声尖叫，又一同抱住了江天，江天在四只胳膊间还没反应过来，小娴松开了拉秋染的手，走过去，从崔琳的花苞头上摘下一个带翅的大甲虫，笑着说："这几间房，有人租了养土元——晒干了是中药，我们当地人叫作土鳖的——雄土元有翅，偶尔会飞出来一两只。"她随手一甩，把那只土元丢到了墙角。崔琳、余萍松开了江天，各自整着衣裙，小娴不看她们，指着过厅屋说："这些土鳖住的可是我们女作家的故居呀。"

　　小娴一句话，大家都笑了——那点儿尴尬也笑散了。

　　总算到了后面白家小院门前，那一墙的藤蔓依旧葳蕤，门头上的玫瑰早谢了，只有那半墙凌霄，老藤嫩叶，打着累累的绛红色花苞，崔琳余萍围着墙赞叹了半天，发现那口井，又大惊小怪一番。

秋染一时有些百感交集，想着某个冬日，从门里出来的少女时代的林小娴，又想着几年前，自己站在门前垂泪……身边的小娴拉她进了门，拜托她招呼客人玩，自己进了厨房。秋染此时又后悔同意来家吃饭，还得让小娴张罗做菜——这大热的天儿！

余萍穿的小礼服虽然裸着肩背，可厚厚的料子紧紧裹在身上，又挂着衬里儿，离了空调环境肯定不舒服，一个人在堂屋里冲着电扇吹。其余人都在院子里，葡萄架下面有藤椅茶几，秋染去泡了茶放在茶几上。晚风没了强烈的暑气，只是人身上还是下不去那点儿汗意。秋染发现，整个院里只小娴母亲住的屋子装了空调，门窗关着，帘幕低垂，隐隐约约听得有音乐声。

秋染去小娴的卧室，寻出两把蒲扇来，递给崔琳，江天伸手也要，秋染躲着不给。小娴从厨房里拿出剪刀竹筐来，朝唯一的男士江天招手："江老师，那儿有凳子，你剪了大家吃——这几株葡萄是我们从新疆带回来的，很甜。"

那架葡萄正对着院门，碧玉一样的颜色，闻着那股带蜜味的香气，就能感觉到果子的甜度。江天也不来夺扇子，乖乖地去剪葡萄了。

秋染一直悬着的心忽然放下了——林小娴还是林小娴……

林小娴的晚宴摆在了堂屋正房里。

正房的摆设还一如白老先生夫妇在世的样子，方桌条几官帽椅，几上两尊观音瓶，一尊鸡血红，一尊茄皮紫，色正而艳，光却有些"嗷"——钧州土话，用刺耳的声音指代刺眼的色泽，大意是指太浓烈刺激，不柔和——显然是天然气窑烧出来的。条几上本来有两件很好的器物，雾青色的出戟尊和凤耳翡翠琵琶瓶，都是温润如玉的，尊和瓶被小娴的二舅舅拿这两个瓶子换走了，墙上还有幅工笔牡丹，也被他顺手摘走了。

秋染看着白墙，旧事重提，又有些愤愤的，小娴倒笑着说，不值得气——有更好笑的呢。大舅舅开出了间细水长流的门面房，二舅舅才察觉自己吃了亏，时常叽咕分家不公，总想找补回来。年初还领了位收藏专家来家里细细搜罗了一遍，堂屋和书房里的那几件仿古家具，都是90年代后陆续添置的，家中最古老的器物竟是小娴睡的那张朽了条床腿儿的大床，大概制作于20世纪40年代，材质也是一般的山杂木。逝者如斯——白家早被水洗干净了。

两个人笑着安排好杯盘碗筷和凉菜，小娴叮嘱秋染先招呼客人，她得去母亲那屋收拾一下——小娴方才先给母亲端了晚饭。

纱窗门朝着院子，院里亮着灯，能看见崔琳一个人站在葡萄架下面抽烟。小娴家里没酒，她本是要秋染帮忙去买，余萍说车上有酒，江天就陪她去拿酒了。秋染开门出来，走到了崔琳身边。

崔琳低声笑道："你那女同学是去拿酒了还是去酿酒了？"

秋染也笑着说："想知道？你去看看！"

崔琳不屑地喊了一声，两人也就不再说这个话题了。闲扯了一会儿，有人敲院门，秋染去开门，门外一个推着自行车的男人，六十不到的年纪，秋染呆看那人，叫出来："刘老师！"

小娴这时从房里出来了，笑道："我请刘老师来的，难得你回来！"

钧州文联的刘项，是小娴外祖父生前的忘年交，秋染写了平生第一篇小说，小娴就是拿给他看的。刘项把自行车靠院墙扎好，感慨地打量着秋染："你这闺女呀，你这闺女呀，不得了哇！"

秋染笑起来，不知道该怎么表达好，伸出双臂拥抱了刘项一下。

秋染转身介绍崔琳，刘项连连点头："见过见过——电视上常见！《论衡》我是每期都看，崔老师节目做得好哇——"

秋染大笑推崔琳："崔老师节目做得好哇——"

崔琳哼了一声，打掉她的手。江天和余萍也抱着酒回来了，秋染就向他们介绍刘项。刘项自加注释："坑灰未冷山东乱，刘项原来不读书。"崔琳听着有趣，追着问，刘项一边跟她解说，一边跟着大家进了堂屋。

六

酒樽启开了，大家却还没坐定，自然要有一番推让。最后还是在小娴的安排下，刘项坐了上座，江天在右侧相陪，余萍迅速拣了江天的下首坐了，小娴没说什么，这边则是崔琳和秋染，空的下首打横处自然是小娴的位子。她立着给大家添好酒，才笑着举杯，说了几句客气话，晚宴正式开始。

小娴方才梳洗过，换了件长及膝盖的墨绿团花暗纹的旗袍裙，款式极简，无袖，偏襟挖领，翠蓝缎子贴边，腰身略宽松，却比常见的紧身款式更见风致，那颜色，墨绿衬着翠蓝，又是灯下，艳得能生出香气来。原本用带子系着的过肩长发，此时绾了上去，黑发在腮边画出优美的弧度，向后绾成了一个垂颈松髻，发间无丝毫装饰，却愈显那头蓁蓁黑发的华美质地。

眼里只有林小娴的也不止秋染一个人，江天的目光扯过来拉过去，总忍不住要往小娴身上落，余萍在一边干吃醋，崔琳眼尖，笑着暗示秋染快看。秋染读得懂江天的目光——那不是神魂颠倒，他在研读林小娴……余萍一腔心思都在江天身上，崔琳使坏要逗她，秋染就趣味盎然地在一边看他们眉毛眼睛打架，加上刘项善饮，健谈，一顿饭吃得着实热闹。小娴闹中取静，对什么都浑然不觉似的，只让大家吃菜。

大家对小娴厨艺的赞美，是意料之中的事，秋染没想到被江天评价最高的却是那道看似寻常的烧茄子，乌黑油亮的茄肉间点缀着一粒一粒雪白的蒜粒，放进嘴里，茄香蒜香，越嚼越浓郁，那味道又纯粹又丰富。这茄子的做法非常简单，就是放油把茄子焙得软散，放蒜粒，除了盐什么作料都不加。秋染因为实在喜欢，自己也试着做过，却做不出这种味道——她实在没有小娴的耐性。

江天提议大家敬小娴一杯酒。小娴端起酒盅，笑着和大家碰杯，抿了一点儿放下，对江天说："江老师——"她看了刘项一眼，"刘老师搞收藏，有几十年了，他想把跟收藏有关的文章结集，出本'淘宝记'之类的书，能帮忙吗？"

江天内藏玄机地笑了一下："这个我说了不算，你说了算。"

秋染和小娴，知道这话是有上下文的，只是这话在旁人耳朵里，俨然带出几分调情的意味——余萍当时就有点儿变颜变色了。

大概刚才介绍时，刘项只顾跟崔琳切磋"不读书"了，没在意江天，这会儿听见小娴跟江天的对话，略微一怔。

小娴听了江天的回答，笑着微微仰起脸："我——"

秋染看小娴神色知道她想出言婉拒，忙在桌下踢小娴了一下，抢过话头，笑道："你们俩说了都不算——我说了算，没问题！"

小娴包容地看了一眼秋染，低头一笑。

刘项冲秋染摇头笑道："小娴不说我都忘了这茬儿。写那些东西，就是个心情，玩儿呗，用不着非得给人看！"

江天从裤袋里摸出一张名片，递给刘项，一脸诚恳地说："您把书稿整一下，发到我邮箱里，我让人看，尽快给您回音。"

刘项接过名片，随手往口袋里一揣。崔琳素来风雅，也不知道真懂还是假懂，听了这话，撇开众人跟刘项热烈探讨起来，两个人都是两颊微酡眉飞色舞，称呼也从刘老师崔老师变成了刘项大哥崔家小妹，从旁看着，着实可爱。

崔琳做一期关于新石器时期裴李岗文化的节目，刘项的收藏本就是本地风光，裴李岗的石杵、石磨、陶器在他那儿也不算稀罕，三代的青铜器才算是宝贝，若论最心爱的，那还得说是汉玉……崔琳被他炫耀得两眼烁烁，兴奋地拉着秋染的胳膊晃，明天一定要去刘项大哥家看看——

酒至半酣，小娴带笼屉上了两道蒸菜，珍珠丸子下面铺的是漆黑油亮的龙须草，酱色小排下面则是鲜荷叶，大家不免又啧啧赞叹。余萍夹了个丸子，不阴不阳地又提起出书的事："刘老师，你可得好好谢谢林小娴——太会替你办事了！"

刘项故作一脸迷茫，看着余萍："替我办事儿？我没事儿要办啊？没事儿也不能找事儿啊！"他端起酒杯，转脸看崔琳，"是不是，妹妹？"

崔琳咯咯笑着跟他碰杯："是啊，哥哥！"

刘项喝干杯中酒："明天去看看老哥我书房门上那副对子：天欲补贫偏与健，人因见懒误称高，横批，一生无事。"

崔琳连声细问，刘项就给她逐字解释，崔琳忙又掏出手机，把那副对联存上——不存段子，存对子，可以看出崔琳的手机跟她的节目一样，文化定位高端。秋染笑着看那对儿热爱文化的哥哥妹妹，目光一转，发现余萍正嘲讽地朝小娴笑着，笑得大有深意，小娴没理她，挪开了目光。秋染此时才察觉，余萍和小娴比她以为的要熟悉，两个人的别扭似乎也不单是因为江天的目光……

余萍笑着又说："以前在学校，小娴闲人不理半个儿，我们连话也不敢跟她说——我今天才发现，小娴清高那也是分人的，其实比我们谁都会来事儿！"

小娴正视余萍："开店的多是势利眼，我从来都是看人下菜碟，你才知道?！"

秋染笑起来——小娴是平素肯让人罢了。江天听小娴如此凌厉地回了一句，眉毛一挑，嘴角也浮出了笑。他笑着起身，要去厕所，刘项也站起来，说没人领着，他未必找得到。等江天回来，手里多了件把玩的东西，余萍攀着他的手要看，江天撒手递给了她，说："刘大哥刚才送我的小玩意儿，叫玉握，对吧？"

刘项说："汉八刀！有人说汉八刀是八刀刻出来，其实不是，那是说……"

余萍没心思听刘项上课，拿手摩挲着那玉握，又托在掌心跟江天头抵头地研究：这刻的是什么呢？是龙吧？汉之前朝龙的样子很简单——

刘项大概觉得余萍不尊重专家，自己还瞎说，就不耐烦地嚷："那是头猪，你怎么会看成龙呢？知道一龙一猪的成语吗？它哪儿像龙啊？"

崔琳大笑，秋染也被刘项的孩子气弄笑了，只是没崔琳笑得那么夸张，崔琳笑得歪在秋染怀里，又捶又揉的。余萍不用说，连江天也被崔琳笑得不尴不尬。

秋染细看却又觉得余萍的表情有些奇怪，不说话，脸是绷着，可绷住的却并不纯是恼怒尴尬，薄薄的一层膜似的木然下，仿佛也有盈盈的笑意要破出来。

崔琳伏在秋染怀里笑，突然她不动了，秋染推她，她慢慢坐起来，附在秋染的耳朵边说了句："我掉根筷子，你捡，啊？"

秋染立刻明白了，肯定是崔琳俯身看见了对面的桌底乾坤，忽觉酒向上涌似的，胃里一阵难受，她强忍着，一把抓了崔琳的手："你别掉，我也不捡!"

小娴似乎觉得大家的酒都有些多，就起身去端主食，崔琳秋染拦着不让，说不吃了不吃了。刘项站起来，大张着巴掌，横着在席面上一扫："再过一百年，都没了——能吃还不吃？"

一片醉笑中，小娴用毛巾垫着端来了一平底锅油亮喷香的手抓饭。秋染关于那个晚上的清晰记忆，定格在那锅色彩艳丽的手抓饭上。

后来的事情，是第二天酒醒后，小娴告诉她的。

刘项酒足饭饱告辞，剩下的人已经喝多了，喝多了才会闹着还喝，小娴是主人，也不好撵人，只得由着他们。于是又开了第四瓶白酒，喝得秋染趴在小娴的怀里，先是笑，笑着笑着就哭了起来。

秋染也不知道为什么哭，天旋地转中，只觉得来不及了，来不及了，她能去哪儿呢？容她栖身的时间和空间都不在了，唯一还在的就是林小娴，秋染抱着林小娴哭得哀哀欲绝。

小娴告诉秋染，那晚的酒，差不多都成了眼泪。小娴起身照料在院子里出酒的余萍，崔琳和秋染两个人搂着哭成一团，也不知道都哭什么呢。余萍似乎更狼狈些，又哭又吐，吐完了回来，一会儿哭着跟江天撕扯，一会儿又拿出手机乱打电话，叫这个来叫那个来——后来竟真的叫来了一个男人，见怪不怪地朝小娴笑笑，要带余萍走，余萍死也不肯走，拉着那人喝酒，人家不喝，她就哭一阵儿，骂一阵儿，扭脸儿又去跟江天纠缠。

那场面又好笑，又难为人。小娴也不认得那男人是谁，不敢让余萍跟他走。这边秋染要吐，崔琳歪在椅子上动不得，小娴只得丢了余萍照顾秋染。幸好江天还有残存的理智，身上挂着成了面条的余萍，过来从崔琳身上找出手机，打给崔琳的助理。崔琳助理过来，才把几个人接回迎宾馆去了。

秋染喝酒后一直出虚汗，脸色惨白，小娴不放心，把她留下。给她热热地喝了碗酸汤，扶她躺下，一直掐着她的合谷，见她脸色渐渐缓过来，也睡沉了，小娴才去自己女儿屋里睡了。

七

酒醉后的睡眠，是密不透风的黑暗，让人呼吸艰难，秋染挣扎着想醒过来，却怎么也醒不过来，直到抖动的眼皮感受到了真实的光线，她才吁出口气。

老房子才有的土腥气，意识恍惚的秋染一时不知身在何处，土腥气里还有合欢的甜香——少女时代夏日清晨的气味，只是浸润在这气味里的身体，不该这般沉重……秋染完全清醒过来，睁眼看看四周——小娴的卧室——知道了身在何处，周身的酸疼也清晰起来。

院子里有人说话，是江天的声音，低沉的，永远带着三分倦意的声音："……越是喝醉了，越是醒得早——我怕来得太早你们没起，先到城墙上去站了会儿，看见大半个月亮，像酒杯里融化的冰块一样，慢慢变薄，变透明，然后看不见了。"

小娴轻笑了一声："连月亮都掉进酒杯里去了——只是昨天你倒没醉。"

江天"嘻"了声："也醉了，我就是当着人能扛，回去也一样。"

小娴说："也哭吗？"

江天笑了，顿了一下，他低低地说："我昨天不该扛的，倒该向秋老师学习，找个妥当的怀抱，好好哭一哭。"

小娴淡淡地应道："真要找着了妥当怀抱，秋老师就不哭了。"

秋染躺在小娴的床上，只感觉骨头被抽走了似的，略一翻身，薄薄的一层皮肤裹着的肉身就会在黄绿色的半旧草席上散开滚落。她重重地喘了口气，被失忆抹黑了的昨夜，还有些不连贯的鲜亮的记忆片段翻出来，只是用力一想，头裂开似的疼起来，秋染闭上了眼睛。

门上的竹帘子窸窣响了，一股淡淡的玫瑰香，应该是小娴进来了，到了床边，她一直用自家院墙上开的玫瑰蒸出的汁液混在甘油里做成膏子擦脸。

秋染睁开了眼，小娴冲她一笑："醒了？"

秋染慢慢坐起身，才发现自己身上的裙子滚了一夜，衫褪带松，胸口那块儿啮痕，就敞在外面，像心里的伤口开到了皮肤上，忙拿手掩了，问小娴，昨天到底怎么结束的，她都不记得了。

小娴就说给她听。

秋染听了，不觉有些愧意，又伏在了床上。小娴拖她起来："我给你烧了水，去洗个澡舒服些。我刚才去那屋找了你的旧衣服，应该还能穿。"

父亲卖房子时，秋染把自己的一些舍不得丢又没什么用的旧东西都搬到了小娴这里，旧衣服也有一大包。秋染眼睛里忽然涌出了泪，身子向前，靠在小娴的肩上，无声地落了几滴，小娴拍拍她的后背，秋染吸了一下鼻子："我去洗澡。"

洗澡水里浮着泡得黄软的草药，秋染把身子没进浴桶里，拿手撩起来看，认得的只有金银花和茉莉，噗噗的药香氤氲在蒸汽里，秋染有些恍惚地想着——昨天还觉得余萍可笑，恐怕可笑的，是自己了——江天动没动心思，秋染是有感觉的，而且小娴越是这样冷冷的淡淡的，江天越是上心来劲——当初秋染也是这样跟他开始的……脑子里忽然一闪，想起崔琳暗示的桌底乾坤……好没意思，真是好没意思，他那心是什么做的？就没个餍足，没个够……

浴桶放在厨房的里间，墙上贴了半截白瓷片，地却还是水泥的。从外间厨房灶台那儿通进来两道管子，连着一个装在墙上的花洒，小娴告诉了秋染，里面有热水，可以在那儿冲洗。小娴家用的还是90年代初风行一时的多功能煤灶，类似土锅炉，可以做饭烧热水，冬天还能带几片暖气片，只是要烧散煤，开火封火在秋染眼里都是技术含量很高的活计。旁边也有个煤气灶，烧的是罐装气，小娴昨天倒是用来炒菜了，平时不大使的。秋染洗完澡，穿上了放在门边椅子上的内衣裙子，旧时的内衣提醒她，原本饱满的身体竟在悄悄凋萎——这条印花棉布的连衣裙曾是她的心爱，鳄梨绿的底子上由疏渐密自上而下地落着甜白色的花瓣，如今看去，全不是记忆中的样子，那些碎花竟庸常得带些俗气了。

秋染还是穿了出来，立在院子里几株开着紫红花的木槿旁梳头发，发梢滴下的水，在裙子上洇出点点墨迹。江天推开堂屋的纱窗门出来，手里捏着块儿葱油饼，看见她竟忍不住笑了，秋染佯作浑然不觉。江天把那口饼塞进嘴里，嚼着开始打量满是花木的院子："下功夫改造一下卫浴厨房，有个小院还是很舒服的。"

院里没旁人，那话应该是对秋染说的，可秋染没有应声。

"那功夫下得可就大了——估计钧州市政工程局的饭碗都得让你抢了，下水管道，煤气管道，暖气管道……"小娴不知道在哪儿笑着搭腔。秋染寻声望过去，院东北角两棵枝繁叶茂相倾而生的石榴树中间，枝叶晃动，小娴拎着个小铁皮桶出来，装着和好的湿煤。

江天说："我会弄这个，要掺煤土——蜂窝煤我也打过——还要帮忙吗？"

小娴笑着说："不用了，这点儿封火够了。"

小娴进了厨房，江天犹自对厨房门出神。秋染扯掉梳子上缠的几根长发，丢在花根下，进小娴的屋子，在包里乱翻，才发现把化妆包丢在了酒店。只得去梳妆台上找，上面只有一个梅青色的瓷盒，里面盛着玫瑰膏子，秋染抠了一点儿，坐下对着镜子拍在脸上，下颌那儿有点儿疼——细看才发现是个小火疖子破了。秋染意兴阑珊地盖上盒子，拿手指敲着那梅青盒盖——不用她操心了，就算小娴当面拒绝，江天也会想方设法追着要她来讲他的"玉女心经"……

小娴捧着一个直径约半尺的朱红色圆盒进来了，她把盒子放在梳妆台上，笑着对秋染说："送你件东西！"

这东西让秋染惊艳，她一时没有说话，摸摸盒上雕镂的缠枝牡丹纹，那么明媚端正的红，那么细密饱满清晰剔透的花草纹路……

小娴说："姥姥出嫁时置办的妆奁，后来给了我妈妈——再后来，就不见了，姥姥以为我妈妈给弄丢了，想起来就跟我念叨她的剔红盒子——要是不丢就能给我了。还是上个月，那张老床糟了一条腿，我换床时无意间发现床头下面的柜子里还有个暗匣，有一团软纸包的东西，就是这个盒子——不知道是我妈妈放的，还是姥姥自己藏的，忘记了。"

秋染收回了手，不解地看着小娴，"你们家的宝贝，你留着多好……"

小娴说："是不是宝贝那得看在谁眼里——我不喜欢，放在我这儿它也委屈，明珠暗投，何必呢？"

秋染似乎觉得小娴这话大有深意，仰头看她，小娴拖她起来："走了，先去吃饭——你的胃肯定还难受着呢，我给你熬了粥……"

秋染没再说什么，跟小娴出了卧室，见江天正在院子里打电话，脸色很不好。江天挂了电话，抬眼遇到秋染的目光，苦笑着说："对不起，我马上得回去，单位出了点儿事。刚才秋老师没醒的时候，林大夫很明确地拒绝了我，本来想找时间再跟林大夫充分沟通一下——拜托秋老师做做思想工作，我给你提成！"

江天的玩笑口吻显然是故作轻松，秋染感觉他眼神与平时大异，勉强笑了一下。江天给崔琳打了电话，让她的助理送他回去。三个人就在院子里等崔琳的助理，江天跟小娴两人从眼前的葡萄架说到葡萄的品种葡萄酒的口感，表面上都是气定神闲的，秋染没插话，看着江天，他有些回避地躲了她的目光。

崔琳的助理到了，打来电话。江天匆忙跟小娴告别，小娴送到小院门口，站下了，秋染跟着他往外走，走到过厅屋，江天停下来，看着秋染，忽然笑了，伸手把她拉进了怀里，用力抱了一下，然后推她："回去吧，搞得跟生离死别似的！"

秋染心下一凛，勉强笑了笑，没再跟着。他走后，秋染想想，给崔琳打了电话，她在跟钧州文化局的领导开会，秋染也就没多说，自己去迎宾馆取了行李，把房卡丢在房间里。将近中午的时候，崔琳打来电话，秋染就说自己想待在小娴这儿，不回酒店了，然后故作不经意状，问江天早上是怎么回事。崔琳说她知道的也不是很详细，大概是天一书局的哪本书出了问题，被勒令下架，还要罚款、停业整顿——好像麻烦不小，崔琳最后补了一句，罚得听说挺狠，闹不好江天要倾家荡产，被打回原形了！

八

"打回原形——什么叫打回原形？江天又不是野狐蛇妖，人的原形，不还是个人吗？"林小娴从院墙外的井里拎上桶水来，倒进身边的塑料桶里，又把吊桶丢进了漆黑的井口。

小娴穿着半旧的牛仔短裤，蓝紫色的格子短袖，藏蓝的围裙扎在腰间，一副干活的精干打扮——她上午去了趟卫生局，从十一点半进门就没闲着，先把母亲换下的脏衣服泡进盆里，捅火，添煤，把带回来的细面条蒸上，做好卤面用的卤汤，转身三把两把搓出了衣服，晾在院里的绳上。秋染插不上手，只在堂屋檐下看她进进出出地忙，等小娴把蒸好的面用卤拌好，再次蒸上，以为有机会可以跟她说话，谁知她又拎桶出了院子，要打井水浇花，秋染只得来回跟在她身后说话。

小娴舀了井水浇在那几棵木槿的根上，"该早上浇的——急着出门，就把它们给忘了——木槿的花期也就一天，朝开暮谢，不该亏待它。"

秋染咬着嘴唇站在那儿，小娴抬头看了她一眼，卤面的香气随着蒸汽从厨房里飘散出来，她丢下舀子："打回原形，就用原形活着，你替他愁什么？"

小娴说着，进了厨房。秋染呆站在日头底下——也许被"打回原形"的江天，对她或许会生出一两分的真心——别傻了，就算被打回原形，一无所有了，果真对她生出了她一直期盼的"真心"——这时候的"真心"还是真心吗？若他蛰伏待机，再次鱼龙变化，秋染那时又该如何？

秋染所谓的"真心"，说来说去，不过是婚姻而已，在江天身边动心忍性，委屈了这么几年，心里存的还是这个念想——真那么渴望婚姻吗？从来没再往下追着自己问过。虽然从没真的走进过婚姻生活，可没吃过猪肉总见过猪跑，秋染对婚姻并不存什么天真乐观的想象，也许真应了那个比喻，她在围城之外，所以才有攻城拔地的野心。那么她要的只是野心的满足，而不是那座城池……似乎也不是这样，她也想要那座城池——没有它，永远也摆脱不了无处安放自己的悲凉——可她并不相信婚姻真能安放自己……不相信，为何还如此渴望与江天的婚姻呢？因为江天是很多女人的理想，于是也就成了秋染的理想——真是如此吗？

眼前一片白花花的光，头晕——闭眼片刻，才敢睁开眼，视野里那几棵开花的木槿清晰起来了，秋染不喜欢木槿花，花型太过齐整，颜色又太过艳丽匀正，花瓣还微微起皱，像绢绸做的假花——真花怎么能开起来像假花？

木槿也呆立在日头下，看着这个裹在碎花裙子里的女子，那些藏在枝条腋下的花，在温热的风里互相摇了摇头——都是朝开暮谢的物什，却不能简简单单端端正正地开这一天的花……

秋染似乎能感觉到木槿花在笑她，满怀哀矜地笑，笑得花瓣更皱了……

秋染只在院子里呆立着，没心思也没本事帮忙。小娴倒也一个人做惯了，不多时端着托盘出来，上面放着卤面、汤碗和两碟小菜，先送进母亲房里去了。

秋染忽觉有毛茸茸的东西在碰了自己的腿，惊得一跳，回神看，葡萄架下，不知何时盘踞了四五只猫，一只黑黄花显然有玳瑁血统的猫，过来蹭秋染的腿，喵呜一声，墙头上又出现一只黑猫，从鼻尖沿下腹到尾巴尖，全是雪白，不错一点儿的乌云盖雪。它敏捷地跃上墙边的合欢枝，缘树而下，傲慢地看了一眼秋染，很鄙夷玳瑁猫的有眼无珠献错了殷勤，径直朝从母亲屋里出来的小娴奔去，绊着她的腿咪咪叫。

小娴朝发呆地秋染招手："过来帮忙，不打发了它们，咱们也吃不安生。"

　　秋染帮着小娴从厨房端出四只绛色的粗瓷小碗，里面盛着拌好的猫食，放在葡萄架下面，猫咪们聚拢过来，小娴笑着看猫儿吃食，说："丫丫招惹的它们，开始就那只黄的和黑的，后来可能知道了信儿，来混饭的就多了。也不知道什么时候这么多猫没人养了。不用天天伺候闺女了，还得天天伺候它们——走吧。"

　　秋染跟小娴进堂屋吃饭，隔着纱窗门上的绿纱看庭院，木槿还在正午的阳光下开着，葡萄架上累累的果子，偶有烂熟的，啪嗒落下来，吃食的猫儿倒也不惊，淡定地抬头看看，又埋头吃了，嗡嗡的不知是蜂是蝇还是别的什么虫，在猫儿和葡萄之间盘旋……秋染的目光落回方桌上，小娴的家常饭做得相当精美，香软的酱色面条里有鲜嫩的肉丝和碧青的豇豆，乳白色的菌汤，小菜是一碟嫩黄姜芽，一碟红油笋尖。秋染的胃口却很对不起小娴的手艺，小娴倒也不十分劝她。

　　吃完饭，小娴收拾了，略坐了一会儿，小娴劝她去躺一下，秋染只在床上歪着，也没睡实，蒙眬了一会儿，听见外面唰唰地有扫地声，就起来了。到底是处暑了，虽是午后，那热也不再烤人，除了那只玳瑁猫蜷在院门口睡觉，其他的猫儿都走了，合欢树下的落花，葡萄架下的落果被扫净了，小娴在擦藤椅和茶儿，葡萄叶子密密遮着，只有碎成金屑的阳光，洒一点儿在架子下面。

　　这院子似乎跟小娴一样有些异样，待得久了，人闲适得神形涣散。

秋染歪在藤椅上，藤椅的扶手刚被小娴擦过，还留有略带潮湿的凉意。小娴从茶几上的紫砂壶里倒了杯红酽酽的茶给秋染。秋染喝了一口，茶味儿很特别，香得深沉雅致。问小娴，小娴说就是普通的武夷岩茶，她尝了觉得好，又不贵，所以买了。一般人不喜欢这股"翰墨香"，没铁观音、黄金桂的花香那么讨人喜欢，好像金骏眉去年也被炒成了仙枝仙叶。

秋染嗤地笑了："有几个人掏钱买茶叶是听自己舌头的？"她忽然收笑叹道，"我也没什么大道理给你讲，就想让你挣点儿钱——不然你老了怎么办？病了怎么办？想想我都发愁——"

"你也太会愁了——钱能挡得了老病？"温热的风把几根乱发吹到了小娴脸上，她笑着撩开——小娴的笑后有一种极清极冷的东西，秋染心里一惊，一时怔忡说不出话来。小娴的手搭在秋染的腕上，示意秋染不要说话，她替秋染把起了脉。半天，小娴让秋染换手，再把，又是半天，小娴松开了秋染的手，又看了看她的舌头，说："没要紧的事儿，在我这多住几天——你病了。"

秋染疑惑地看小娴："开玩笑吧？讽刺我财迷心窍？"

小娴笑了一下："不是。想帮你调理一下脾胃——我从来不跟你掉书袋，今天怕你不在乎，多说一句，《素问》里说脾是谏议之官，它提意见你不听，身体早晚会出大乱子——癌症不就是本该安分守己的细胞造反了，在弑父弑君吗？"

秋染摸着下巴上的疖子说："我就是内热太盛，特别爱上火，胃口倒也不差。"

小娴说："可真是谬种流传——所以说有时候有知识还不如没知识，爱上火知道是有内热，自己胡乱吃泻火药，越吃越容易上火——你不是有内热，而是体内藏寒，这天儿手还是凉的。"

秋染笑了："我可是巴巴地跑你这儿看病来了？"

小娴微微一笑说："你若真去看病，十个大夫有八个要说你没病，若说不是病，却又是大病的根芽。藏寒是因为太阴生病，所谓坤不载物——中医脾胃的概念不是具体器官，它对应坤土，太阴脾胃的性用，一是坤厚载物，二是万物滋生——我不同你背医书了，也不是三言两语说得清的。"她朝紫砂壶里续水，"我天资有限，又懒，下的功夫也有限，做不了好大夫——只是对你，我还算知道根底，有几分拿捏，你作息非时，饮食无度，加上忧思烦恼，伤着根本了。"

秋染握着杯子，默默地看着林小娴，小娴仰头眯着眼睛去看葡萄叶缝隙间的光，从这个角度看小娴，显得陌生。一曲悠扬的笛子声飘过来，小娴母亲那屋的门似乎开了条缝，小娴忙起身去了母亲那屋，一会儿端了茶壶出来，进厨房沏好了茶，又给母亲送进去。等她回来时，秋染问："你每天的日子就这么过吗？"

小娴说："大同小异吧——没人找事儿的时候就这样，家里店里，有事儿了也得出去跑——那么个小店，今天你来查明天我来查，多少总能找着毛病。"

秋染叹气说："我可真是不懂你了，这么过有意思吗？"

小娴含笑问道："那怎么过才有意思呢？"

秋染怔了一下，说："其实，活着的那点儿意思，是自己找的。"

"也未必……"小娴微微一笑，"有几个人真是自己找到那点儿意思的？"她略仰起脸，眼睛又眯了起来，额角有一斑明亮的光落在那儿，漫圆的脸庞，忽然生出一点儿宝相庄严的意味。

木槿的花，黄昏时果然落了。

暮色四合的院子里，弥散着药气。晚饭后小娴一直在煎药，母亲的药煎过，接着煎秋染的药。

秋染捡了一朵木槿的落花，看看，又丢了。

木槿艳丽的紫红到午后就褪成了紫蓝，等到花落时，花色里的红几乎褪尽了，成了灰蓝色，花倒不残，收束成了未开的喇叭花模样，皱得越发厉害，枯干起来，不复像绢绸，成了皱纹纸——这花倒是极形象地一天演尽了荣枯兴衰……

九

江天一直没音讯，秋染忍到了入夜，还是打了他的手机——关机。秋染失望地丢了手机在房里，小娴叫她吃药。她刚走到堂屋门口，听见自己的电话在房里响，忙又奔了过去——却是江天的助理小常，秋染心一下跳快了。

中午江天给小常打了电话，他刚从新闻出版局出来，说下午去单位，可是江天下午并没有出现在单位，小常到处找不到他，急得两眼冒火——小常问秋染有没有江天的消息。

秋染被小常问出了一身冷汗。

秋染追问小常详细情况。小常是江天用出来的人，嘴紧得很，嗯啊的不肯明说，匆忙说声打扰秋老帅了，就挂了电话。秋染立刻打给崔琳。

中午将近一点钟时，崔琳还打通了江天的电话，他在电话里笑骂，那帮干八妈养的婊子儿，这回可称心如意了！"说到底不就是钱嘛——罚光了再挣，他那人不会想不开——"崔琳猛一顿，焦急地叫了声，"坏了！他不会跟那帮婊子儿算账去了吧？"

崔琳说出来，忙不迭地又说，"不会不会——"

说是这么说，可崔琳的声音不无担心。秋染接着开始神经质地不停拨打着江天的手机，反复听那个被电脑控制的平静冷淡的女人声音说，你所拨打的电话已关机，我们将用短信方式通知机主……小娴见她半天不出来，进来看时却是一惊。秋染自己朝镜子里看，脸色惨白，额头全是密密的汗珠，她只觉得身上一阵一阵地冷，丝毫没感到自己一直在出虚汗。

秋染被小娴强拉到堂屋里吃了药，手里还握着手机，小娴大概知道劝也没用，让她留在书房上网，自己去伺候母亲睡前洗漱。秋染在网上找到了一堆关于那本惹麻烦书的消息——这书不过是个由头，要整天一书局罢了。整人被整，江湖恩怨由来已久，说不得江天是，也说不得人家非——江天过五关斩六将叱咤了这些年，如今不过是失荆州走麦城……以秋染知道的江天素日行事判断，他多半不会意气用事，只是秋染对自己的判断，此刻也不知道有几分把握了，只有想不到的，没有不可能的……

秋染正心烦意乱，突然听到有人砰砰地敲院门，小娴似乎忙着，应了声没出来，秋染就去开了院门，门外竟然站着余萍，咯咯笑着拥抱秋染，喷薄的酒气混着浓烈的香水，把秋染呛得咳嗽了起来。

余萍进了院子，走到葡萄架下，一下把自己扔进了藤椅里。小娴陪着洗过澡的母亲出来，秋染只看到小娴母亲的侧影，披着湿湿的长发，快步进自己屋里去了。小娴过了一会儿才从母亲屋里出来，过来对余萍说："你这会儿跑来做什么？"

余萍笑着拉小娴的胳膊，说跑来给小娴做媒——钧州党史办副主任，退休有几年了，老伴儿因病去世了，"……人家在公务员小区有一套大房子，人特别实在，难得呢——不为别的，就为赶快从这破房子里搬出去，也值啊！"

小娴推掉她的手："你先把自己嫁出去，再来管我！"

秋染问了才知道，余萍离婚也有七八年了，有一个儿子，一直养在姥姥家。秋染听了心里一叹，多少原宥了余萍的轻狂无状。就秋染的熟人中，像这样跟她年纪相仿的单身女人，远的近的，剩下的离婚的，数数只怕有一打，仿佛一场无声无息暗自在女人间传播的瘟疫，染上了，就跟心心念念的质朴温暖的婚姻隔绝了，嘴里苦身上冷，穿得再光鲜，衣缝里还是朝外<u>丝丝</u>透着悢惶的寒气。

小娴却连那点儿光鲜也没有——秋染心疼地看了小娴一眼——芝兰一样的人儿，还要听这样的疯话！

余萍的头在藤椅背上滚来滚去："还想着罗鑫呢？我告诉你，罗鑫那样的老公，最不能要了——我就不要……"

小娴对秋染说："她醉了——我沏点儿茶去。"

余萍坐直了，冲小娴的背影喊："我知道你不愿意我来——你走吧，不用搭理我，我来是跟秋染说话……"她隔着茶几拉着秋染，"我真是来找你的——我还以为你在酒店房间呢，打电话过去没人接——出来到酒店门口，可巧碰上那个崔琳，才知道你在林小娴这儿……"

秋染有些烦躁，余萍的手又在出汗，秋染不悦地把胳膊挣了出来，在裙褶上悄悄抹了一下。余萍并没察觉，笑着靠在藤椅背上，歪着脸对秋染说："林小娴不喜欢我——知道为什么吗？因为罗鑫——上学时，罗鑫本来是跟我好的，我不要他了，才有林小娴的戏——可惜，还是悲剧……"

小娴沏了茶端过来，放下就走了。余萍与小娴还有这层尴尬关系，倒验证了自己昨夜的判断——秋染觉得这个世界真是复杂混乱得不可理喻。

余萍的酒没有十分也有八分，话重复啰唆，讲来讲去，不过是一个又一个男生或者男人如何为她神魂颠倒。秋染漫不经心地听着，手机还握在手里，她神经质地一次又一次把陷入屏保的手机摁亮，无望地一次又一次拨着江天的电话。

余萍的追忆似水年华被蚊子打扰得进行不下去了，她啪啪地拍打着小腿和胳膊，还是被叮出了不少疙瘩，秋染的裙子长，好些，可也不停地摩挲双臂，最后余萍站起来，说干脆秋染跟她回迎宾馆住吧，她来安排——林小娴这儿住着太难过了！秋染忙不迭地谢绝了她的好意，余萍啪地又打了自己胳膊一下，说明天她来接秋染去咖啡厅再聊——秋染啊啊地应着，送她出门。

余萍走的时候，林小娴没有出来。

秋染上好院门，她见小娴方才进了堂屋，堂屋的里屋是书房。秋染推开书房的门，小娴戴着耳机在跟人视频聊天，电脑屏幕上不是小娴的女儿丫丫，而是一个有着细长鼻梁和大黑眼睛的二十多岁的女孩子，画面不是很流畅，那女孩子悲伤的表情在电脑屏幕上凝固了瞬间，一滴眼泪戏剧性地停留在下眼睑处，画面动了，她低下头去，小娴跟她在用英文交谈。

秋染回避地踱到了外屋，立在那儿看鸡血红瓶子上的釉色纹路，过了一会儿，小娴出来了："她走了？"

秋染拿手划着观音瓶肚说："看来我对你，知道的实在有限……"

小娴说："是说余萍吗？没意思的事儿，说了更没意思了，倒不是故意瞒着你——刚才你看见的那个女孩儿，苏茜，罗鑫现在的同居女友……"

秋染颇为意外地抬头，小娴笑了笑，说苏茜跟罗鑫同居有一年了，因为丫丫过去跟他们一起生活，小娴对苏茜的示好也报以善意，谈过几次后，苏茜竟开始对小娴倾心诉说了——小娴本就是个罕见的倾听者。只是苏茜诉说的对罗鑫无从把握的痛苦，小娴着实爱莫能助。这只怕也是一种普遍的痛苦——谁对谁又真有把握呢？

灯下的小娴，嘴边浮着浅笑——她无意苛责罗鑫，他也不是存心恶毒的骗子，罗鑫不过是人在这个复杂世界上的常态——不是他心口不一，就算他以口问心，恐怕也问不出什么——他那颗心与这个复杂的世界，已经是同质同构的了，说来苛求单纯真实生命联系的小娴，倒是这个世界里的异端……

小娴低头，有些自嘲似的笑了一下，比起他的虚与委蛇，罗鑫的"诚实"更让人不好承受。在他们的婚姻中，罗鑫面对小娴，总是坦白的——过去经历的创伤，当下面对的诱惑——喋喋地说着，手在小娴睡衣里游走，然后又在喋喋的诉说中做爱——他们的婚床被罗鑫的诉说弄得有些拥挤，闭上眼感觉床上玉体横陈的似乎不止小娴自己一个……

一道闪电划过秋染的意识——如果罗鑫有向小娴倾诉艳遇的癖好，那么小娴很可能知道那个夜晚……秋染感到一股刀锋一样的冷劈开了后背，她身子下意识晃了一下，眼眶里忽地充满了滚烫的液体，脸颊也跟着烫起来。

小娴也沉默了一会儿，起身笑道："我也不卸核桃车了，该睡了。"

秋染站起来，一低头，眼里的泪液竟滚出了眼睑，她抹去时，恍惚想起方才凝固在电脑屏幕上苏茜的泪眼。世界的另一面，还被今天早上的阳光照着的遥远地方，一个陌生女人的眼泪，穿破时间空间，落到了世界的这一面，落进了今天夜里灯下她的眼中。泪滴映出整个繁复的世界，一个纠结缠绕的葛藤球，无从阐释，无法理解，缠陷在其中的无数彼此相望却永生隔绝的个体，也无从解脱……

十

小娴的汤药里有几味是安神的，满腹心事的秋染倒也沉沉睡了一夜。天亮时，就听到小娴在院子里敲她窗子。秋染起来，纠纠缠缠的那些乱梦，也就忘了，只是有些怕见小娴似的。梳洗整理过，小娴拿了把大扫帚给秋染，让她扫院子——除了自家的小院，连带外面前后院都要扫一遍。

秋染一笑，就去扫院子了。从后院扫到了过厅屋，呆立在隔扇墙前，想江天昨天那用力的一拥，好端端他说什么生离死别……放在口袋里的手机响起来，崔琳的电话，小娴忙接了起来。

不是什么好消息，可也不是最坏的消息——江天常打交道的一个文化口的大人物出事儿了，牵涉到不少人，江天只怕也在里头——崔琳得到的也不是确切消息，但她想，这应该是最大的一种可能了。崔琳接着说她今天要回去了，一周后来实地拍摄那期关于貂蝉文化节的特别节目，问秋染要不要一起走。

秋染犹豫了一下——那点儿怕见小娴的难堪又浮了出来，秋

164

染瞬间决定离开钧州。挂了电话，秋染心忽忽悠悠地定不下来，想着江天——像断线风筝一样飞得看不见的江天，不知道命运究竟会如何——又想想自己，跟崔琳回去，不过是回到自己那个满是树叶子的寒巢里去缩着……

秋染三下两下扫完了院子，拿着扫把回到小院，小娴正在厨房给她煎二和药，秋染进去了，不知道该如何开口对小娴说自己马上要离开。小娴拉她去吃早饭了。吃完饭又收拾的当儿，药煎好了，小娴滤进碗里，把药渣倒进了垃圾桶。秋染问小娴都是些什么药，小娴说了，秋染说虽然不认得茯苓白芍牡丹皮，只是想着那些名字，就觉得那堆湿漉漉的药渣也美丽起来。小娴听她对药渣抒情，笑起来："还记得你怎么说那几根孔雀毛吗？"

秋染笑了。那是小娴第一次去秋染家，他们一家三代还挤在两间临街房里。秋染的床上摞着弟弟的床，床里的墙上她糊了雪白的挂历纸，床头那块儿钉着一块海蓝色的手帕，手帕后面插着几根孔雀毛。秋染对小娴说，她睡觉时看着那片海蓝色上的孔雀毛，那个在《一千零一夜》里讲故事的阿拉伯女子会进到她梦里去……被记忆遮蔽了的日子带着温热忽地朝秋染扑过来，秋染还在笑，笑得酸涩而疼痛——那个在晦暗肮脏的现实中还有瑰丽幻梦的她，去哪儿了？

等着那碗药凉的空儿，秋染还是说了要走。小娴半天没说话，纤细的手指摸摸碗的温度，把药端给秋染，秋染闭着气喝下去，又忙用温水漱口。

小娴笑道："这药不苦，犯不上那么副表情。"她从秋染手里接过碗，拿到水龙头下冲，背对着秋染，说，"是因为昨晚我说那些话——你才突然要走的吧？"

秋染的头顶落了一捧雪，冰冷发麻，一时不敢仔细想小娴究竟指的是什么。小娴把碗收进碗柜，转身，目光却落在秋染背后的纱窗门上，厨房里光线不强，小娴的眼睛却眯着，像被强光刺激到了似的，眼皮有些哆嗦，半天才说："你也太小心眼儿了——我也不是故意瞒你那些事儿，就是觉得说了没意思……"

秋染感觉头顶那捧雪开始融化，冰凉的水沿脊背流下来，手指尖儿都被激得微微发麻——小娴在说什么？小娴要说什么？——什么都不必说了……秋染眼睛里噙了一点儿泪，恍然一笑："我本来就小心眼儿，你又不是今天才知道……"

小娴垂下眼睑，笑了，朝秋染伸过来手："出去吧，厨房热。"

秋染没有离开。

秋染留下，被小娴使唤着干活。秋染那一个人的家，家务都是小时工来做的，在这里倒甘心替小娴抹桌扫地提水浇花晾药材，还到店里帮忙站柜台。也许是累了，午后秋染倒是一觉黑甜，被余萍的电话吵醒的。余萍真的约秋染去咖啡厅聊天，秋染对她的艳史没兴趣，找了借口推辞没去。黄昏时，秋染与小娴，像十几年前一样，一起慢慢散步到城墙上去。

秋染的目光穿过透明的时间，还能看见当年西关大街容不下的两个畸零人儿一起走，各自怀着剑拔弩张的心事——年轻的她们，背靠背地互相支撑着，陷在自我和世界的鏖战中。绵延的时间将战争拖向了和解，只是她们各自达成的和解截然相反——小娴与她的内心和解了，放逐了世界；而秋染，她与世界和解了，放逐了内心……她们各自领受着自己生命的歉然，可她们后背上永远有对方给予的温度——这种与生命感觉相依偎的单纯而真实的联系，细微轻盈得几乎不占据她们各自日常生活的时间和空间，但却像空气一样不可或缺，不容污染……

站在城墙上，黄昏的风缓得像拖着一匹无形的丝绸，小娴似乎也被秋染无声隐秘的激动心绪感染了，挽了她的胳膊，低声说："能把你留下来，真好！"

秋染也觉得真好，她仰起脸去感受那风——她的身体，久违了真实的气温。

秋染的身体被那真实的气温唤醒了。清晨的带着露水和花气的凉，正午灼灼的明亮的热，午后的灰秃秃带尘土味儿的温，泼了水在院子里，黄昏的雾霭升起来，那热落潮似的退去了，偶尔还翻个浪花，吐出点儿腥甜的植物气味，夜气是一点一点从脚下的土地里生出来的，夜风勾连了天地，慢慢也浸润成了无形的水，在人身上流过……

如此过了两日，秋染有种奇怪的感觉，只觉得体内四经八脉都舒展起来，以前越睡越是冷硬酸沉的身子，柔和温暖了——她体会到了真正的醒来。

真正的醒来自真正的睡——秋染从未睡得这样饱足，将去的睡意缠绵地抱了抱她温软的身体，倏地就散了，脑子里灌满了清冽的晨风，像夏日花木一样汁液充沛的肢体伸展出去，轻盈而有弹性，她在枕上微笑了——没有缘故的愉悦，只因为一夜好睡。

秋染一跃而起，抓起衣服穿上，拉开房门，合欢的气味跟着晨风进来了，一起进来的还有院子里低低的吟唱声，听不清楚是什么，隔着竹帘看见小娴母亲的背影——她仿佛在做瑜伽一样，极慢而优美地将手臂弯曲，拢向怀里，头向后仰，一条大辫子垂下去辫梢几乎扫到了裙子边，慢慢转身……秋染怕惊到她，就只在帘后站着，没出去。

小娴拎着马桶从院门进来，小娴母亲结束了自己的舞蹈，走回房间，关上了门。小娴过来，冲帘子里的秋染说："今天不用叫，自己醒了？"

秋染掀帘子出来，冲小娴一笑。秋染也去倒自己的马桶，并且刷干净拎回来了，然后洗漱，又很自觉地扫院子去了。

吃完早饭，秋染回房，听得放在梳妆台上的手机嘀的一声，提示有未接电话。秋染拿起来看，是余萍的，昨夜十一点多打的——秋染本欲不理，想想还是回了过去。果然，余萍反倒问秋染一大早什么事。秋染说了，余萍笑起来，喝多了喝多了，找时间再聊吧——赶着上班，正开着车呢。

秋染挂了电话，也就把余萍撇开了，自己默默盯着电话半晌，忍不住还是打了江天的电话，依旧是关机。

秋染在心里叹了口气，拿着手机从房间里出来，小娴正要到前面店里去，秋染也跟了过去。走到过厅屋的时候，秋染决定跟小娴说说江天和自己的故事。

五天没有消息的江天，终于打来了电话——不过他没打给秋染，而是打给了林小娴。

秋染不知道江天什么时候记下了小娴的电话号码，小娴接电话的时候，她刚刚把自己的药滤好端出来，放在葡萄架下的茶几上。小娴立在堂屋门口接电话，秋染起初没在意，坐在藤椅上，看着不远处的木槿，次第又开出了新花。

小娴的说话声音素来不高，可还是有一两句传进了秋染的耳朵，从内容上秋染听出了对方是谁。秋染吁出口气，搓热了双手，拿掌心焐在胃脘上——小娴嘱咐她没事儿常这样做。这动作倒有几分扪心自问的意思——秋染能感到手掌下怦然跳动的心脏，她到底不是澄澈平静心如止水的林小娴，想起江天，满脑子满心，依旧是庐山云雾浙江潮……

小娴走了过来，微笑着把电话递给秋染。

江天在电话那端喂了一声，秋染应了一声。江天说："林大夫到底不肯帮忙，我只好再想办法了——你好吗？"

秋染应了声好。江天沉默了一会儿，说："打一次就知道关机了，怎么还不停地打？傻不傻呀你？"

秋染没接这话，只问他事情的究竟，江天大概说了，崔琳得到的消息基本正确，只是江天跟那案子牵涉不深，交代清楚也就出来了——送钱的比起收钱的，总还是容易得到原谅的。天一书局停业整顿，江天有很多事情要处理，他策划中那本"玉女心经"，也要想办法继续推进。

秋染听完，说："你没事儿就好——小娴等我呢，我们今天要出去。"

十一

小娴带秋染去了一家西郊外很远的老年公寓，罗鑫的奶奶住在那里。小娴大概半个月来一次，除了看罗奶奶，小娴还给那里一些患慢性病的老人做针灸埋线。因为太远，小娴不能天天来扎针，在穴位埋线效力久一些。小娴还带了不少药和吃的，老人们见了她，很是雀跃。

把衰老集中在一起，竟是如此残酷的一种景象。秋染在那些老人间产生一种很荒谬的罪孽感——只因为自己还年轻。秋染不自觉地躲避着老人们的目光，她甚至都不敢大口呼吸，仿佛那空气里都有衰老的因子，吸多了进去，自己的身体发肤瞬间枯槁……秋染也认识的罗奶奶，没想到老太太记她记得更清楚，连秋染在她家吃过一次新出锅的热馒头都还记得。说了会儿话，小娴要去医务室诊脉针灸了，罗奶奶很骄傲挂着拐站在走廊里叫，小娴来了，秋染满耳就听见人叫小娴小娴——秋染趁小娴被人围着，就溜到外面去了。

老年公寓的院墙外种了很多松柏，成群的小粉蝶雪片似的飞起飞落，秋染放眼一看，心里咯噔一下——两排密植的松柏间有条煤渣铺的小路，一角花圈从路对面的松柏间露出来，再看是个卖香烛奠品的摊子。秋染紧走两步，她辨识出了方位——这家老年公寓竟然就在钧州依凤岭公墓的背后。秋染每次来扫墓都是从正门进的，正门在另一条公路上，与火葬场和殡仪馆相对。

秋染是正面撞上自己始终不肯正视的东西——衰老与死亡，她立刻本能地逃避地扭开了头——不能想，也不敢想——母亲去世快六年了，秋染始终没有在内心接受母亲死了这个事实——她唯一应对的方法就是不想，甚至年年清明站在母亲的墓前，都不想——麻木地机械地烧纸钱，不知道为什么要这么做，也不知道为谁做——这是跟母亲和秋染都没有关系的一件事，因为父亲弟弟需要她来做这件事，她就做了——如果可以，她不会做的。母亲不在那个墓穴里，她还在秋染的心里，只是秋染还没有力量去应对这件事——秋染不知道该如何面对、理解和接受死亡——母亲的死亡，还有死亡本身。

这是个巨大的问题，被这样的问题压着是不能生活的，所以秋染就背过脸去，不看这个问题。可她知道它像阴云似的一直压在那儿，没有重量的一种压迫。秋染回到老年公寓院里，守着花坛里几株举着沉甸甸花盘的葵花，呆呆地出神——小娴背对着世界，她却敢这样直接拿眼睛去看徘徊在世界边缘的衰老和死亡……

　　等了将近一个小时，小娴出来了，两个人一起回去。回去那趟公交车却要到公墓正门那条路上去等，秋染跟着小娴，穿过那条煤渣小路，沿着公墓的围墙走了半天，看见了对面的公交车站牌。过马路，经过殡仪馆门口，秋染一直拉着小娴的胳膊，四五辆车开来停下，秋染和小娴很自觉地靠后站下，最后那辆商务车的车门拉开，先下来那人转身从车里人手中接出一幅遗照，秋染无意间看了一眼——在黑纱环绕的镜框里微笑的竟是余萍。

　　两天前的夜里，余萍死在她办公室的小套间里。小套间装得跟酒店的单人间一样，余萍平时在那儿午休，有事不能回家时，也会住在那儿。她的尸体是第二天上午打扫卫生的服务员发现的。公安局排除了他杀的可能，尸检结果证明她死于过量的安眠药，体内有大量酒精，没有留下遗书。

　　那天在殡仪馆碰到的两位女同学告诉了秋染和小娴详细情况。即使在那样的地方，两位女同学还是拉着秋染惊喜地又叫又抱，一个说起在电视上看到了她，这么多年都没有变化——她们都老得不能看了！另一个说她读高中的侄女特别喜欢秋染的小说，她说秋染是她的同学，侄女还直不信。秋染瞬间陷入了恍惚——即使是梦，也是荒诞得无法想象的怪梦！

　　秋染半天才弄清楚，余萍就死在跟她通电话的那天夜里，早上她还一切正常，正忙着开车上班，夜里就死了——那天发生了什么？提到余萍，两个女同学与秋染久别重逢的兴奋一下降温了，一声接一声地叹息，困惑，伤感——没人知道因为什么事儿！有人说是抑郁症，她可不像——利利落落的一个人，爱说爱闹，日子比她们不知道好过多少，开着几十万的车，怎么会出这种事?！太可惜了——咋就不想想爹妈孩子——还没敢让孩子知道！孩子他爸来了——就那个穿浅蓝衬衣的……接下去，自然是一些对余萍死因的猜度——无非男女之间那点儿事儿，不过余萍留下的猜想空间更大而已，猜不透，还有"抑郁症"这个万能选项……

秋染和林小娴都没有说话——说什么呢？的确也说不出什么，秋染怔怔地落了几滴眼泪。回去的路上，秋染和小娴一直紧紧拉着对方的手。

余萍的追悼会上，迎宾馆的领导在致悼词，秋染什么也没有听见，耳边只有余萍咯咯的醉笑声……秋染和小娴跟随人群走出来的时候，意外地发现厅外台阶上站着戴墨镜的江天。秋染本来一直撑着，看见他忽然哭了出来，江天叹了口气，伸手把她揽进了怀里。

江天就这样自然而然地转化了他们之间的关系，秋染似乎也自然而然地接受了——虽然心里依旧悲欣莫辨前途未卜。

江天开车，载秋染小娴回去。途经迎宾馆，看到大红的充气拱门搭在宾馆门前，貂蝉文化节次日开幕。江天说，他此来钧州，是给崔琳的《论衡》特别节目"钧州与貂蝉文化论坛"做嘉宾的——他主动要求的，江天觉得应该在电视上及时出现一下，以正视听。他们今天入住迎宾馆，听说了余萍的事，江天就赶了过来。他赶来，只是站在门外——秋染看着江天，在心里叹了口气。

江天把她们送回西关大街，小娴下车后，秋染也跟着下去，江天叫了声秋染——秋染回头，江天想说什么，又咽了回去，点点头，开车走了。

小娴去了店里，秋染回到小院，并没进屋，只坐在院里的藤椅上，感觉却似站在悬崖边——头晕，心慌，手脚发麻，一身一身地出虚汗，胸口却似抱了块冰一样，又沉又冷……

院门一响，小娴却又回来了："趁你还在，帮我收拾一下书房吧。"

小娴似乎有意把秋染这个义务工使唤个够，真的拉着她把个偌大的书房仔仔细细给打扫清理了一遍。说来也怪，爬上爬下地搬书掸灰归类摆放，擦洗书柜桌椅各种摆设，干了一身汗出来，心里郁结的那个又沉又冷的疙瘩，倒散开了。

书房里被掸起的灰尘里有股特别的气味，秋染想起来了，倒像小娴泡给她喝的岩茶的香气——果真翰墨有香，古旧，绵密，欲语还休的缄默里，藏着密密麻麻的注——注着墙上那几句因为烂熟而变得无从着落的套话：是非成败转头空……青山依旧在，几度夕阳红……

从那横轴的落款上看，是小娴外祖父写的。小娴掬了一捧卷轴在书桌上，小心掸去灰尘，秋染展开两幅，都是用工整的柳体写的对子，笔迹一样，娟秀里透着稚气，也未见特别的好处，看写的那句子：孤标傲世偕谁隐，一样花开为底迟……小娴说："这是我妈上学时练的字，姥爷一直收着，还给她装裱了……"

窗子开着，有阳光照进来，光线所及之处，仿佛有烟雾盘绕那光柱升腾一般，光照不到的地方，暗沉沉的空气竟是潭水，秋染感到一股气息潮水般从幽暗之中涌过来，浩浩汤汤，无从辨析，无从收拾，竟从她身上卷过，扑到窗外去了……小娴低头卷着手里的字幅，额前几丝散发似被风扬起。窗下种的蜡梅，此时生满丰腴的绿叶，斜着伸一枝上了窗台，那枝子却纹丝不动……

十二

约好了，明天，秋染和江天一起走。

简单吃了午饭，小娴催秋染去歇歇。秋染靠着枕头蒙眬一会儿，心里似有牵挂，猛地醒了，就起来了。院子里静得很，蝉声很远，那只玳瑁猫蜷在堂屋台阶上睡觉，被秋染开门的声音惊到了，藏在怀里的脑袋猛地抬了起来，看看无事，探爪拱背地伸了个懒腰，挪了挪地方，又把头尾都蜷进怀里睡觉了。

院子有浓郁的药气，小娴从厨房里出来，秋染问她这时候煎的什么药，小娴说："给你做点儿膏方，带回去，再吃一段时间——让我把一下脉。"

秋染跟她在葡萄架下的藤椅上坐了，小娴把完脉，笑着说："亏得我想到了，让你干了半天活，不然上午那番七情纠缠，我几天的工夫就白费了。"

秋染被小娴说得竟有些羞惭，笑了一下，小娴看着她："我姥姥以前说我，心冷口冷，牛心左性的——想来，她说得不错，难为你，肯担待我。"

秋染察觉到小娴话后面的伤感，推她的手："说什么呢？"

小娴笑了笑："不管哪个年代的人，都难逃要为自己的时代受苦，也难逃会被自己的时代伤害……"小娴顿了一下，"受得了就忍着，受不了就要逃——妈妈就逃到她的病里去了——我也在逃——有时候想想，自己所谓爱惜心性的说法，也许是怯懦的托词……"

小娴想了想，笑了一下："其实也没什么两样——跑到地球那边转了一圈，又逃回这个小院子里来了。别人看我，是个事业、爱情、婚姻全面失败的可怜虫，我是算过得失的，所以宁肯这样——你不一样，你不会逃的——想要的东西那么多——想要就要吧，只是别让它们伤你太深，别太委屈了自己的心。我有时候觉得我们这个时代比起姥姥姥爷、妈妈他们经历的时代更说不清——你被伤害了，都不知道被什么伤害了——就是死了，也不知道死在谁的手里，为什么死了……"

一贯平和的小娴，竟然说出一番如此沉郁的话来，秋染只觉得心酸，却说不出什么。小娴笑了一下："不该说这个的——你那么聪明，本也不用说。"小娴说着起身，去厨房看药了。蒸腾的药气，意味深长地在无风的午后院内盘旋。

晚上在灯下收拾行李，江天打来电话，也没什么事儿，他在迎宾馆房间里，明天录完节目，就走吧。秋染应了声，本就说好的，他是没话找话。秋染也明白，崔琳来了，江天有些怕她多心……说了几句淡话，就挂了电话。秋染握着电话，想起下午小娴说，想要就要吧，只是别让它们伤你太深……

秋染正发呆，小娴拿着块棉布进来："那盒子用这个包上放在箱子里。"

秋染回过神来，看着梳妆台上的剔红漆盒，说："还是你放着吧——或者我们找人鉴定一下，真要是个价值连城的宝贝呢？"

小娴笑起来："我还知道它值多少钱。找不见的那些年，姥姥说起它，满口满心的喜欢，姥姥又说人之爱物，也关乎运数，她喜欢剔红漆盒，喜欢工笔牡丹，到底还是活到了昌明隆盛的年月，那花开盛世的牡丹还在，怎么那盒子倒不见了呢？"小娴拿手指触摸着盒子上肥厚的牡丹花叶，"可真是富丽——髹据说有上百道，半干的时候刻下去，这么精致繁密的缠枝花叶，得费多少心力——只是我不喜欢，就连'剔红'这两个字我也不喜欢，让人觉得疼痛——"

"要成器，疼痛总在所难免——"秋染走了过来。

小娴笑着说："所以送给你呀——你成器，我不成器！"

秋染也笑了。小娴包起漆盒："刘老师给我讲过，拿刻刀在石头、木头这样的硬东西上刻雕，这东西是在胎上的漆半干柔软的状态下动刀的，所以叫作剔——什么样的心性，产生了这样的工艺？这端凝华艳的纹路，分明竟是惨烈的伤口……"她把盒子递给秋染，"我看着它不由自主地会想起很多人很多事——偏都是不愿意想的！帮帮忙，拿走吧。"

秋染接过盒子："这么说我就安心拿了——其实我想要你另一件东西——那幅有马有湖水树林的画，还记得吗？"

小娴说："亏你还记得——我找找吧，只怕找不到了。"

从钧州回来的路上，江天一边开着车，一边对坐在他身边的秋染说："找个时间，跟我回一趟武汉吧！"

和江天的父母家人一起过了中秋节回来，两个人去商场买东西，秋染拉起样品床上的一套大红玫瑰纹的床罩，问江天，怎么样？

江天说："一般吧。"

秋染看着江天，到了嘴边的问话，到底还是给咽回去了——

能问什么呢？又能问出来什么呢？她丢手去看别的东西了。

还是跟以前不一样了，至少跟亲近朋友聚会时，江天能揽着秋染走进房间。崔琳无限感慨地笑道："真是患难见真情啊！"

秋染一笑，没说话。崔琳看着她，忽然说："怎么在钧州住了几天，你笑起来都有些像林小娴了？"

旁边有人问林小娴是谁，崔琳就说："一个当代资深美女版陶渊明——大佬捧了十八斗米过去，人家也不肯弯弯腰……"

崔琳又拿出那副讲惯怪力乱神的腔调讲起了林小娴，秋染也奇怪自己竟没生气——小娴的药治了她的藏寒，竟还真能让她心气平和，不上火了。秋染扭头看着窗外，她忽然有些想小娴了……

崔琳的话说到最后，是小娴需要心理治疗——她如此过分的避世，无疑是病态，是心理创伤后的应激综合征，崔琳好心提醒秋染，作为朋友，不该纵容她的逃避，而应该提供更积极的帮助……

秋染微微一笑，说："你说得对，小娴是病态，不治疗只怕也该喝醉了搂着别人大哭了！"

崔琳被噎了一下，没接话，江天眉毛一挑，笑了——秋染自己也察觉了，方才这句话，活脱就是小娴的口吻。

饭后散的时候，崔琳递过来两张装帧华美的戏票——京剧院的新戏《倾城之恋》国庆期间首演，她笑道："去看看吧，听说不错……"

秋染感觉崔琳那笑里藏了隐秘的嘲讽。江天的手揽住了秋染的腰，给大家挥手告别。秋染手里捏着那两张戏票，靠着江天朝停车场走去，一路都没说话。

江天没话找话地敲着那两张戏票："就这点儿带馊味儿的剩

饭，你热过来我烫过去，他们也不问问观众，吃没吃恶心？反胃不反胃？"

秋染拉开车门："不是没本事做新的嘛！"说完砰地关上车门，顺手把票丢进了车门里的凹槽。

江天发动车，自己想想，笑着问："改编成京剧——白流苏倒是现成的青衣，范柳原怎么扮？老生唱可笑，小生唱，更可笑……"

秋染嗤地笑了："有什么难的？还有《游龙戏凤》里的正德皇帝当样子呢！"

江天吁了口气："可算笑了——我还当崔琳惹恼你了。"

秋染又不说话了，扭脸看车窗外的夜灯。

其实和以前也没什么不一样，江天更忙了，忙着"二次创业"。吃完饭送秋染回家，他还要去见人谈事，好在他把人约到了秋染家附近的咖啡厅。夜晚的车流缓慢淌着，他们随波逐流，前方高楼上巨大的屏幕闪动着色彩艳丽的缤纷画面，最后有一帧定格了瞬间，虚拟技术做出的蔚蓝天空下，耸立着斗拱结构叠架出的那个端凝华艳的红色建筑——秋染忽然荒唐地感觉那东西仿佛一个巨大的剔红器物，小娴不会喜欢……

车流缓慢得索性停滞了，江天很克制却不无焦灼地握拳轻磕着方向盘——有商家在做活动，礼花腾空而起——秋染在座上靠得更舒服些，耳边仿佛听到小娴口气淡淡地说，忙什么？头顶夜空里，巨大的金色线菊旋开旋谢……

北京邻居

荆永鸣

一

刚到北京的时候，我和妻子一直住在餐馆里。我们的餐馆不大，六张散桌，一个包间，包间旁边有个四平方的小耳屋，外加一个油乎乎的厨房，仅此而已。当时，北京的小餐馆差不多都有两种功能：白天是餐厅，夜里做宿舍。我们的餐馆也不例外。晚上打烊了，休息了，男伙计睡前厅，女服务员住包间，我和妻子就在那间四平方米的小耳屋子里下榻。整个餐馆，从里到外，横七竖八，到处都是放倒了的人体！

有句话，睡在哪里都是睡在夜里。其实不一样的。睡着了不用说，人就是一块呼吸着的肉，灵魂可以乘着梦的翅膀尽情遨游；醒着的时候则不行，干点儿什么都不方便，极其别扭。为此，我曾不止一次建议妻子，到外边去租间房子，哪怕小点儿呢，破点儿呢，都行，没关系，只要关键时刻能让人喘几口粗气

179

就好。可我妻子总以"餐馆刚开业，死活还看不出个上下呢"为理由，一次次推诿。她说，还是等等吧，看生意能不能稳定下来，刚跑出来创业，这么点儿困难都克服不了哪行啊，你说对不对？

我承认她说得对，有道理。可一想到夜里的处境我就很烦，觉得她的道理太注重理论而忽略了实际。而实际一点儿的话我又不能说，也没法说。是啊，困难，困难，不就是困觉的时候有点儿难吗？身为女人，她能够克服并且苦口婆心地做我的工作，我还能说啥呢？那就挺呗，熬呗！结果一直熬了三个多月，她才主动提出到外边去租一间房子。需要说明的是，不是她熬不下去了，也不是因为我们餐馆有了比较稳定的收入，而是高大脑袋一句话让她受到了刺激。

高大脑袋是我在煤矿工作时的邻居。他比我大三岁，我很崇拜他。他是个妇产科医生。一个男人为什么要做妇产科医生？这是个令人费解的问题。遗憾的是，在煤矿的时候我从没有跟他探讨过这样的话题，只是觉得他的职业挺好的，很神秘。一见面，我就喜欢拍着他的肩膀，悄悄地问他，又把谁给看了。或者说，高大哥，今天又看了几个？这时候，他就会用一种鄙夷的目光盯着我说，你眼热了是不是？告诉你，哥们儿看一百个可以当标兵，你多看一个那叫犯错误！知道不？我就嘿嘿儿地乐。

高大脑袋不仅是个出色的妇产科医生，同时他还喜欢琢磨政治。有天晚上，我去他的值班室里聊天，他语重心长地说，老弟啊，国家的形势要变了。我问他怎么个变法。他说打个比方，用不了几年，只要有钱，谁都可以把这座医院大楼买下来！现在看，这无疑是一句稀松平常的话了，可当时是20世纪90年代初，那大楼可是企业的，企业是国家的，你想买就能买？做梦啊？我说这你可吹大啦！他说你不信？那就走着瞧！没料到，几年后他的话果真应验了——倒不是说谁真的买下了那座医院大楼，而是说公有变私有、变民营、变股份制等经济模式在中国已经成为一种普遍事实。这件事，让我对高大脑袋特佩服！一个偏远煤矿的妇产科医生，他对国家形势看得咋就那么准呢？我到了北京这些年，也常听一些人谈论国家大事，说这事这样，那事那样；谁该上去了，谁该下来啦……听口气，犹如板上钉钉儿。可从后来的情况看，他们预测得一点儿都不准，就像那种常常出差的天气预报，说是明天有大到暴雨，第二天却风和日丽，一个雨点儿都没落。挺尴尬的。

书归正传。那年夏天我从北京回到了煤矿。晚上几个哥们儿请我吃饭。我刚走进一家餐馆，就碰上了高大脑袋，他一把捞住我的手，钳子似的握。当时高大脑袋已经是一家私人医院的大股东兼院长了，身份变了，人没变。他还是过去的样子：不仅脑袋比一般人大一些，身材也魁梧，能喝酒，只要眼角上带着血丝，至少一斤白酒灌下去了。他红着眼睛看着我，问我啥时候回来的，话未说完，他便钳着我的手，硬往一个包间里拉。

包间里一大桌男女，已经喝得乌烟瘴气。有认识的，便一惊一乍地迎过来和我握手，寒暄；不认识的，就坐在那里生着眼睛看着我。一阵小小的骚动之后，高大脑袋伸出两只手，向下压了压，意思是让大家静一静，他要讲话了。高大脑袋喜欢在这样的场合讲话，口才也好，随便扯出个话题就能滔滔不绝。这次讲话，他主要是称赞我是个敢闯敢干的人，能顺着时代的召唤走，跑到人生地不熟的北京去创业，令人钦佩！与此同时，他还特别称赞了我的吃苦精神——前不久，他趁出差的机会曾到我餐馆去过一次，对我在北京的情况，也算是掌握了第一手资料。说到我和妻子住宿的地方，他巡视了一下众人，说你们可能想象不到，就这么大个小屋……他伸开两只胳膊比画着，同时回过头来看着我，几平方米？我说四平方米。他像拍蚊子似的往脑门儿上拍了一掌，说，妈的，这记性……对了，四平方米！你们说，四平方米的屋子，一张小床，两口子咋睡？谁说对了，我喝一杯酒！半天没人吱声。后来还是两个女人说话了。女人对于这种竞猜式的提问，或者"互动"，总是显得比男人更积极、更有兴趣一些。一个说，挤着睡呗。另个说，轮着班儿睡？高大脑袋看都不看她们，他失望地摇摇头说，不对，都不对……你们的想象力咋就这么差呢，跟你们说吧，人家两口子是摞压摞地睡！头半夜，是他在上边，弟妹在下边；后半夜，是弟妹在上边，他在下边……

　　几秒钟的静止之后，在场的男男女女可没乐死。跟着一阵七长八短的笑声，我也乐了。坦率地说，我并没感到有什么难为情，哥们儿嘛，开句善意的玩笑没什么，很正常。当时还没等走出那个包间呢，我就把这事儿抛到了脑后。

　　再次想起高大脑袋那句话，是我回到北京之后的事了。那天夜里，我躺在床上，怎么也睡不着觉，便浮想联翩。想着想着，竟禁不住扑哧一声乐了。我妻子问我咋的了。我说没咋的。那你笑啥？她用胳膊撑起身子，诧异地看着我。这时候，如果我再说没笑啥，因此而产生的后果就不好了。试想，假如有人在你身边莫名其妙地笑了一下，又说没笑啥，你会怎么想呢？我是个心理素质很差的人，不喜欢在一些无聊的问题上制造悬念，折磨别人。于是就把高大脑袋那句调侃的话原原本本地告诉了她。我妻子听后也乐了。她沉吟着说，这个高大哥……他可真流氓！接着就再也没有了下言。很长一段沉默之后，四平方米的黑暗中，我听到了一声悠长的叹息……第二天早晨，还没起床，我妻子就很认真地叫着我的名字，她说是有个事儿想跟我商量商量。

我问她啥事儿。她说她考虑了半宿，还是去租个房子住吧。

我说租不租都行，无所谓。说真的，我都麻木了。

她说，租！

我用她以前对我说过的话提醒她，租个小点儿的平房也得六七百……

她说，那也租！

二

一九九八年的北京租房很困难，不像现在——现在有租房网，有大大小小星罗棋布的中介公司，信息铺天盖地，你想租哪个地段的房子，哪个价位的房子，只要在网上一搜，"哗"就会出来一大片，让你可着劲儿地挑！那时候不行。互联网还不像现在这么发达，房屋中介也少，信誉还差，有的干脆就是骗子——想租房呀？有哇，什么样的都有。去看看行吗？行啊，先交二百块钱劳务费。看成了，再付一个月的租金；看不成，劳务费不退。不退就不退吧。那就走，上车！车子是个破夏利，开得嗡嗡响，好歹没在路上散了架。到了地方一看，房子没说的，位置，设施，都挺好。一问租金，眼球差点儿蹦出来，这不是在讹人吗？话一出口，房主的眉毛都立起来了，师傅，您怎么说话呢？想租就租，不租拉倒，什么叫讹人啊，是不是？遇上这样的碴儿，你不生气就怪了。心里想，我不租了可行吧？于此之下，那二百块钱的"劳务费"就这么打了水漂儿。

我刚到北京寻找开餐馆的房子时，就经历过这样的事情。两次之后才恍然悟出这是个骗局，是个圈套！当然了，这个世界上到处都是圈套，钻不钻，全凭你的智慧，同时也在于吃一堑长一智。这次租房，我就没去钻那种骗子公司的圈套。

我钻的是胡同。北京的胡同太多了——犹如这个城市肌体中的毛细血管，不计其数。当时我钻的都是我餐馆附近的胡同：什么大纱帽胡同，南口袋胡同，磁器库胡同，取灯胡同……寻寻觅觅，一连转了好几天，没找到一家出租的房子，倒是遇见不少戴着"治安"袖标的老头、老太太，他们一律用警惕的目光看着我。每当这时，我就赶紧迎过去，弓着身子，讨好地叫着大爷或大妈，问附近有没有出租房子的。

客气的，说没听说。

冷漠的，说不知道。

热情的，说想租房啊，您得去找中介公司，知道吗？

白扯。一点儿有用的信息没有。

后来我才知道，想出租房子的人不是没有，而是有关部门管得太严，房子不能任意出租——尤其不能出租给不托底的人，不明身份的人，不三不四的人，更甭说，万一闹出个贩毒吸毒、卖淫嫖娼、杀人越货等刑事案件来，房主要负连带责任，轻者罚款，严重的，没收房子的都有。因此一向遵纪守法、谨小慎微的北京市民，即使有房空着，锁着，哪怕让蜘蛛在各个角落里忙忙碌碌地结网呢，也不敢轻易出租。更不敢到大街小巷去张贴小广告。不像后来，小广告到处都是，害得那些城管人员怨声载道，整天捏着那种塑料的大可乐瓶子往上滋水，洇，然后用小铲子或小刀片之类的工具，细着眼睛一张张地清除。好不容易清理出个模样了，差不多了，本以为明天扫扫尾，就彻底 OK 了呢，可第二天一看，又是一层！气死。

我租房的时候，北京的大街上还没有那么多的"牛皮癣"呢，胡同里则更少。偶尔发现电线杆或厕所的墙壁上贴着巴掌大一张小纸，我都会眼前一亮，凑到近前一看，却是"包治各种性病，尖锐湿疣，一针就好"！令人沮丧。

我妻子也沮丧。她说北京怎么这样呢，有钱都花不出去。我说还是钱少，有个百八十万的试试，卖楼的多得是，打个电话说不定就会有专车来接你。结果竟把我妻子说恼了。她说你想租就租，不租拉倒，少跟我抬杠行不行？其实我说的都是实情。后来，就在我们一筹莫展的时候，倒是胡冬给我提供了一个信息。

他说，大哥，我听说你想租个房子？

我说，找了好几天了，没有。

他说，嘿，你咋不早说呀！

胡冬是个三十多岁小伙子。我没接手这家餐馆之前，他就在对面的墙角支了个炉子，卖烧饼。最初，我对这个东北人没什么好印象。他不仅剃个光头，前胸上还刺着一条张牙舞爪的青龙。这种扮相，要是放到今天就没什么了，比之于那些阴阳头、鸡冠头、红头发、绿头发等种种怪异的扮相，胡冬算个啥呀，简直是小巫见大巫。可当时不行。人的个性化追求还很单一，不像现在这么"多元"，这么变了态似的夸张。或者说，大多数人的观念都很保守——比如我，只要见到剃着光头，或前胸后背上文着这样那样野兽的人，我就会做出这样的判断：这不是搞前卫艺术的人，就是个流氓！正是基于这样一种狭隘的认识，第一次见到胡冬时，我就觉得这家伙不是个好鸟儿。没事的时候，他喜欢站在我餐馆的外边光着脑袋往里看，四目一碰，即使他冲着我龇牙一笑，我也懒得理他。直到他和嘎子发生了一场冲突之后，我对这个人的看法才完全变了。

嘎子是附近有名的痞子。他三十多岁，个子不高，瘦。走路的时候腰部不动，两条腿弯得像个哈巴狗，身边儿却总跟着那么一两个长得不错的女孩子。那次不知因为什么，他与胡冬发生了口角，把胡冬一个单手"锁喉"，龇牙咧嘴地抵在了墙上。这时候，我以为胡冬会用一招反掰腕摆脱困境，紧接着一场激烈的反击就要开始了呢。结果却令人失望。我眼瞅着胡冬被勒得脸红脖子粗，气都喘不上来了，还用一种变了声调的假嗓子，像唐老鸭似的说了好几句"对不起"。真是滑稽。至此，我才知道这个剃光头、刺青龙的家伙，别说是流氓啊，啥都不是了！眼看着他被嘎子放手之后，红着眼圈不断地抚摸自己被勒疼的脖子，我倒觉得这个家伙有点儿可怜巴巴的软弱与窝囊。

此事之后，我不仅对胡冬进行了新的估评，还渐渐发现：那些亮着光头，文着青龙啊、老鹰啊、虎头哇、蝎子呀，或者在手腕上刺着"忍"哪，"恨"哪之类的人，搞前卫艺术的不多，真正的流氓也少。相反，他们大部分是从乡下进入城市而且涉世不深的年轻人。他们之所以剃光头，或在身上文一些这样那样的凶恶猛兽，除了反叛他们在乡下一直承受的传统压抑，或在审美趣味上追求另类之外，还有另一层原因，那就是他们太懦弱，不自信，害怕遭受他人的欺侮，便模仿影视剧里的一些角色，把自己扮成了流氓恶棍的样子。遗憾的是，这种伪装起来的流氓到底是外强中干，在真正的流氓面前是那么脆弱，几乎不堪一击。

正因为这种"不堪一击"，我才与胡冬有了接触。原来是个不错的小伙子。说话慢声慢语，粲然一笑，便露出一只好看的虎牙儿。讲到过去一些事儿或形容一个人的处境时，喜欢说"可悲惨"。他做的烧饼也好，有咸、甜两种，色泽金黄，看上去挺硬，咬一口酥脆。偶尔，我会用他的烧饼给我餐馆的伙计改善一下早餐，这样一来，我们便有了交往。

　　胡冬告诉我，在我餐馆北边的一条胡同有个二十一号院，院里有间房子对外出租，不知道租出去没有。我问他是怎么知道的。他说两个月前他曾在那间房子里住过。我问他为啥不住了。胡冬挠了挠脑袋，吞吞吐吐地说也不为啥，就是和院里的人闹了点儿意见，说起来可悲惨……不说了，一说我就来气！不说就不说。别人不愿意说的事，我从来不问。

　　我跟着胡冬潜入二十一号院的时候，正是北京人上班的时间，也是那些不上班的老年市民去菜市场或出去遛弯儿的时间。院子里空无一人。我们在"左手第一家"找到了胡冬所说的房子。这是一间倒座子房，门外边围着一圈木板栅栏，栅栏门上没有锁，只用一个小铁钩挂着。我们进入栅栏之后，胡冬站在门口侧着耳朵听了听，又敲了敲门，没有动静，他便凑到旁边的窗户，用两只手遮住玻璃的反光往里窥视。他说没人住。我说真的吗？胡冬侧过身了，把窗户让给我。我用同样的方法看了看，遗憾的是窗子太小了，只看得见屋子里的一部分。胡冬问我想不想进屋里看看。我说你有钥匙？胡冬转身向院子里看了看，从栅栏的木板缝里抽出了一截小钢锯条，诡秘地一笑，他说这是一把备用的"钥匙"，他在这里住的时候总习惯把钥匙锁屋子里。说着，他把小锯条顺着门缝塞进去，上上下下地滑动着，找感觉，捅。这时候我突然害怕了，万一被人撞见，岂不成了挖门撬锁的啦？我赶紧压低声音说，算了算了，别捅了，我不看啦！话音未落，胡冬手里的锁把儿"咔儿"地转了一下，门开了！

从进去到出来，也不到十秒钟。我太紧张了。屋子很简陋，是长条形的，当中打了个隔断，被分成里外两个小间，里边有一张光板的双人铁床，外边放一对很旧的布面单人沙发，此外，就是那种糊了报纸而且已经很旧的墙壁了。我草草看了几眼，便催促胡冬赶紧离开。谢天谢地，我们带上门，又从大杂院里溜出来的时候，总算没碰到一个人。

三

接下来便是联系房主。此人叫刘大平，五十多岁，大个子，在一家食品厂工作，是个小头头。那天下午，他如约来到我们餐馆。在详细地询问了我们的一些情况之后，他直言不讳地说，他的房子原本不想出租了，太麻烦！可一见面，觉得我们两口子挺不错，靠谱儿，他可以把房子租给我们。问到租金，他说这个不急，看中房子再说。

其实房子已经没说的了，我心里已经有底。特别有我们那个四平方米的小耳屋子做对比，我妻子一眼就看中了。一问租金，对方开出的条件是每月六百，两个月一付，上交租。我和妻子交换了一下意见，觉得还行，没超出我们事先的预测，也就没讨价还价。

回到餐馆，刘大平草拟了一份简单的协议，彼此签了字，我又预付了两个月租金。他说成，这就齐活了！他掏出烟来，扔一支给我，自己又叼一支在嘴，点上。刘大平吸了一口烟，踌躇地说，还有个事儿……得跟您商量一下。我问他什么事儿。他说您能不能弄条烟啊？我说……烟啊？这好办，你说吧，抽什么牌子的！刘大平告诉我，不是他抽，是他琢磨了半天，觉得租房子这事儿还是得跟赵公安打个招呼，最好是表示点儿意思。

他一提"公安"两个字，我心里禁不住一沉。说实话，自从开起了这家餐馆，我心里老有一种紧张感，特别是一见到戴大盖帽的人就有点儿怕，怕警察，怕城管，怕工商和卫生防疫站的人……为此，我曾不止一次痛骂自己是胆小鬼，窝囊废，又没干过什么坏事儿，你怕个鸟！只是不管在背后怎么给自己打气，壮胆，到了正章还是不行，心里总有一种战战兢兢的惶恐与不安。这简直就是个谜。

我疑惑地问刘大平，租房还得跟派出所打招呼啊？刘大平说不是派出所，是院里的一个街坊。我说院里还住着个警察？刘大平笑了。他说不是警察，是人名儿，名字叫赵公安，明白吗？我点了点头。其实我还是不明白，既然不是公安，而是院里的一个邻居，我租的又不是他的房子，干吗跟他打个招呼，还要表示一点儿意思呢？刘大平看出了我的心思。他介绍说赵公安这人有点儿各色，当然也不能说他有多坏，就是挺事儿的，像个事儿妈，他担心我住进去之后他瞎搅和。

我沉吟着说，是这样……

刘大平说，看您的，其实不意思也行，没关系。

我说别价，该意思就意思吧。

当时我就到餐馆对面的小卖铺买了一条"万宝路"，外烟儿，混合型，有劲，在当时也算是挺够档次了。我递给刘大平说，那就麻烦您给他送去吧。

刘大平一怔，他说这哪成啊？您得跟我一块儿去，烟得您给他，往后有个什么事儿就好说话了，您明白我的意思吗？

我想了想，有道理。

赵公安住在院子的西北角，厢房，坐西朝东。那是我第一次走进北京人的家里。屋子不大，光线很暗，物品都很陈旧了，而且零乱。屋子中间拉着一个灰色的布帘。布帘半开半合，里边是一张双人床，床上蜷缩着一个很胖的女人，看样子是在睡觉，也许是睡着了，也许是不愿意参与我们的事儿在装睡，总之我们进屋之后，她一动没动。布帘的这一边，靠墙放着一张单人床，墙上贴着一幅球星贝克汉姆的彩色画报；地中间是一张撑开的折叠式小圆桌。桌上摆着一盘粉丝，一盘白菜，两盘羊肉片。地上一只铜火锅刚生着炭火，整个屋里弥漫着一股生烟味。赵公安正在忙乎着晚饭。他五十多岁，小个儿，身材瘦弱，一双眼睛十分灵动，对于我们的不期而至，显然有些意外和吃惊。

他"嘿"了一声说，是大平啊！

刘大平笑着说，赵哥还亲自下厨！

赵公安搓着两只手，今儿不立秋吗？我点了个锅子。

刘大平说，贴秋膘哇，好！

我注意到，屋里有三只折叠的小圆凳子，但没有多余的空间，我们又不能坐到人家的饭桌上去——只好站着说话。刘大平向赵公安介绍了我的情况，说我在附近开了个餐馆，是内蒙古的，两口子特老实，不惹事儿，想在他的房子里住一段，并说了一些"往后在一个院儿住着，麻烦赵哥多多关照"之类的话。说着，他看了我一眼。我意会到他的意思，把手里那条烟递给了赵公安。

赵公安怔了一下，小眼睛又是很吃惊的样子，他说您客气！

然后转向刘大平说，大平啊，您这就不对了，都是街坊不是？干吗这么客气？一脸愠怒。

刘大平笑着说，我就说嘛，赵哥人不错，用不着客气，可这老弟讲究，说头次见面，不表示点儿意思哪成啊……得，一条烟呗，赵哥就甭客气了，收着吧。

我心里一阵温热。我是不是真像刘大平说的那么"讲究"并不重要，重要的是他让我第一次感受到了城里人对一个外地人的呵护——这种感觉挺好的。

那天晚上，我请刘大平吃了一顿饭。既然成了房东与房客的关系，也是情理之中的事。与此同时，我把从中"牵线儿"的胡冬也叫了过来。开始胡冬还有些扭捏，几杯酒下肚人才放松多了。他开始主动地给刘大平敬酒，而且一口一个"老房东"地叫着，一副很诚恳、很谦卑的样子。后来两个人越说越热乎，你一言我一语地扯起来，我才知道，胡冬之所以从二十一号院里搬出来，并不像他当时讲的那样"和邻居们闹了点儿意见"，而是被赵公安撵出来的！

据说，当时胡冬在刘大平的房子里已经住了一个多月。他每天守着那个烧饼摊儿早出晚归，与院里的人不相往来，倒也相安无事。直到有一天，一个老太太突然发现胡冬不仅剃了个锃亮的光头，光着膀子在院里洗衣服的时候，前胸上还刺着一条青龙……此事一经传开，院子里的人就骚动了。

真的啊？

我亲眼瞧见的！

嘿，新鲜！老刘家招了个什么人哪这是！

甭急，明儿我就叫丫滚出去！

191

当天晚上，胡冬就接到了刘大平的电话，让他赶紧找地儿，说他的房子不能租了，邻居有反映，万一闹到居委会或派出所去就麻烦了。胡冬问刘大平哪个邻居有反映。刘大平告诉他，别的邻居倒没大事儿，主要是一个姓赵的，叫赵公安，那人多事……胡冬跟刘大平说，这事你不用管了，我去跟他说。没想到，一说就崩了。不管胡冬怎么解释，求情似的让"赵大叔"关照一下。"赵大叔"不但不理他的茬儿，还显出一种烦得不行的样子，把一只手掌在胡冬面前果断地一挡，他说得！您甭给我说这个，谁的房子您找谁去，跟我说不着！知道吗？

　　按理说，赵公安的话也没错。可胡冬心里明白，这件事就是赵公安在其中做的梗，他心里憋着一肚子气，又不好直说，便一声不吭地瞪盯着赵公安。在我的想象中，胡冬的眼锋肯定是有点儿硬了，再加上他的光头做辅助，反而刺激出了赵公安的一种激情。据说他当时就不让了。他问胡冬瞅什么瞅？想打架是不是？说着，他还两手交叉，揪住自己的上衣下摆，把一件灰色的老头衫从脑袋上捋下来，往地上一甩，然后"啪啪"地拍着自己搓衣板似的胸脯，声音响亮地告诉胡冬，"有种往这打！"他这么虚张声势地一叫板，街坊四邻全出来了。

　　怎么回事儿？

　　有理讲理，干吗打人？

　　是啊，这可不是撒野的地方，知道吗？

　　面对这种七嘴八舌的声讨，胡冬呆若木鸡地立在那里。他不知道事情怎么会变成了这样，用他自己的话说，我招谁惹谁了？！真是纠结。

　　那天晚上，胡冬缩在那间黑暗的小屋子里，像个没娘的孩子，既孤单又委屈，泪都流下来了。两天后，胡冬无奈地搬出了二十一号院。据他讲，当时的处境"可悲惨"，要不是赵大妈（一个挺胖的老太太，就住在我餐馆旁边的院子里）把家里一间小屋子租给了他，那段时间他就得露宿街头了。

胡冬说得可怜巴巴，刘大平却不以为然。他说赵公安的确是个事儿妈，但实事求是地说，这事也怪胡冬自己不注意形象：挺好个小伙子，既不是斑秃儿，又不是鬼剃头，你弄个光葫芦瓢儿干啥！听说前胸上还刺了个什么青龙？他用审视的目光看着胡冬，语重心长地说，小胡啊，不是我今儿说您，年轻轻的，好好做你的生意，在身上瞎折腾个啥呢！一番话说得胡冬脸红脖子粗，一个劲儿地去摸自己的脑袋。其实，这时候胡冬的脑袋已经长成了一头乌黑的短寸，而不再是那种被刮得很亮的光头了；至于那条青龙，如果不是特意袒胸露腹，也是不易被人发现的。但尽管如此，他还是被刘大平揪住了一身毛病似的，好一顿上课！

接着，刘大平告诉我——准确地说是在安慰我，他说不管谁对谁错，小胡的事儿已经过去了，不说了。踏踏实实住您的房子，如果院里的邻居有什么说道，您别跟他们计较，我来处理！哎，对了，那钥匙我给您好了吧？

我说，钥匙啊？给了。

四

一九九八年初秋的一天，我捏着那把像通行证似的钥匙，正式地走进了二十一号院。我和妻子忙乎了整整一天，把那间房子彻底收拾了一遍，又添置了几样简单的家具。当天晚上，我们便迫不及待地住了进去。

有了正式睡觉的地方，我才体会到北京的夜晚真是不错，连做梦都是快乐的。回想起此前在餐馆那间小耳屋子里所熬过的上百个夜晚，从某种意义说，几乎就是白费。

五

从布局上看，二十一号院是一座老式四合院。据说清朝末期，这里曾住过一位武官。如今大门外还残留着一块不完整的上马石，只是不见了清朝的人和马。伴随着历史的不断变迁，院里那种"天棚、鱼缸、石榴树"的景致已全然不在，就连当初的格局业已面目全非。原来的"二进式"院落，不知什么时候被隔成了两个院子，一些不同年代翻盖或新建的房子则高低不等，大小不一。走进院子之后，给人的感觉到处是门：厨房，煤棚，淋浴间等。院里的居民都是老住户，而且大都是上了年纪的老人。现代化生活把年轻人带进了高楼大厦，上了年纪的老人，似乎比较适合于住在这种古老的大杂院，或者说，这种古老的大杂院也比较适合老一点儿的人来衬托。

住进这个院子之后，作为临时的房客，我知道融入不了它的主体，那些老住户，也不会因为一个外地户的到来而改变什么——包括他们的喜怒哀乐，包括他们的过去、现在和将来。更主要的是，我们必须吸取胡冬的教训。因此，开始的时候我和妻子都非常低调，甚至怀有一种"鸠占鹊巢"般的不仗义，尽量躲着院里的人，默默地小心翼翼地生活。

我和院里的接触，缘于一个扎着羊角辫的小女孩。她叫楠楠，是隔壁家李大妈的外孙女。当时她正在附近的一所小学里读书，每天放了学，由李大妈的老伴儿接回来，到了晚上，再被她妈妈骑着自行车接走。那年国庆节，我把女儿小玉从她乡下的姥姥家接到了北京。刚见面两个孩子就成了朋友。她们一个黑，一个白；一个偏胖，一个略瘦；只有年龄相同，都是八岁。有一天，两个孩子在大院里的自来水龙头下洗手。楠楠说，知道吗？饭前便后必须洗手，手上的细菌可多啦。啥叫细菌？我手上咋没有？小玉问。楠楠说，啥叫细菌您都不知道？就是活着的东西，特别特别的小，用显微镜才能看得见……

两个孩子洗完了手。楠楠说这水真凉！小玉却不以为然，这水还凉啊？我姥姥家的水才凉呢。楠楠说，为什么？小玉说，那是井里的水。楠楠说，井是什么样子呀？小玉说，你连井都没见过？就是在地上挖的洞，可深可深了！往下一看，特黑，啥也看不见！楠楠说，哎呀，吓死我了！那人掉不下去吗？小玉说，咋掉不下去呀？我们班里的刘小柱还掉下去过呢，差点儿没淹死，后来学习一点儿都不好了，考试净得大零蛋。楠楠说，哎呀，是不是把他摔成笨蛋啦？小玉说不是，我们老师说，他脑袋里进水啦。

两个孩子天真的对话，使这个古老的院子里充满了童趣。我在屋子里忍不住笑了。同时心里涌出一种说不出的温情与感动。怎么说呢，住进这个院子之后，每天从一个大门进进出出的有十几号人，能说上两句话的都少。不是不想说，而是作为一个外来户，我总觉得和那些坐地户之间有一种东西隔着，看不见，却很坚硬。但是孩子却可以凭借她们的纯真，轻而易举地穿越了它。如此看来，如果我们能像孩子那么单纯与透明，我们眼前的世界肯定是另一种样子。

此后，我开始用一种比较积极的目光吸收着院子的一切。一段时间之后，我知道了院子里住了八户人家；又过了一段时间，我便厘清了哪个女人是哪个男人的老婆，哪个男人和哪个女人是鳏寡一人。起床最早而又秃了顶的男人他叫海德宝；那个细高个、总追着一只足球走路的小伙子是赵公安的儿子……

最先熟起来的，是隔壁的李大妈。那是个圆盘大脸的老太太，姿态端庄，面容高贵。搭讪起来，却是个挺爱说话的老人。几次之后，我便知道了她有一个儿子，一个女儿。儿子在一个派出所当所长，女儿和姑爷在街道办事处工作。两个子女住的全是楼房。她和老伴儿也有个两居室，在沙子口，一直空着，他和老伴儿谁都不愿意去住。我说是啊，老年人都不喜欢住楼房。李大妈摇摇头说，不是不喜欢，主要是接收不到地气。她用一种神秘的语气小声说，这院儿风水好，过去是一个武官的宅子！

我乐了。

您老在这住了有年头了吧？

敢情！我来到这院儿的时候还是个姑娘呢。

李大妈告诉我，当时她老伴儿刚从部队转业被安置到了纺织部工作，就是为了跟她结婚才要到了这个房子。她感慨地说，那时候我才二十三，现在都六十六啦，你算多少年了吧。

我算了算，确实不短了。而李大妈的老伴儿也有七十多岁了吧。那是个不怎么爱说话的老人，青白发，板寸头，言语不多，但做事仔细。每天睡过午觉之后，他先是把一个很小的方桌摆到院外，然后回到家里，拿出两个小马扎，摆在小方桌的旁边。这时候，李大妈一手拿着两个蒲扇（防蚊用），一手端着个大号茶缸子，从院里走出来，老两口儿往小马扎上一坐，沐浴着秋天的暖阳，一直坐到傍晚。

李大妈的外孙女——也就是那个扎着羊角辫的楠楠，喜欢吃东北的锅包肉。偶尔，李大妈会带着小女孩到我的餐馆去要一个外卖。最初两次，我和妻子说啥不收李大妈的钱。李大妈却执意不从，她说那哪儿成？你们做的是生意，不要钱，明儿我就不来啦！她言语认真，表情严肃，几乎要生真气的样子。后来我发现，北京人注重人情世故。尤其是那些年岁大一些的老北京，最是讲究规矩，可称得上是礼尚往来的典范：假如你给他一根针，他就会变着法地还给你一条线，绝不占你的便宜。

六

接着，熟起来的就是赵公安了。坦率地说，因为有胡冬的事做铺垫，最初我还有意躲避着他。其实，蛮好的一个人。说话高门大嗓，豁豁亮亮，给人的感觉他总是那么快活。见了面，离老远便会打个招呼，并不止一次地叮嘱我，有什么事儿就言语一声，都是一个院里的邻居，甭客气！

不过，时间一长，我渐渐发现赵公安这个人还真是有点儿"各色"。从性情上说，我觉得这是一个属于躁动型的人，好说好动，还好斗。通常情况下，只要他不到街上去，你在屋子里就会经常听到他的声音，和街坊打招呼啊，逗闷子啊，今儿个气温是多少度啊……或者，拖着那架两个辘轳的小购物车从菜市场一回来，他就会跟院里的邻居骂骂咧咧地抱怨说，土豆涨了五分，大蒜、白菜涨了一毛，黄瓜都他妈五毛一斤啦……琐琐碎碎，一地鸡毛。如果再来上一句：今儿遇上一傻×，我差点儿没抽丫的！——那保准是他在外边又和什么人吵架了。总的说来，我觉得这个瘦小枯干的人，可能是肝不太好，心浮气躁，喜欢抬杠，不管说什么事儿，都像是憋着一肚子气似的，而且啥也看不惯。

他甚至看不惯自己的儿子。

其实，那是个非常帅气的小伙子，个子比赵公安高出半头。他叫涛子，十八九岁，穿一套深蓝色的运动服，透出一身的青春与活力。据说涛子是在一个职业学校读书，学的是建筑，却偏偏喜欢上了足球，而且似乎到了迷恋的程度。只要你见到他，保准就会见到足球。有时候，你刚要出院或进院，一只足球会"嗖"地通过院门口射到你腿上，吓一跳！紧接着涛子就会出现在你面前，一缩脖，抱歉地一笑。涛子不爱说话，至少是不愿跟大人们说话。但涛子喜欢唱歌。有段时间，他走里走外的，总是在哼唱一首外文歌曲，很好听，给人的感觉很轻松，有一种很浪漫的味道。我不懂外文，还是能听出是前不久在法国世界杯开幕式上的主题曲：《我踢球你介意吗》……我当然不介意。相反，倒觉得年轻人活泼一点儿没什么不好。试想，这么一个灰砖灰瓦的大杂院，本来就是一种老气横秋的样子，假如院里的人每天都绷着个脸，进进出出，一句闲话不说，一点儿声音没有，甚至连走路都轻手轻脚的，走猫步……岂不让人联想到古堡里的幽灵？那倒是一件恐怖的事。

介意的是赵公安。在我住进这个院子不到两个月的时间里，他和儿子就已经发生了好几次冲突。

国家花了那么多钱，都没培养出一个会踢球的，你他妈瞎踢什么呀！

——这是大前提，是引子。随后，他就会痛斥涛子没出息，不务正业，连大学都考不上，还整天抱着个足球当事儿干，将来就是个他妈戳狗牙的货!

就在他这么骂骂咧咧的时候,涛子要么一声不吭,要么就是抱着他的足球抬腿走人。只有到了万不得已的时候,他才会反驳几句。而且也绝不是个善碴儿。有天下午,我听见赵公安又训斥涛子了,还是"不务正业"那一套,而且越说越尖刻,他说我告诉你丫的,再不好好学习,将来就是当上市长你也是个庸官,是个棒槌!听到这么一句没边没沿儿的话,涛子反击了。

我是棒槌,那你去当啊。

我……

你才五十多岁,还有机会呢。

我他妈抽你丫的!

我要是你,就先抽自个儿一耳光,问问自己是怎么活的,再教训别人。

你他妈再说一句?!

我说完了!

父子俩唇枪舌剑,吵得十分有趣儿。我在屋子听着,不禁哑然失笑。如果是在我们老家,在煤矿,作为邻居,我会毫不犹豫地去劝一劝,开导一下当爹的,孩子有孩子的乐趣,别老是那么挖苦,你越是挖苦,越容易造成他的叛逆心理……可这是在北京,是在赵公安面前,多一事不如少一事。怎么说呢,我觉得生活在大都市里的人,尤其是生活在天子脚下的人,或多或少都有一种优越感。作为外乡人,最好不要自以为是,否则,哪怕一句话露了怯,说不定就会被人教训上一顿。我就有过这方面的教训。在煤矿工作的时候,有一次我带着单位的一辆破卡车到北京来出差。晚上进了城,被马路上的交警拦住几次、又罚了几次款就不说了。当我们来到一家招待所门口时，又被把大门儿的老头儿拦住了，问我们是干什么的。当时我很生气，便理直气壮地告诉他，我们是住宿的！老头儿这才收回他伸出的一只手臂，很不情愿地放我们进去。可我们的车子刚走出几米远，老头儿又急匆匆地追了过来，敲着车窗玻璃，愤愤地喊了一句，那叫住宿！知道吗？从此我知道，在北京，这个"宿"字的发音是"素"；而不像在我们老家那样，所有的人都念"许"。我举这么个小小的例子，倒不是说赵公安像那个老头儿似的那么较真儿，那么好为人师，而是说赵公安这个人太各色，你说啥他堵啥，甚至，你就是顺着他的人情说好话，他也总能找个理由来否定你。

秋末的时候，北京一连下了好几天冷雨。黄色的落叶沾在路面上，溜滑溜滑的，一不小心会把人撂个跟头。那天早晨，赵公安是在房顶上被撂倒的。屋子漏雨了。他刚用砖头把一块塑料布压好，人就闹了个侧摔。我眼瞅着他顺着陡峭的房顶差点儿溜到地上，没把人吓死！回到地面的赵公安也是一脸苍白，他骂骂咧咧地说，房管所那些个傻×，前几天就告诉他们来修房子，到现在连他妈兔子大个人儿都没见着，我他妈的要是从房上掉下来，我非去找他们算账不可！接着，说到这房子至少有一百多年的时候，完全是出于同情，我附和着说，这么老的房子别说得修哇，按理说早就应该拆了。没想到，赵公安却突然掉转矛头，盯着我，他说这您可说错啦！在北京这地方，您不能说房子年头长了就应该拆掉，故宫都五百多年了，到现在也没拆呢！说完，他便哈哈大笑；笑完还又把这话重复了一遍，好像他突然发现了一个真理似的，还问了一句，您说是不是？

真让人头疼。

这就是赵公安。不仅说话太臭，噎人，他还总是愤世嫉俗。有一次，说起他原先工作的那个灯泡厂破产的事儿，他显出既无奈又愤怒的神态，说全是被那些当官的给祸害败的，他们自己吃饱了，捞足了，害得老百姓全都下了岗。

我问他什么时候下的岗。

他说，快他妈两年啦。

我说，没琢磨着自己干点儿啥？

干点儿啥？他看着我，北京的厕所都让你们外地人包了，我他妈的干啥去呀！

他把那个"干"字说得很重，而且声调也拉得很长（是那种典型的京腔），听起来很无奈，又像是逮住了理似的。其实，在我看来，这完全是一种强词夺理。不错，随着改革开放之后的人口迁移，城里的外地人的确是越来越多了，但再多也不至少抢了你赵公安的饭碗哪。退一步讲，即使没有外地人承包，扫厕所的活儿你干吗？搬砖运瓦扛沙子和水泥的活儿，你吃得了那份苦吗？做金融，搞科研，几天鼓捣出一个软件的活儿你又干不了！说到底，无非是大事做不来，小事又不愿意做罢了。

说到外地人，我曾把我们和城里人做过比较。我发现这是两个不同的群体。我们是跟随时代的步伐闯入了城市，用自己的方式寻求生存之路，什么样的苦都能吃，敢冒险，有时候胆子还很大。城里人头脑聪明，见多识广。他们坐拥天时地利，较之于像我这样愣头愣脑闯到北京的底层人，无论做点儿什么样的营生，都是有绝对优势的。遗憾的是，有些人却把这种优势当成了优越，当成了资本，两手一抱，肩膀一端，什么也不做，也不屑于做。每天无所事事，便聚到一起，位卑言高地发一些时鲜的评论，小到南方水灾，大到国际战争；说到天气，少不了骂骂气象台；谈政治，总要恨铁不成钢地埋怨一通政治局；而一旦扯出柴米油盐的话题，则能琐碎地道出"今儿早市上大蒜涨了一毛，土豆涨了五分……"最可悲的是，眼睁睁看着身边的外地人没日没夜地拼搏，奋斗，挣钱，对照自己悠闲、愁苦的生活，他们又突然"醒了腔"似的牢骚满腹，认为外地人抢了自己的饭碗，抬高了城里的物价……

我必须申明，不是所有的城里人都是这么一种活法，这么一种心态。且不说那些文韬武略、充满智慧的北京人——他们顺应时代，锐意进取，叱咤风云，仍然是这个城市诸多行业里的栋梁与精英，即便是在那些普普通通的市民中，也有许多值得我们学习的典范。

比如，冯老太太。

冯老太太也是二十一号院里的邻居，那是一个七十多岁的孤寡老人。据说她很有钱，但我没看出她有钱的样子。她住在院子的西南角，倒座房。屋里的面积有十几平方米，中间打了个隔断。外边用来居住；里边那一间，则在临街的墙壁上开了个小窗口，做成了小卖部。卖一些真空包装的香肠、面包、咸菜和牙膏、牙刷之类的生活日用品。同时，在靠近窗口的地方放了一张小木桌，桌上摆了一部公用电话。冯老太太就整天坐在那个小木桌前，看着胡同里的来往行人，等待着一些零零碎碎的小生意，那种孜孜不倦的生活态度和生意精神，真是不错。

在我看来，赵公安尚属年富力强，精力充沛，他完全可以干点儿什么，即使吃不了大苦，也可以学学冯老太太。可赵公安不那么看。他甚至对冯老太太还颇有微词。有一回，我在冯老太太小卖店买了一包卫生纸，刚转身，又被老太太从窗口里探出头来叫住，她说还没找您钱哪，您怎么就走哇？年轻轻的什么脑子呀！她嗔怪地说完，便咯咯直乐……这时候，赵公安正在门口那块上马石上坐着，他往冯老太太那边迅速地看了一眼，又把一只手拢在嘴上，像是对我传达一种重要信息似的说，快死的人了，都倒计时了，卖出一卷儿纸还那么高兴，我可真是服了她啦！

什么也不屑于做的人，也有闲极无聊的时候。

——我们住的那条胡同里有一棵老槐树。树下的空场上，每天上午都有几个老头儿在那里抖空竹。据说，空竹也称"胡敲""地铃"和"风葫芦"；抖空竹也叫"抖嗡"或者"扯铃"，过去是一种庭院游戏，现在都是胡同或公园里"抖"。有一天，我发现赵公安也"抖"上了。可能是手生吧？赵公安抖得不是很好。至少不像另外两个老头儿玩的那么娴熟，只见他们一手执一根两尺多长的小木棍儿，两棍儿之间系一根很细的线绳，把线绳在空竹轴上绕两圈，一提一送，不断抖动，使空竹越转越快，发出铮铮的响声。间或，还能玩出几个花样儿：抡高儿、对扔……最精彩的是，他们把空竹抛到空中，落下来，用棍儿接住，能让它在木棍儿上不断地旋转，然后再让它突然跳到另一根木棍儿上——这叫"鸡上架"。此外什么"仙人跳"啦，"满天飞"啦，一招一式，都玩得连贯流畅，漂亮！

相比之下，赵公安就逊色多了。我注意到，另外两个老头儿的空竹都是"单轴"，赵公安抖的则是"双轴"，可能是他抖得转速不够，那只空竹不但发不出响声，还常常失败地掉到地上……不过，赵公安却抖得很认真，而且毫不气馁，用他自己的话说，瞎他妈抖呗，要不干啥去呀！可没过多久，在那几个抖空竹的老头儿中，已经没有了赵公安的影子。一问，他告诉我说，早歇活儿了，有什么劲啊，您说是不是？

七

知道赵公安这个人喜欢锛杠头儿，不好交流，我便尽量躲着他。但毕竟是在同一个院里住着，而且已经混得很熟了，低头不见抬头见，有时候想躲都躲不了。况且，赵公安是个耐不住寂寞的人，只要逮住机会，哪怕素不相识，他也会搭讪几句。有一次在厕所里，我听见他蹲在那里一边吭吭哧哧地用功，一边跟一个陌生人搭讪：

外地的吧？

辽宁的。

来旅游啊？

办点儿事儿。

带手纸了吗？

带了。

没带您说话，北京人好客，知道吗？

当时我正站在小便池前撒尿，听了这话，竟禁不住一哆嗦一哆嗦地笑。

通常情况下，赵公安总是把一些无聊的时间安排得悠闲而精致。没事的时候，他喜欢拎着一个挺大的玻璃茶罐子，趿着拖鞋，迈着"八字步"走出大杂院，往门外的那块上马石上一坐，用屁股压着那段沉甸甸的历史，把手里的小收音机鼓捣出新闻——然后，就亮着那他双机敏的小眼睛东张西望。一旦哪院里出来个邻居，离老远儿，他便京腔京韵地招呼上了。

吃了吗？他把这个"吃"字说得很重。

或者：哪遛去呀？

再或者：王师傅，那个破班还上呢？快歇了得啦！

他把那个"歇"字的音调拉得很长。

我住的房子紧邻院门口，朝南的那面墙上有个小窗子，正好开在了那块上马石的上方。通常情况下，不管赵公安跟谁说话，逗闷子，我都听得清清楚楚。因为都是久住一起的街坊，所问所答无非是前天或者昨天的重复，平庸，琐屑，没什么意思。有天早晨，赵公安突然冒出的一句话倒是很新鲜，很有趣儿。他说，宝堂，你的鸭子是男的还是女的啊？

保堂是十九号院里的一个邻居。那是个古怪而有趣儿的人。他四十五六岁，没工作，喜欢养玩儿物。说起来，这也是老北京的一种传统，是老北京人的一个乐儿。据有关民俗资料记载，自明朝开始，居住在北京四合院里的皇城子民，上自王公贵族，下至平民百姓，不分地位高低，素有豢养玩儿物之好。比如养鱼，养鸟，养虫，养兽……总之，不管养什么，都是为了以博雅趣儿，图个乐儿。不过，保堂与过去那些老北京人养的玩儿物略有不同。他养的是一只乌鸡和一只鸭子。有趣儿的是，那两只普通的家禽，竟然被宝堂驯养得非常聪明，听话。你可以想象，一个男人肩上蹲着一只乌鸡，身后跟着一只摇摇摆摆的鸭子在王府井大街上招摇过市，是一种什么样的情景——我当时的感觉是，太好玩了，简直就是个奇人！后来我才知道，保堂养的玩儿物，还不单单是那听话的乌鸡和鸭子。有一次，我看见他蹲在胡同里的一棵槐树底下默默地哭泣，脸都哭歪了。隔壁的李大妈挤眉弄眼地告诉我，说他的一只小白兔死了，昨天埋在了树底下，今儿个是在那里悼念呢。她还告诉我，保堂是光杆儿一人儿，年轻的时候结过一次婚，没几天儿就离了，此后再也没找过。我在想，这样的一个人，内心深处肯定隐藏着一种很独特的情感世界吧。遗憾的是，我却从没和保堂说过一句话。有时候，我们会在胡同里碰个面对面，我很想跟他点点头，搭讪几句。可他总是扛着他的乌鸡，并引领着那只鸭子，目视前方，旁若无人地从我身边走过去。

最初的时候，我觉得这个人不太正常，说白了就是有点儿"二"。那天，我听见赵公安问他那只鸭子是男的还是女的，没想到，宝堂的回答像他那只摇摇摆摆的鸭子一样，既顽皮而又风趣儿。他说，鸭子肯定是公的嘛，妓女才是母的呢。

当时我正准备到餐馆去，便想趁此机会和宝堂搭个话，认识一下。当我锁上门，再从院里出来的时候，宝堂和他的鸭子已经不见踪影，只有赵公安正一个人在上马石上佛似的坐着呢。

嘿，怎么才到店里去呀？

回来拿点儿东西。

餐馆的生意还成吧？

凑合吧。

啥时候请我喝酒啊？

我不是说了吗，啥时候都可以。

嘿，您不请，我怎么去啊。

我现在就请，走吧？

得了吧，瞧您那样儿就不怎么真心。

说实话，我的确不怎么真心。不是我舍不得一顿酒，而是我觉得赵公安这个人性格不好把握，平时就说不到一块去，又不知道他的酒品咋样，万一在酒桌上弄个不欢而散，还不如不请呢。至于赵公安，虽说话头儿上步步紧逼，说过了，也就拉倒了，并不认真。问题是，这种不认真的话他老说。这就讨厌了。

长痛不如短痛。我想，还不如干脆来个了断呢。几天之后，我郑重其事地向赵公安发出了邀请。没想到，不请他的时候，他老是磨磨叽叽，真要请他，他反倒耿直上了。他说嘿！干吗呀老弟？一院儿里的邻居，有事儿尽管言语，喝什么酒哇！您说是不是？我解释了半天，说啥事儿没有，就是一块坐坐，聊聊天。到最后，我甚至把"你要是不去就是瞧不起老弟"这样的话都说了，他还是不去。大有一种"君子不食嗟来之食"的劲头。俗话说，请客不到恼死主人。我生气地想，不去拉倒，我还不请你了呢！

八

时间很快，一晃到了冬天。从视觉的意义上说，我喜欢北京的冬天。夏天里，满城的各种树木与花草，密密匝匝，太翁郁，太繁复，给人一种透不过气的感觉。冬天则是一个"删繁就简"的季节。空闲的时候，你沿着故宫外边的筒子河慢慢行走，高高的城墙与角楼之上，天空宁静而肃穆；河边上，那些落去叶子的老槐树，在冬天的冷风中抖动着黑瘦的枝丫，遒劲，疏朗，给人一种骨感之美。总的说来，冬天的紫金城在灰蒙蒙的天空下，很有一种老照片的感觉。

这时候，你再走进北京的胡同（最好是走进我们住的这条胡同），就会立刻感觉到什么是真正的古朴，什么叫真正的安静！胡同两旁，一律是那种古旧的灰墙古瓦，院门则高低错落，大小不一。在其他的季节，你还能看见几个老头儿、老太太戴着"治安"的红袖标在胡同里溜达，或聚在门前坐在小马扎上喝茶，聊天。现在已不是摇蒲扇的季节，许多老人，特别是那些病歪歪的老人，都躲在屋子里"猫冬"去了，就连赵公安吵吵嚷嚷的声音也稀少了。大杂院里听不到一点儿喧闹，整个胡同安静得如时光在倒流。而天空却是一种阴阴的样子……这时你就会突然生出一种渴望：下场雪该多好啊！

盼了两天，一直未果。有天晚上我听见赵公安在院子里又骂气象台"净他妈撒谎"——没想到，第二天那场雪就真的下来了。雪花不大，却整整下了一天。房顶上、胡同里，全都铺上了一层厚厚的积雪，在周围钢筋与水泥筑起的森林中，这片低矮古老的平房区，竟有一种童话般的境界了。

傍晚的时候，我正在胡同里扫雪，海师傅拎着一把铁锹出来了。

他嘿了一声说，院里的雪是您扫的啊！

海师傅是个瘦弱、随和的人。他叫海德宝，年纪并不大，只是头顶谢得早了点儿，看上去足有七十岁的样子，一问"您老儿高寿啊"，才六十二！刚住进在二十一号院时，我发现这个谢了顶的男人总是起床很早。每天七点钟，院里的自来水管下就会响起他刷碗的声音，或者是吭哧吭哧地搓洗衣服……当时我曾跟我妻子断言，说这人肯定是个老光棍。有一天，他客气地问我，能不能在餐馆里给他带回一个鱼香肉丝——及至送到他家里时，我才发现床上还坐着个瘫痪的女人（据说，已经在床上卧了两年）。那天我执意不收他那个鱼香肉丝钱，后来他还是追到院子里，把钱塞给了我。此事之后，我们之间的关系一下子拉近了不少。见了面，我就根据当地人的尊称，叫他海师傅。

不久之后的一天，海师傅在院门外修他那辆人力三轮车。轴碗儿坏了，鼓捣了一手黑油。我一边看他修车，一边跟他闲谈。聊起来，才知道海师傅的祖上是"旗人"，是大清王朝的正身贵族！只是，这个秃了顶的皇城子民，不像有些旗人后裔那么恋祖，一说到祖上是旗人——什么"正黄旗"啊，"正蓝旗"啊，"镶白旗"啊；什么"吴尔古察氏"啊，"苏完瓜尔佳氏"啊（真绕嘴，想记都记不住）——他们总有那么一种掩饰不住的骄傲和自豪。海师傅不这样。他对那段历史的看法挺客观，甚至很不屑。他说什么金枝儿啊，贵族哇，全落庙啦！您说是这么个理儿不？

我不太明白历史，但对于八旗子弟的那些事，还是多少了解一点儿的。在消灭明朝统治的战争中，他们勇猛善战，立下过汗马功劳。清朝入主中原后，有二十多万八旗子弟被封为贵族，由朝廷提供禄米、俸银、住宅、田产。并通过"圈地"和对汉人的驱赶，形成了"满汉分城"的局面。他们坐吃俸禄，不工不农、不商不牧，终日肥马轻裘，或提笼架鸟，斗鸡，斗蟋蟀，放风筝，玩玉器，赏小脚，诸如此类成了那些"北京大爷"的主要乐趣。极度空虚之下，有些人甚至吃喝嫖赌，抽大烟、吸白粉，寻欢作乐，挥霍无度。以致最后家产荡尽，穷困潦倒者不计其数，甚至沦落成流氓无赖和街头小混混的也大有人在。

在"忽喇喇似大厦倾，昏惨惨似灯将尽"的残局中，像所有的正旗人一样，海师傅的祖上也是在劫难逃，一代不如一代。到了民国的时候，他太爷爷先是卖了一个镏金的蟋蟀罐渡过了难关；晚年，又把一颗虚伪的金牙也拨下来卖掉，全家人才没被饿死……

海师傅细着眼神儿，把一个小钢珠儿仔细地抿到轴套儿里。他说，到了我这一辈儿，一件值钱的东西都没传下来。啥也甭说了，活着吧！我问海师傅是啥时候住进这个院子里来的。海师傅看着我，像猫一样的笑了一下，您问我爷爷是啥时候住进来的还差不多。我说是吗？那么早啊？海师傅告诉我，他们家从前门搬到这里的时候，他爷爷才七八岁，还穿开裆裤子呢。听他这么一说，我突然想起一首歌来：

> 我爷爷小的时候
> 常在这里玩耍
> 高高的前门
> 仿佛挨着我的家
> 一蓬衰草
> 几声蛐蛐儿叫
> 伴随他度过了那灰色的年华

词很美，曲子也好听。可具体往海师傅身上一套，你就会感受到一种世事的久远与沧桑。我粗略地想了想，从他爷爷的父亲那一辈儿算起，到海师傅已经是第四代人了。四代人，用二十年叠加的方式计算，至少也有八十年而有余了吧？一个家庭连续不断困在这么两间小房子里，一直没挪窝儿的感觉——别说是亲自体验，只要想想就够腻味的了。

然而，海师傅却是个极有耐性的人，而且很勤勉。平时，除了料理家里的柴米油盐、侍候瘫痪的老伴儿，还能蹬着人力车去街上揽点活儿，拉个脚儿，带着客人沿着筒子河观观光，或者走街串巷，搞个"胡同游"什么的。海师傅不愧是个老北京——他不仅知道宫里的许多事儿，对宫外一些胡同的人文历史也了解得不少。有一次，我们聊起了王府井。他说早先啊，文武官员进宫的时候，有个规定，文官走东华门，武官走西华门。这文官和武官的脾气、秉性不一样。怎么个不一样？武官比较正统，死板；文官呢，比较散漫，无形，文人嘛，骚客嘛，喜欢吃点儿啊，喝点儿啊，说白了，就是闲着没事儿，瞎嘚瑟呗！这样时间一长，东华门一带渐渐就有了一些小摊儿小贩儿。后来卖东西的越来越多，就形成了一个很大的市场，也就是王府井原来的东安市场……

后来我发现，海师傅也不单是靠他的人力车挣钱，此外还做点儿别的小生意。有段时间，在夜幕下的王府井大街上，他还卖过一种很小的提线木偶。那是一种很小的民间玩具，非常有趣儿。你正在路边上走着呢，突然有两个小木人儿从地上跳了起来，在离地一尺多高的空中格斗上了。

太奇怪了！

真好玩儿！

它们怎么会跳起来呢？

一些人围观过去。这才发现一个秃顶的男人蹲在一米开外，手里牵着一条不易察觉的细线儿，扽一扽的——正在那里暗箱操纵呢。

一问，十块钱一个，二十块钱仨啦！许多人都争着买。我也给女儿买了一个。拿回去一试，根本玩不转。无论怎么提线儿，扽线儿，都不能让那两个小木人儿跳起来。我问海师傅是怎么回事儿。海师傅看着我，一张老脸像花朵似的笑了，他说，您不会用那股巧劲儿，它能给您跳吗？

海师傅是个和善的人，也是个仔细的人。假如你是住在二十一号院子里的邻居，每天晚上，你就会听见他积极主动地关大门的声音：

李大妈，您家人都回来了吗？我关大门啦。

王师傅，您家人都回来了吗？我关大门啦。

就这么一家一户地问，不厌其烦。

我们住进二十一号院之后，有两次店里遇上了酒腻子，磨磨叽叽地高谈阔论，总也不走，打烊晚了，结果我和妻子被关在了门外——又不敢在半夜三更的时候敲门，就只好返回餐馆，在那个小耳屋子里对付一夜。海师傅听说这事之后，他嗔怪地说，嘿！您怎么不早说话呀！到了晚上，再关大门的时候，他总是关切地问上一句：刘老板，您家都回来了吗？如果得不到回答，他就会把大门对得严丝合缝，但并不拉上门闩——这种做法，在我们老家叫"留门"。

正是为了这份留门的温情与感动，我早就想请海师傅吃个饭，却一直没找到合适的机会。须知，我和海师傅毕竟是刚刚认识的邻居，而不是那种见了面就可以彼此大呼小叫着请客吃饭的朋友。如果一见面就说"我请您老吃个饭"，人家肯定会觉得很突兀，也蹊跷，是不会去的。其实人与人的关系就是这样，在许多事情上你都不能硬掰，最好是抓住机会，水到渠成。

现在，我就觉得这是个不错的机会。我和海师傅一边扫着胡同里的积雪，一边聊天。海师傅抱怨说，本来晚上还想上街呢，这个鬼天气，下这么大的雪！我问他是不是还在卖那种小木偶。

他说木偶没了，还有点儿新版的北京地图，再不处理了就成了旧版的了。我说这样的天气做什么也不得劲儿。海师傅说有一样倒是挺适合的。我说除非喝点儿小酒儿。那敢情是！说完，他突然意识到了什么，抬起头来看着我，对啦，你是餐馆的老板，内行儿啊！

我得寸进尺地说，最好是二锅头，高度的，用壶烫一烫！

嘿，神仙了！

至此，我已经知道海师傅是个喜酒的人，懂酒的人。接着，我又说了一些适合于下酒的菜，花生豆哇，猪耳丝呀，再配上一小锅筋头巴脑小牛肉什么的，一通忽悠，连我都觉得这顿酒非喝不可了，我才用一种突然想起似的口吻说，对了，海师傅，你不是不出去吗？一会儿咱去我餐馆去喝一杯，聊聊天！

海师傅听了一怔，他说嘿，还真喝啊？

我说，这大雪炮天的干啥呀。

海师傅先是客气了一番，后来见我诚心诚意的邀请，他站在那里，微笑着想了想，索性地说，既然老板这么热情，喝点儿就喝点儿！

扫完雪，海师傅先去给老伴儿做饭了。我回到院里的时候，看见赵公安正拎着一壶水往屋里走。我一时心动，还是让让他吧，俗话说，让到是礼，他去就去，不去拉倒。这一次，听说我请的不光是他一个人，还有海师傅，赵公安的眼前一下子亮了。

他问，海大哥真去吗？

我说真去。

他说那成！

说完哈哈大笑，声音是那么爽快。

九

晚上，我餐馆里的客人不是很多。我们坐的是一张临窗的桌子，窗外白雪铺地，店里温酒热菜，其乐融融。平时，赵公安给人的感觉一向咋咋呼呼，不拘小节，现在人往桌前一坐，却显得十分和善，甚至有些拘谨。他一个劲儿地告诉我少上菜，别浪费，喝点儿酒，聊聊天就齐了！

我们喝得不错，聊得也挺好。只是酒意正酣的时候，赵公安的老婆来了。我注意到赵公安先是一怔，同时站起身来，吃惊地看着他老婆，嘿，你怎么找到这儿来了？

她只是淡淡地说了两个字：钥匙。

你的呢？又丢啦？

不丢，还不许我落在家里呀？

看出赵公安的老婆不太高兴，我赶紧说，大姐刚下班吧？来来，一块坐吧。

赵公安一边解着腰里的钥匙，一边说，家里有饭，弄好了。

我说，一块儿喝点儿酒。

赵公安说，她啊？得了吧，一盅酒下去，浑身上下，没有不红的地方。

他老婆盯着赵公安，你他妈少废话行不行？我看你最好也少喝点儿，别灌到狗肚子里去！

赵公安的老婆高个头儿，挺胖的，和瘦小枯干的赵公安站在一起，感觉上不是很协调。其实单从某一个方面看，世上所有的夫妻可能都不是很协调。俗话说，"好汉子没好妻，赖汉子娶花枝"——或许，这正是"月下老人"的有意安排呢：高配矮，瘦配胖，丑配俊……这么一搭配，一互补，就公道了。从遗传学的角度上说，也科学。至于婚姻中的两个人和谐不和谐，美满不美满，则是另一回事，是外人"无法道也"的事情。

我单是知道，赵公安的老婆是二路公交车上的乘务员。住进这个院子之前我就见过她。那次，我和妻子去木樨园给餐馆的伙计买工作服，乘坐的就是二路车。车里很挤（不挤，就不是北京的公交汽车了）。上车后，我和妻子被卡在了乘务员前面那个小铁箱子旁边，身体都站不直了，车下还一个劲儿上人。一路上，女乘务员吵吵嚷嚷地指挥着乘客，慢着点儿，别挤，先下后上……可下边的人哪听啊，刚打开车门，有两个人就狠着脸子挤上来了，同时用一口浓重的东北口音喊道，去天安门夺（多）钱？女乘务员顿了一下，什么夺（多）钱？坐反啦！下车下车……还不赶紧下去呀！两个人又挤挤巴巴往车下挤。女乘务员很不耐烦地说了一句，真是的，跟这练习上下车呢！一句话，把旁边的全逗乐了。

住进二十一号院不久，我妻子用一种很神秘语气问我，你知道谁在这院里住呢吗？我说，我哪知道啊。她说二路车上的一个乘务员！我说乘务员多了。她说就是说那几个坐错车的人"跟这练习上下车"的那个……想起来了吗？

几天后，我们在院子里"狭路相逢"。果然是她！穿一身宽松的便服，肩上背个很大的挎包，手指上夹着一支烟，可能是去上班吧，正急匆匆地往院外走。

我很快知道，这个女乘务员就是赵公安的老婆。再后来，我发现这个人在家里的时候，与在公交车上相比，简直是判若两人，一点儿不幽默，甚至很少说话。细想想，也是情有可原，在那种异常拥挤而又嘈杂的环境里上了一天班，售票，验票，报站名，指挥乘客上车、下车，还得不断地提醒着年轻人，给老弱病残或抱孩子的乘客让个座位……一路上不停地招招呼呼，想必十分辛苦。下了班儿，疲疲沓沓地回到这个"宁静的港湾"，人都麻木了，还哪来那么多的废话呢！因此，即便是自己的男人和儿子吵架，那个女乘务员都极少插嘴。一旦插嘴，也是言语不多，一剑封喉。有一次赵公安和儿子又吵起来了，而且吵得比以往都激烈，一怒之下，赵公安好像是抄起了菜刀（不是要砍儿子，而是要剁了他那只足球），为此，父子俩你推我搡，扭成了一团。这时候，我听见那个胖女人喊了一句，狠点儿掐，往死里掐！令人迷惑的是，咆哮如雷的赵公安便真的像被掐死了一般，一点儿动静都没有了。还有一次，我在水龙头下冲洗拖鞋。正是早晨，院子里一派安静。我突然听见赵公安嚷了起来：少惹我啊？我他妈烦着呢！接着是那个胖女人的声音：少废话！你烦？我比你还烦哪，装他妈什么孙子！至此，便没了下文。当时李大妈刚好拎着水壶走过来，我们对望了一眼，她冲我笑笑，又挤了挤眼睛，小声说，卤水点豆腐……

根据以往的经验，我以为这次赵公安又被他老婆"点"住了呢。意外的是却没有。不知道是酒精壮胆，还是有我和海师傅在场，赵公安竟恼了。他说你回你的家，我喝我的酒，什么叫灌到狗肚子里去呀？他瘦小枯干地站在那里，双手掐腰、梗着脖子的神态活像一只斗鸡。见老婆没吱声，他又用一种挑衅的口气追问了一句，都是邻居，老弟请我，我喝点儿酒怎么啦?！

看着赵公安这种架势，我觉得他有点儿莫名其妙的夸张，过了。再说，明知道老婆不是个好惹的碴儿，就别惹她了，万一骂上你几句"装孙子"之类的话，你这不是轻下惹重下，自取其辱吗？当时我感觉空气都凝固了。好在赵公安老婆还比较理性，或者说是以一个乘务员的身份克制住了自己。她盯着赵公安，不轻不重地说道，那你就接着灌吧。说完，转身便走。

我和妻子都赶紧追出去送客。

我回到桌上的时候，赵公安还在那里愤愤不平。他说上那么一破班儿，整天跟有多大功劳似的，我都没法儿跟她喘气儿。海师傅劝着他，说行了，人家都走了，你还磨叽啥。赵公安说，不是那么回事儿，我算看透了，做个男人真他妈没劲，小时候被爹妈管着；上了学被老师管着；参加工作被领导管着；成了家，被老婆管着；老了的时候还得被儿女管着……他妈的一点儿自由没有。海师傅笑了，他说有人管着，总比管着别人强，知足吧你！

听着两个人的对话，我想了想，他们说的都是实情，是真感慨。只是所站的角度不一样。赵公安的"被人管着"指的是约束；海师傅的"管着别人"说的是责任吧？

比较而言，我觉得还是海师傅的感慨更为沉重些。说起来，海师傅才是真正的不容易。先说他的老伴儿吧。那是个非常和蔼的老太太，做过小学老师。每次海师傅让我从餐馆里带回一个鱼香肉丝或宫保鸡丁的时候，她都会和我聊上几句。老太太喜养花，据说最多的时候曾养过三十多盆，夏天放在院子里，花朵开得五颜六色，像是一个微型的小花园，煞是好看。到了冬天，整个屋子里就成了花的暖房。可自从得病之后就不行了，不仅侍候不了花，自己也得被人侍候了。即使这样，她还是养了两盆君子兰，这种花好养，皮实。没人的时候，寂寞了，她就看看花，和花说说话。她说花是有灵性的，你经常跟它说说话儿，它就能听懂你的语言。她告诉我，她原来养过一盆花（我想不起花的名字了），按时间推算，本来是在那天下午的五点钟开花，有两个女同事为了看花，下午三点钟就来了。当时，她就对着那盆花说，花儿，我的同事大老远来看你开花儿，你现在就开吧……连说三遍，那花骨朵就慢慢地张开了嘴儿……老太太说起这事的时候，津津乐道，活灵活现。遗憾的是，那种美好而温馨的生活，在两年前，随着她的下肢突然瘫痪，已不复存在。现在，她所有的生活都得由海师傅料理。此外，他们的女儿也让老两口牵挂。据说，女儿是在五年前去的澳大利亚，先是留学，之后嫁给了悉尼的一个华人，如今已经有了孩子。在海师傅家的一个相框里，我见过他女儿的"近照"，圆脸，大眼睛，头发剪得很短，背景是一座海滨大桥，她站在那里微微含笑地审视着我这个陌生的人……对于她在澳大利亚的现状，我没细问。海师傅和他老伴儿也似乎不愿意多说。想必也好不到哪里去，否则，海师傅可能就不会去蹬他的人力车、卖他的小木偶或者什么北京地图——去获取那么一点儿蝇头小利了。

再说赵公安。虽说他嘴上发着牢骚，喊着没劲，但根据我平时的观察，他那种沉湎于庸常的小市民生活里的状态和感觉，还是蛮有滋有味的。其实，从严格的意义上说，赵公安还算不上是个老北京。他的老家是河北易县，新中国成立初期他父亲才到了北京。但在北京胡同里长大的赵公安，身上那种老北京人的味道，甚至比海师傅还足。比如：他喝酒的样子就很滋润，甚至很斯文。准确地说那不是喝，而是呷；也不是呷，应该是抿……抿一点儿酒，佐一口菜，而且啧儿咂有声，节奏均匀，有条不紊。

相比之下，海师傅倒是显得有些浮躁了。特别是在下半场，也许是惦记家里瘫痪的老伴儿，也许想起了远在国外的女儿，有好几次，半两的酒盅，他端起来就干了。与此同时，他还不断地催促赵公安"加快点儿速度"。

结束的时候，我发现海师傅有一点儿过量。嘴上说没事儿，脚步已经明显高迈起来。结果，刚出餐馆门口，他两腿一软，差点儿没摔倒。我和赵公安担心他摔着，便一人架着他的一只胳膊，绊绊拉拉往回走。有好几次，因为回避不及，我把两只脚全都插进了路边的雪堆里。回到家，竟倒出了半鞋的雪水！这时我才感觉到两只脚像猫咬似的，生疼！

从这种意义上说，我又不喜欢冬天的北京了。按说，冬天的北京算不上是个很寒冷的城市。可那时候北京的平房区大都没有暖气，因为屋里的空间狭窄，更重要的担心蜂窝煤容易造成一氧化碳中毒（晚报上常登熏死人的事），许多人家甚至连炉子也不生，就那么哆哆嗦嗦的挺着。不须说，作为临时房客，我们的情形更是可想而知。虽说我们来自比北京更为寒冷的北方，但那里是煤矿，是能源的故乡。冬天里，整个矿区都是集中供暖，又黑又亮的块煤可劲造！造得数九寒天家家户户开窗子，否则，你就是脱个一丝不挂也出汗！

到了北京可真凉快。记得一九九八年那个冬天，每天夜里我和妻子总是相拥而眠，团结得很紧。即便如此，有时还是被冻得不停地哆嗦。由此说来，我不得不佩服那些住在胡同里的北京市民，一大早，正是冻得连狗都龇牙的时候，男男女女，全是上身裹个棉袄、下身穿一条不同颜色的秋裤，抖抖瑟瑟地往街上的厕所里跑，真是扛冻！

十

好了，冬天过去了。沉寂了一冬天的胡同又恢复了原有的生气。暖阳下，老人们在屋外待的时间越来越长——有的戴着红袖标，背着手溜达，"执勤"；有的坐在小马扎上聊天儿。老门框上的春联还依然鲜红，墙壁上的"爬山虎"又生出了绿绿的叶子，一派生机。五月初，我向刘大平交付了第四次房租。像每次来取房租的时候一样，刘大平总要关切地问上一句，那房子住着还成吧？我说行，挺好的。刘大平很高兴。确切地说，作为房东，他是因为我的满意而有一种成就感。他目光炯炯地看着我，是不是啊？

我没有说谎。如果说当初我只是把它作为临时的栖身之地，现在我已经渐渐地喜欢上了这条胡同，喜欢上了这个院子。我喜欢它的古朴，喜欢它的幽静，尤其喜欢在庸常琐碎的生活中，透出的那种老北京的人文气息。更重要的是，经过一段时间的打拼，我餐馆里的生意不仅已经稳定下来，而且还有一种越来越好的趋势。生意好了，心情就好，即使走在灰秃秃的胡同里，也满眼是春天！而且，眼瞅着餐馆的生意好起来，我终于同意了妻子的意见，招聘了一个小伙子做杂工，把自己从厨房里替出来。每天早晨，我照例去市场买肉、买菜；回到餐馆吃了早饭，我妻子就会催促我回家，她说每天早起晚睡的，快回去补个觉吧。于是我就回到二十一号院，或和院里的邻居聊聊天，或扎进那间简陋昏暗的小屋里来个回笼觉。这时候，如果餐馆里有什么事，我妻子就把电话打到冯老太太的小卖店，麻烦老太太喊我一声。

冯老太太是个很古怪的人。七十多岁了还扎着两个小辫子，说话声音很高，情绪不太稳定，有时候好骂人——骂她的儿子。

据说冯老太太一辈子没结婚，但她有个儿子，是抱养的，四十多岁，长得挺瘦。他没和冯老太太住在一起，每到星期天，他会带着老婆和一个十多岁的儿子来给冯老太太制造一次天伦之乐。可乐着乐着，有时候冯老太太会突然大骂起来：滚，都给我滚蛋！有一次，我从餐馆回来的时候她正在院子里骂她儿子，不知因为啥，冯老太太好像比以往更生气，骂得也更难听。儿子蹲在院里，一声不语，一脸悲哀。冯老太太则气喘吁吁，脸色苍白，她一手掐腰，一手扶着门框，像是很疲惫，很虚弱，马上就要站不住的样子。这时候，儿子的老婆从屋里走出来，她一只手把着冯老太太的脖子，将一粒白色的小药片塞进老太太的嘴里，无奈地感叹了一句，愁死我了……

后来我听李大妈说，冯老太太的儿子是个懒汉，游手好闲，什么也不做，整天想着从冯老太太手里抠钱。原来如此，难怪冯老太太骂他，该骂！李大妈告诉我，她儿子不争气，冯老太太的精神也不太好。我问她，听说冯老太太是旗人，是格格吧？李大妈说，她自个儿说和"老佛爷"还有亲戚呢，谁知道啦。

但不管和"老佛爷"有没有亲戚，冯老太太对我却一向不错。每次我妻子从餐馆打回电话找我的时候，她都会隔着一个门口过来敲我的门，说，餐馆又来检查的了，让您赶紧去呢。有一次敲门，则是抱着几件衣服，她嗔怪地看我，您在家啊，天要下雨啦，咋不知道收衣服啊？我站在那里，怔怔的，有好几秒钟不知道说什么……总之，有了这样的邻居，我哪能说在这个院里住着不好呢。

当然，不愉快的事情也有。

事实上，就在刘大平取走房租的第二天，我就和赵公安吵了起来。事情很简单。那天上午，我正在屋子迷迷糊糊地"补觉"呢，听见有人敲门，开门一看，是赵公安站在门外。

我说是赵大哥啊。

他说，查电。

二十一号院用电的计费方式有点儿麻烦。电管部门只在院子里设一块总表，每个住户家里又设一块分表。每个月，收取电费的时候，只对总表说话。至于每家每户用了多少度电、应缴纳多少费用，都是由赵公安代办。虽说是一种公益，而不是一种义务，但赵公安却干得既认真而又端庄（人都有可爱的一面）。每逢月初，他就会一家一户地查表，记数，然后在门外的那块上马石上坐下来，根据一个小本子上记录的底数，进行计算。把各家各户的用电度数相加，如果和总表的用电度数吻合，就OK了。接下来才会正式收费。

这次则不然。查完了电表，刚走出去不一会儿，赵公安又端着个小本子回来了。他说丫怎么不对劲呢。

本来我睡得挺香的，被赵公安一折腾，人醒了，却有一种没有睡透的感觉，浑身难受。我告诉他，用不着那么精确，差不多就得了。赵公安一听却赖叽了，他说什么叫差不多就得了呀，丫对不上数，就得我他妈搭钱，知道吗。

说话的时候，赵公安喜欢用"丫"这个字，并不时缀上一句"知道吗"。坦率地说，刚到北京的时候，每次听到这两句话，我都不是很舒服，后来时间长了，也就无所谓了。不过没听习惯的人却非常反感。说个乐子：有一回，我餐馆一个伙计的父亲从东北来北京办事，我留他吃饭，喝酒的时候，就因为那个伙计说了几回"知道吗"，老爷子就恼了，他"啪"地把酒杯地往桌上一蹾，盯着儿子说，你跟谁学的？还"知道吗，知道吗……"就你知道？你再这么问我，别说我给你个嘴巴子！当时我替那个伙计解释了半天，说这是当地人的一句口头语儿，他听常了，便不知不觉地跟着这么说，不是他啥都知道，也绝对没有看不起你这个当爹的意思。老爷子这才息怒。

我无奈地说，那就再查一遍吧。

其实我是怕赵公安麻烦。那块电表不知道是哪个二百五安装的，太高了，几乎紧贴着顶棚，而且还是位于床的上边。我重新在床上铺了张报纸。赵公安脱了鞋，又很费劲地站到床上去。他抻着脖子瞅了瞅电表，又从兜里掏出一只小手电，照了半天。随后，人从床上退到了地上，脸子也同时摺了下来。

他说，您自己瞧瞧吧。

我说怎么了？

赵公安抽了抽鼻子，没吱声。

我上去看了半天，终于发现电表的那个数字小轮一动不动——而屋里的电灯分明是亮着的。

我说，咦，这是咋回事儿？

赵公安"嘿"了一声，他说，您问我，我哪知道怎么回事儿？

说实话，自从上次喝完酒，赵公安对我的态度相当不错，即使聊天，也没怎么抬杠。现在我却发现他的态度不怎么友好。我倒不是说请人家喝了一次酒，就非得让人家对我永远都和和气气。请顿酒算个啥呀，在酒桌上，宾主之间就翻脸、骂祖宗、掀桌子的事多了去了。问题是，我觉得赵公安不但话里有话，更主要的是他的眼神儿不太对劲儿，有点伤人。

我嘟哝着说，怎么不转了呢。

他说，您的表，您自己应该清楚呀，是不是？

他这么一说，更加验证了我的感觉。当时，我脑袋里“嗡”的一声，又是电的事！这看不见摸不着的玩意儿，咋老是跟我过不去呢？春节前夕，就因为我餐馆里的电表断了一根像头发似的小铜丝，铅封开了，那查电的一男一女就生说我窃电了，让我马上补交三万块钱的电费。当时我就像被电流击中一般的愣住了，巴掌大个餐馆——我几年也用不了这么多的电费呀？我死不承认。那一男一女就蹲在我餐馆里不走。他们都是不到四十岁的样子。男的是个小个子。女的大个儿，长得一般，但是挺丰满。她挤眉弄眼儿地把我叫到包间里，给我出主意，告诉我听她的，交上三万块钱就没事儿啦，否则，根据窃电的有关规定处理，肯定会交得更多就是了。她慢条斯理，像是在开导一个不懂事儿的孩子，每说出一句话，后边都要缀上一句“您知道吗”。面对她的惺惺作态，当时我就烦了。我说我啥都不知道，就知道我没偷电，这个钱我肯定不交。

她用微笑看着我，您确定是不是？

我说，确定！

说实话，我一生中还从没遇见过那么心硬的女人。她脸子一撂，转身走出包间对那个小个子男人说，该咋办咋办吧。小个子男人一个电话调来两个人，二话不说，爬上胡同里的一根电线杆，就把我餐馆的电源线给掐断了。结果，一直挺了一个星期。这期间，我说了许多求情的话，甚至非常庸俗地讲到了我的经济状况，但不管说啥都白扯。最后他们硬是逼着我补交了五万多块钱的电费，才给我恢复了用电。五万多块啊！这对于一个开小餐馆的人来说，其打击之大，可想而知。这不单是物质上的莫名掠夺，同时还让我蒙受了一种无法辩争的精神耻辱。说真的当时我被冤枉得直想杀人，只是考虑到马上就要过年了，才没杀。一耽搁，事情就这么过去了。但在很长一段时间我一直耿耿于怀，特别是我妻子，每当想起这件事，就会用一种很怀念的口气叨咕上一句，那两个狗男女也不是死了没有。

我说，哎，你怎么还咒人呢？

她说，我不咒好人！

总之，在电的问题上，那两个狗男女已经深深地伤害过我，没想到，现在又轮到赵公安了。他那种像揪住了狐狸尾巴一般的眼神儿，非常准确地扎到了我的疼处，一种备感压抑的自尊突然爆发起来。我悲壮地说，你的意思是我偷电了呗？

赵公安终究是与那两个职业流氓不同。听了我那句突如其来的话，他仿佛立刻感受到一种委屈，同时又像是吓着似的，瞪着一双小眼睛盯了我半天，这可是您自己说的啊？我可没那么说！

我觉得你就是那个意思。不知为什么，我仍然撤不下火来。

赵公安也火了，他说，告诉你，你丫别诬赖好人啊？

我说，说话文明点，别"你丫你丫"的好不好？

事后，对于这种小题大做我自己都有些吃惊。直到赵公安一甩袖子走了，我还莫名其妙地跟了出去。在院子里，赵公安立刻气势起来，他的声音一下子提高了八度，他说爱谁收谁收，我他妈不管啦！

直到这时，我才突然意识到事情有点儿超出我的控制之外。怎么说呢，赵公安只不过是替供电部门收一收电费而已，还是白忙乎。用他自己的话说，有时候"碰不上数"，还得搭个块八毛的，我图个啥呀！现在万一他真的甩手不干了，院里的邻居肯定会拍我一身不是。我的语气一下子软下来了。我说赵大哥，这么点儿小事儿你激动啥？赵公安把脸一扭说，甭给我说这个！我不知道什么叫激动成不成？这个电费我他妈不收啦！他的嗓门儿仍然很高。我知道，他是想用他的声音往出招人。果然，听他那么一嚷嚷，李大妈和海师傅先后从屋子里走出来。他们看看我，又看看赵公安，问怎么回事。

应该说，在谁是谁非的问题上，北京人是比较主持正义、坚持真理的。问题是，此刻我已经心虚地意识到，真理也许不在我这一边……退一步说，即使我真的没错，海师傅和李大妈也未必会站在我这一边。怎么说呢，虽然都是邻居，可一旦到了正章，维护老坐地户之间的和睦关系，还是比为一个外地人说几句公道话更重要吧。

我审时度势，首先稳定住自己的情绪。我对海师傅和李大妈心平气和地讲了事情的经过。真是奇怪，一经说开，连我自己都觉得在这件事上有点小题大做了：电表不转了——既然我没做过什么手脚，那就是它自己坏了呗——就这么简单，简单得甚至让人失望。

海师傅一听就笑了。他说不就是电表坏了吗，换一块不就得了？赵公安对海师傅说，事儿是不大，可他不能说我怀疑他偷电哪，是不是？那种受了委屈的样子有点儿可怜巴巴。我看着赵公安，笑着说，赵大哥，我是怕你那么想……行了行了，那话就算我没说，我给你赔礼，向你道歉，好不好？

赵公安挺好！

他没再大声大嚷。也没再说他不干了。他说，那么想是您的事儿，跟您说，我还真不是那意思！知道吗？再说了，几块钱的事儿，谁他妈犯得上去偷电哪！

海师傅赞赏地点点头，公安说得对。

赵公安立刻得到支持似的看着海师傅，海哥，是不是这么个理儿啊？

海师傅说，没错儿。

事情就这么发生了逆转。我心想，不管咋说，你不认为我偷电就行（这毕竟关系到我的尊严与人格）。我表示马上换一块电表。这时候，李大妈对我使了个眼神儿，她说换电表哇，您得找房东，那是房东的事儿。

赵公安说，找谁我不管，一个月走了两个字儿，我怎么收电费？

我想了想说，这好办。

我告诉赵公安，让他看看院子里总表上的数是多少，减去其他邻居的用电量，剩下的我包葫芦头。赵公安想了一下，没有异议，没有什么补充的，甚至认为这样很合理。他说，您早这么说不就没事儿了不是！

赵公安的意外妥协——不，是大度，让我特感动。当时，为了表示我的内疚与歉意，我把餐馆里淘汰下来的一个计算器送给了他。虽说小了点，但比起赵公安的那个铅笔头来还是要好用得多。赵公安接受了，而且很高兴。后来直到我搬出二十一号院，每次查收电费，他都一直用着那个小计算器，一双小眼睛仔细盯着字盘，2、3、5、7、9……按得吱儿吱儿响。

十一

那是夏天。

有一天傍晚，胡冬来了。

其实胡冬常来。相熟之后，我和这个卖烧饼的小伙子一直处得挺好。没事的时候，我们会经常坐到一块儿聊聊天，晕几盅。特别是有一段时间，胡冬的生意不太好，情绪很低落，他不止一次对我说生活很无聊，看不到希望，主要是没什么激情，有时候真想卷帘子回家，不干了……为此，我们一起喝酒、聊天的次数就更多一些。

坦率地说，像胡冬这样的悲观情绪，最初我也有过。首先是生意难做。随着外地人不断涌入北京，餐馆开得像雨后春笋，竞争特别激烈。要想立于不败之地，你就得使出浑身的解数，挖空心思地琢磨一些经营上的策略。与此同时，处于一个陌生的城市里，人生地不熟，心里还总有一种不安全感。最初，我以为这种不安全感是我性格上的弱点与缺陷，其实不是。而是那种无法预料的事情，说不定啥时候就会砸到你头上，让你不胜其烦。但这一切都被我挺过来了。什么吃苦、受罪，最终都在一种强烈的谋生愿望中得到了平衡。要知道，人活着才是超乎一切的硬道理；而活得稍微好一点儿，则是我们进入这个城市的出发点和为之奋斗的目标。

因此，那段时间我不止一次鼓励过胡冬，让他咬着牙也得挺住，既然出来了，就要坚持下去。而每一次喝酒聊天，胡冬的情绪也总能被我激活。他说大哥，听你这么一开导，我心里还真是亮堂了呢，那就接着整吧。结果，整了不到一年，胡冬还是把他的烧饼摊儿撤了。值得说明的是，胡冬撤摊儿，并不是卷帘子回家，而是去投靠他舅舅。

离开那条胡同那天，我给胡冬饯行。席间我们喝了不少酒，还说不少狂话。但我们谈论的可不是什么国家大事，也不关乎什么政治。像我们这种层次的外地人，即使置身于"政治中心"，也不谈政治。一是知道的少，二是和自己没关系，关键是我们不具备那种"家国天下"的风骨情操。我们的话题很家常，甚至很庸俗，整个晚上谈的都是怎么生存，怎么挣钱，怎么更好地像一个人似的活着。我们谈到了许多人通过谋生而发了大财的故事——其中，当然少不了胡冬的舅舅。

根据胡冬的说法，他舅舅可是个能人。他来到北京以后，蹬着三轮车，走街串巷地收废品，一干就是五年。胡冬说，以前他都不好意跟人说起他的舅舅在北京，觉得"可悲惨"，挺丢人。没料到的是，他承包了一处拆迁工地上的所有废品，竟然发了大财。随后他扔掉了三轮，买了一辆捷达小轿车，摇身一变，居然成了一个拆迁公司的经理，现在正在招兵买马。

胡冬说，我自己的舅舅，他让我去，我能说不去吗？

我问胡冬他舅舅的公司在什么地方。

他说远了，在郊区呢。

我说那倒无所谓。

的确，对于我们这样的异乡人而言，什么市中心哪，市郊区呀，整个北京都不过是一个模糊的背景。我们是为挣钱而来，为了生存不停地去奋争，去搏斗。听了我的话，胡冬很激动，他摩拳擦掌地说，就是就是，别的事儿，等有了钱再说！

去了他舅舅的公司之后，胡冬常到我的餐馆来，哪怕是办什么事路过，也会顺便到我餐馆来和我见个面，有时坐下来，喝点儿酒，聊一聊，更多的时候，则是抽支烟就走。胡冬很忙。据说，随着北京对老城区的改造不断加快，他舅舅的公司也是一步步向着城市中心地带挺进，据说现在已经开进了平安里，而且随着公司的日益壮大，胡冬已经是独当一面的队长，他哪能不忙呢。

这天晚上，胡冬是去北京站送从老家来看病的亲戚，顺便跑过来看我。他瘦了，也黑了，但人显得很精神。因为没什么事，不着急，我自然要留他吃饭。喝酒的时候，他突然想起似的问我，是不是还住在二十一号院。我说是啊，住习惯了，和邻居们也熟了，只要房东不撵，我就在那住着了。胡冬笑了笑，他说即使房东不撵，我估计你也住不了多久了。

据胡冬讲，有个开发商看中了那块地段，准备建一座商务大楼，已经跟政府谈得差不多了。他舅舅正准备参与这项拆迁工程的竞标……等着吧，胡冬说，一旦我舅把这个项目拿下来，你的餐馆肯定要火一把，我会天天带人过来吃饭。我沉吟着说，那倒是好事……可真像你说的，我到哪住去呀。胡冬说，买楼呗。

说实话，这样的事做梦都没想过。我只是想着怎么把餐馆开好，多挣点儿钱，却从来没打算过把家放在北京里。

胡冬说，这你可错了。我舅舅当初来北京的时候是个倒腾破烂儿的，现在已经买了一套两室一厅，你差啥？大不了交个首付，贷上十年二十年的款，国家的钱，慢慢还呗！

胡冬说得慢条斯理，胸有成竹。但对我来说，简直就是天方夜谭。这种事儿，我连做梦都没想过。直到几年之后，我才不得不承认胡冬的高瞻远瞩。说起来，胡冬文化程度并不高，他只是初中毕业。但事实告诉我们，在社会的每一次变革中，最大受益者不一定都是那些政治与知识上的"精英"，还有相当一部分头脑简单、用不着"解放思想"、就敢想敢干的"土老帽"，因为他们总是奉行一种简单的实用主义哲学，那就是"先下手为强"。

十二

胡冬的信息挺准确。没过一个月，我所居住的那条胡同来了几个人，他们拿着米尺，比比画画，挨家挨户地测量。问了一下，说是要拆迁。当时邻居们还不相信。赵公安说，瞎他妈比画，几年前就说要拆要拆的，现在也没拆。您想想，这可是中心的中心，知道吗，寸土寸金啊，拆？谁他妈拆得起啊！住你的房子，甭理他！

又过了一段时间，一纸拆迁通告贴在了胡同里，邻居们这才炸了锅。这种几辈子都不曾发生过的事情，弄得人们情绪上都挺激动，胡同里整天聚着一堆人，吵吵嚷嚷，议论纷纷。有的说，这个破房子夏天漏雨冬天透风，早扒早利索；有的说，房子再破，也是祖上留下来的老宅，说扒就给扒啦？一向不怎么喜欢说话的宝堂也说话了，他的看法很实际，他说扒是早晚得扒，但是光说扒不行，丫得拿好钱，掂银子！他的鸭子死了，肩上仍然扛着那只乌鸡，既滑稽又有趣。对于宝堂的话，赵公安却不以为然，他说这不是钱不钱的事，关键这是皇城根，他拆了你的房子，就是给你个金疙瘩，他还能让你搬回来吗？瞧那个丫说的，"赶紧搬吧，绝对亏不着你们……"开他妈玩笑呢，我要是搬我都是他妈孙子！

就在胡同里的议论纷纷的时候，我妻子也挺着急，她说还得找房子呀？我说不找房子到哪儿住去呀，找呗。

那时候的北京，租房已经很容易了。随着外地人不断地涌入北京，当地人在经历了一段极其复杂的心理过程之后，其观念已经发生了转变——对于外地人那种带有侵略意味的冲击，与其阻挡而又抵挡不住，莫不如顺势而为更实惠些。于是一些胡同里居民把属于自己的空房——临街的一面，开窗扒门，改头换面，纷纷地对外出租。自己却直往院子的深处后退，直到把后来扩张出的厨房重新挪回住室，把破烂卖掉，腾出库房，租给外地人居住为止。于是，一些天南地北的外地人，在一种新的历史潮流中，一拨儿又一拨儿地来到这里。他们有男有女，操着不同的乡音，带着各种各样的小生意——熟食店、美发屋、小卖铺等诸多行当，犹如雨后春笋般地冒出来，哪怕是一条很小的胡同，也会呈现出一种乱七八糟的繁荣。就在这些外地人以前所未有的激情投入到都市生活的同时，胡同里的居民安之若素，仍然保持着一种"根儿"文化上的端庄与从容。只是，胡同里原有的清静荡然无存。那些从乡下来的小青年，男男女女，三一群两一伙地走在胡同里，全然没有我最初来到北京时的那种惶恐与敬畏。他们衣着鲜活，发型怪异，连说带笑，招摇过市。那种无拘无束的放松的状态，俨然把自己当成了城市的主人。有一次，在二十一号院门前，我眼瞅着两小伙子在撕皮掠肉地闹。闹着闹着，扑棱一家伙，竟差点儿把赵公安的茶罐子给踢翻了，气得赵公安"呼"地站起来，想干啥呀这是！啊？"不想干啥"的已经跑远了，赵公安还站在那里梗着脖子骂呢：操，什么素质！

没素质的人的确是烦人。可尽管如此，"院内有空房出租"的小广告却到处可见。这是个矛盾。也是个非常有趣的问题。拆迁公告贴出来之后，没过几天，我就在餐馆不远的一条胡同里选中了一间出租屋。租金比原来的那间高了点儿，但房子比原来的要大，而且是正房，一进屋便给人一种阳光灿烂的感觉，挺好！

我们是最先从二十一号院里搬出来的。搬家那天，刘大平来了。他让我把能用的东西统统搬走。应该退还给我们半个月租金，他则如数退还，我说算了算了，不要了。刘大平说，那不行，该怎么着就怎么着，都是出来混的人，不容易。刘大平很认真，很豪爽。看不出他对于将要拆掉的老屋有什么伤感，倒像是有一种甩掉包袱似的轻松。

坦率地说，当时我的心情反而有一点儿留恋。俗话说，日久生情。我们毕竟在这里生活了两年多的时间，不说邻居，单是这间为我们遮风避雨的小屋——它曾吸纳了我们多少喜怒哀乐和生命的气息啊！可是我们却不能不搬，也没有理由赖在这里不走。

再见了，小屋！

再见了，二十一号院里的邻居！

十三

我们腾出房子之后，刘大平率先在拆迁协议书上签了字。事后他到我餐馆坐了一会儿，算是告别。他告诉我们，说那么个小破屋，前几年他就想把它卖掉，十万块钱都没人要。现在给了三十多万，还想怎么着哇。

知道胳膊拧不过大腿，同时也为了在期限内搬迁的五万元奖励，胡同里的其他邻居也几乎没怎么抵抗，在不到两个月的时间里，便先后在合同上签字画押。与此同时，一座座被腾空的老宅子，被推土机推得人仰马翻。没多久，整个胡同就剩下两座残缺不全的老房子，立在周围一片废墟之中。一座是赵公安的，另一座是冯老太太的。而且，两个人的口径完全一致，用赵公安的话说，甭跟提钱的事儿，不回迁，我他妈就是不搬！

这期间，开发商和拆迁办都动用了许许多多的办法，软硬兼施，据说主要是攻心。究竟是怎么"攻"的，我就不知道了。大约又过了一个多月，冯老太太搬走了。本来冯老太太不想搬，是她那个抱养的儿子妥协了，动员她搬。搬家那天，冯老太太犯病了，又吵又骂，而且哭得差点儿背过气去。但后来还是被那个瘦猴似的儿子在老婆的协助下抱上了一辆出租车，拉走了（据说是直接送到一家养老院，养老去了）。这之后，就只剩下了赵公安一家，孤零零地立在周围的一片废墟中，独自坚守。不知道因为孤独，还是为了以壮声色，他竟在房子的一角插上了一面五星红旗——远远看去，十分鲜艳。

有趣的是，虽说孤军抵抗，赵公安却显得既平静又从容，非常淡定，而且还是那么讲究。院门口的那块上马石没了，不知道被渣土车拉到什么地方去了，他就在自家门前很小的一块空地上放了一张小木桌，桌上放着一个小收音机，他坐在小马扎上，守着个玻璃茶罐子，喝着茶，东张西望。有天中午，我骑着三轮车往拆迁工地上送盒饭，离老远，他便发现了我。

嘿，这不刘老板吗？您也干这活儿啊？

我凑过去，和他聊起来。当时赵公安已经有点儿妥协的意思了，他说，挺是不可能永远挺下去，丫得给足这个（他用三个手指做着点钱的动作），知道吗，冯老太太搬走的时候，多给了她这个数……他伸出一只手掌，又翻了一下，同时冲我诡秘地一笑。我挺了这么长时间了，他甭想再用那个数来打发我！

聊了一会儿，我便告辞了。刚走出几步，就听他喊了起来，老弟，啥时候再喝一壶啊？他把那个"喝"字拉得很长。

我说行呀，现在就去吧。

赵公安连忙用手一挡，他说别！我他妈喝完酒，回来一看，好，保不齐我的房子都没啦。得，谢谢啦，走您的吧。说完，像真的粉碎了一场阴谋似的，不无快意地哈哈大笑。

十四

正如胡冬所说，他舅舅的公司在这次拆迁招标中如愿以偿。进入工地之后，胡冬也没有食言，除了每天中午在我的餐馆给工人订盒饭，晚上他还经常带着拆迁队的人过来，让工友们轮流请客，喝点儿酒，解解乏。

拆迁工作又脏又累，胡冬却毫无怨言。那种踌躇满志的样子，好像在他的眼里整个世界都是新的，而且会日新月异。我在想，毕竟是他舅舅的公司，他得卖力。除此之外，那种职业的本身也让人来劲吧？胡冬干的是拆迁不是建筑。虽说两者都是与钢筋水泥、砖瓦沙石打交道，其工作性质却不尽相同。建，如燕子筑巢，讲究精益求精；拆，则可以随意而为，摧枯拉朽——而且，面对一堵老墙或一座旧宅的轰然倒塌，即使被扑起的烟尘造得灰头土脸，跟魔鬼似的，却能让人体验到一种历险般的刺激与亢奋。特别是这次拆迁，让胡冬觉得很好玩，甚至有一种近似于复仇般的快感。有一次，他还不无小人得志地说，知道吗？那些人可能做梦都没想到，当年被他们撵出去的人，有一天会来拆他们的房子！

话是这么讲，据胡冬说——其实不用他说——全国人民都知道，拆迁也不是个好干的活儿。开发商要速度，快点儿快点儿，一个劲地催！恨不得整天用鞭子赶着你；而搬迁户则要利益，要补偿，一旦不到位，不合理，或者碰上个狮子大开口的钉子户誓死不搬，拆迁队就成了风匣里的老鼠——两头受气。情急之下，那是软硬兼施，甚至不吝动用地痞流氓的都有，而且啥招儿都使，乱象丛生，为此逼出人命的事都屡见不鲜——报纸上常登，这里就不说了。

有天晚上，胡冬带着几个人到我餐馆来吃饭。一进门，我发现他脑袋上缠着一圈白色的绷带。不知为什么，自从去了他舅舅的拆迁公司，胡冬又剃起了光头，因此那绷带便格外显眼。我还以为是扒房子受伤了呢。一问，胡冬却愤愤地骂了一句脏话，他说，让狗咬的！我惊异地看着他，多大的狗啊，能咬到你的脑袋？胡冬龇牙一笑，这才说出实话，说是被赵公安给咬的。

赵公安在一片废墟中已经坚守了两个多月。经过多方面的不断劝说、协调，又把补偿款比冯老太太还多追加了五万，他这才妥协，表示可以在协议上签字。就在这时，唯恐赵公安再次反悔（已经反悔过一次了），胡冬抓准时机，对开钩机的伙计使了个眼色，一只像螃蟹一样的大爪子一伸一落，就在那座房子的山墙上抓了个窟窿。见此情景，赵公安炸了，他上前揪住胡冬的衣领子，撕撕巴巴，要跟胡冬拼命。富有幽默感的是，在被人拉扯开之后，他却余恨未消，冷不防搂住胡冬的脖子，而且不顾常理，对着他的光头就是一口！据胡冬描述，当时一点儿不疼，就觉得冰凉的，用手一摸，才知道咬流血了。

我问赵公安赔他钱了没有。胡冬一脸无奈地说，赔啥呀赔，倒是让他又多讹去了一万块钱，最后才签了字。

赵公安的房子很快被夷为平地。再去那条胡同的时候，我发现所有的碎砖烂瓦都已清理完毕，两台打桩机正在一片空地上咣当咣当地忙着。而胡冬则随着新的拆迁项目转移到磁器口去了。

二十一号院拆迁之后，也拆散了那里的邻居。几个月之后，李大妈陪她的老伴儿去协和医院拍什么胸片，中午曾到我的餐馆里吃过一次饭。问到院里的邻居，李大妈告诉我，他们老两口搬到他们空了几年的楼房去了，其余的邻居，光靠那点儿拆迁补偿根本买不起城里的房子，差不多全都去了郊区。海师傅是北京以东的河北燕郊，宝堂去了大兴，而赵公安则去了京西南的房山乡下……其实，当时这样的情况已不足为奇，后来我曾在报纸上看过一篇文章，说随着老城区的改造与变迁，有几十万北京人搬到了郊区……

那天，李大妈还告诉我，她和许多邻居仍然保持着电话联系，过段时间，她想在我的餐馆搞一次老邻居聚会，见个面儿，聊聊天儿。我觉得李大妈的主意挺好。当时我还慷慨承诺：邻居们会餐的费用，我全部承担！

遗憾的是，后来李大妈一直没动静。想必那些邻居住得太分散了，东一个，西一个，而且大部分都远在五十多公里以外的郊区，年龄也大了，进趟城，并不是一件很容易的事吧。

十五

生活杂乱纷繁，但剥去层层外表，你就会发现人只是活在时间里。而时间又总是很快，一晃就过去了好几年。这期间，我开的餐馆早已拆迁。又开了一家，也拆了。随后我们又开起了第三家。总之是拆个旧的，我们就开家新的。也不是较劲，不开不行，民以食为天啊！讨厌的是，我们居住的地方也是被开发商撵来撵去。感觉上，我们总是在找房子和搬家这两件事情上不断地折腾，犯愁，特别闹心。我跟妻子说，老这么折腾也不是个事儿啊。她说不折腾咋着？我说买房子。她像吓着似的盯着我说，做梦呢吧？

几次之后，我的梦还真的做成了。那是位于南城的一个新楼盘，介于三环和四环之间。几座拔地而起的高楼，鹤立鸡群般地站在周围一片低矮的民房中。置身楼上，透过宽大的玻璃窗子，凌空望去，豁然开朗。此外楼的外观哪，品质呀，室内结构哇，都不错。看得我心里怦怦直跳。在一个高个子售楼小姐的亲切引领下，我们看了三四种户型，最后在十层楼的一个三居室，我和妻子站在那里不动了。我告诉售楼小姐，说行，就是它！

二〇〇三年，四月。

我们正式去办理购房手续的那一天，北京细雨蒙蒙，给人的感觉像是梦游：签订买卖合同，交付购房款，办理销售登记……直到办完所有手续，重新回到那间十多平方米的出租屋时，才如梦初醒。我妻子捏着那本差不多归了零的存款折，眼圈一红，竟哭起来了。我还以为她是因为有了自己的房子激动了呢。她却喃喃地说，辛辛苦苦这么多年，不是白干了吗？当时我都愣了。这话说的！八十多万的楼房都买了，咋还白干了呢？她说，就是为了有个窝住？我说那你为了啥？人活着，就少不了吃穿住行，你要总问个为什么，非把自己问死不可！

说到房子，我不得不说说胡冬。怎么说呢，尽管在买房的意识上胡冬很超前，事实上他并没有自己买房子，而是坐享其成。原来，胡冬住在郊区的时候，认识了一个当地的姑娘，两个人彼此欣赏。在两年多的时间里，通过各个方面不断磨合，最终成功地步入婚姻的殿堂，成了一对合法的夫妻。作为外地人，能娶一个北京的姑娘做老婆，在胡冬看来这是他人生最大的成功，并为此而沾沾自喜。他曾非常坦诚地对我说，虽说他这个老婆长得不怎么好看，走路还稍稍有点儿瘸腿儿，但人家毕竟是北京人，有房子，有户口，将来有了孩子，就是地地道道的北京人，再用不着跟他一样，当什么农民工了。说到他原来的那个乡下老婆，胡冬告诉我，她一点儿都不亏，离婚后，她在东北嫁给了省城里的一个出租车司机（也是个二婚），虽说年纪大点儿，但也是城里人，这样就跟胡冬扯成了平手，可谓两全其美——这就是胡冬。每次和他见面，聊天，我都不得不承认，这个没有多少文化的乡下人，进入城市之后他的观念总是那么超前！

相比之下，我的观念却有些落后。和大多数进入这城市的外地人一样，我是那种比较传统与中庸的人，总是想在现实和想象之间力求保持平衡。不过，凭借我们夫妻的同舟共济、多年打拼，最终的效果也可以，至少我们已经有了房子，有了一个真正属于我们自己的窝。

搬入新居之后，在一种全新感的反差中，我常常会想起过去。想起以前那些居无定所、寄人篱下的日子。毫无疑问，有时候也会想起那时候的邻居。

说起来难以置信。有一天，我去王府井给煤矿的朋友修一块瑞士手表。从表店出来，当我沿着一条街往停车场走去的时候，竟然碰上了赵公安！当时他正坐在对面的马路牙子上抽烟。一眼扫过去，我觉得这个人挺面熟，却一时想不起是谁。彼此对视了半天，我说是赵大哥吧？赵公安又困惑地看了我好一会儿，然后才"嘿"了一声，说，这不是刘老板吗？

老邻见故居，便是那种一惊一乍的热情。我们紧紧地握了手。

我说，赵大哥来逛王府井啊？

他说，不是，这有什么逛头？路过。

我问他现在住在什么地方。

他说窦店。

我问窦店在哪儿？

他说，嘿！窦店不知道啊？在房山啊！

我说，噢，没去过⋯⋯

他说，周口店知道吗？

我说，知道，那不是北京猿人遗址吗？

他说，没错！窦店就离那不远儿，十多公里。

我"噢噢"地答应着。其实周口店我也没去过。一是没时间，同时我对猿人也没什么兴趣。

说起话来，我才知道赵公安的老伴儿已经退休，那个喜欢足球的儿子在城里一家建筑公司工作，挺出息的，现在给一个工程师做助理，还没结婚，平时住在市里，单位很忙，离家又太远，很少回去。他这次进城，就是给儿子送几件换季的衣服，顺道过来，瞧一下过去住过的地方变得啥样了。

我想了想，这也是人之常情吧。作为进入北京的最初落脚点，我对这个地方也总有一种特殊的感情，每次到王府井办事或购物，我都会沿着一条宽阔的大街，到我当年居住过的地方去转一转。只是原来的胡同早已化为乌有，一切都留在了远去的记忆中。

我说，这变化可太大啦。

赵公安说，可不嘛。

其实，这个世界上没有什么是可以不变的。我发现赵公安也变了，脸上有了细密的皱纹，眼角也耷拉了。

那天，我们并排坐在马路牙子上说话。对面儿就是二十一号院的大概位置。看着前面一排高低错落的仿古式商业建筑，我们沉浸在一种共同的回忆里。有一会儿，赵公安还指指点点，说哪个地方是二十一号院大门口，哪儿是他的家，哪儿是冯老太太的小卖店……只是，眼前的一切已非实物，我们只能靠想象还原它过去的样子了。当说到哪地方是我住过的房子时，赵公安像突然想起似的，他问我现在住什么地方，还开不开餐馆。

我告诉了他。

赵公安没有显出意外，而是很真诚地竖了竖大拇指。他感叹地说道，行啊，闹得不错！说这话的时候，他的眼睛没有看我，而是一直望着前边的什么地方。接着，他毫不忌讳地告诉我，他老伴儿退休后，他们在镇上也开了个小店儿，但不是餐馆，是往餐馆里批发饮料和烟酒，生意还凑合。

我附和着说，反正没什么事儿，干点儿也行。

他说，不是也行，是不干不行啦！

说到这里，赵公安的语气又回到了从前。他愤愤不平地告诉我，搬到城外以后才知道，北京的那点儿粉儿全都搽到脸蛋上了。别看这城里头到处是高楼大厦，连街上的厕所都弄得水光溜滑的，可在乡下，啥都不行，别扭！他必须趁着还能动弹挣点儿钱。他说，一句话，即使我这辈子没什么指望了，也得让我儿子重新杀回北京城，您说是不是？

我点点了头。其实我很想说点儿什么，只是不知道该怎么说才好。这时他兜里的手机响了。他哆哆嗦嗦地掏出来，是老伴儿打来的，问他到哪儿了。他回了一句，我他妈还没坐车呢。他按掉了手机，装进兜里。

意识到我们的聊天该结束了，我邀请他到我的餐馆去吃了饭再走。他问我的餐馆在哪儿。我说不远。他婉言谢绝了我，说是还忙着，老伴儿刚才不是催了吗，得回去了，还有两个多小时的路呢，我还真该走了！说着，他从地上站起来，老弟，您怎么着？

我没说我去停车场取车，我说的是我还得等一个朋友。

他说，那我可颠儿啦，坐车去了。

我说，好，赵大哥，慢着点儿，那就再见了。

再见！

他招了招手，转身而去。

赵公安老了，驼背了。他本来个子就不高，现在看上去更矮小。我站在那里，久久地凝视着他的背影——在人流中，渐行渐远……